QUATRO EIDS E UM FUNERAL

FARIDAH ÀBÍKÉ-ÍYÍMÍDÉ
ADIBA JAIGIRDAR

QUATRO EIDS
e um
FUNERAL

TRADUÇÃO
Karoline Melo

PLATA FORMA 21

TÍTULO ORIGINAL *Four Eids and a Funeral*

Copyright © Faridah Àbíké-Íyímídé 2024
Copyright © Adiba Jaigirdar 2024
Todos os direitos reservados.
© 2025 VR Editora S.A.

Cover artwork reproduced with permission by Usborne Limited, interior artwork reproduced with permission by Usborne LTD.
Arte de capa reproduzida com permissão de Usborne Limited, arte de miolo reproduzida com permissão de Usborne LTD.

Plataforma21 é o selo jovem da VR Editora

GERENTE EDITORIAL Tamires von Atzingen
EDITORA Marina Constantino
ASSISTENTE EDITORIAL Michelle Oshiro
PREPARAÇÃO Dandara Palankof
COLABORAÇÃO E REVISÃO Milena Varallo
REVISÃO Bárbara Prince
COORDENAÇÃO DE ARTE Pamella Destefi
DIAGRAMAÇÃO P.H. Carbone
ILUSTRAÇÃO DE CAPA © Ursula Decay, 2024
ARTE DE MIOLO Antonia Miller © Usborne Publishing, 2024;
 Patterning © revel.stockart
PRODUÇÃO GRÁFICA Alexandre Magno

Dados Internacionais de Catalogação na Publicação (CIP)
(Câmara Brasileira do Livro, SP, Brasil)

Àbíké-Íyímídé, Faridah
Quatro Eids e um funeral / Faridah Àbíké-Íyímídé, Adiba Jaigirdar;
tradução Karoline Melo. – São Paulo: Plataforma21, 2025.

Título original: Four Eids and a Funeral.
ISBN 978-65-5008-037-2

1. Ficção - Literatura juvenil I. Jaigirdar, Adiba. II. Título.

24-226434 CDD-895.13

Índices para catálogo sistemático:
1. Ficção: Literatura juvenil 028.5

Eliete Marques da Silva - Bibliotecária - CRB-8/9380

Todos os direitos desta edição reservados à
VR Editora S.A.
Av. Paulista, 1337 – Conj. 11 | Bela Vista
CEP 01311-200 | São Paulo | SP
plataforma21.com.br | plataforma21@vreditoras.com.br

Para todos os bibliotecários que lutam pelos leitores marginalizados:
obrigada

Beatriz: "Prefiro ouvir meu cachorro latir para um corvo do que escutar as promessas de amor de um homem."
(Ato I, Cena I)

Benedicto: "Qual dos meus defeitos fez você se apaixonar por mim?"
(Ato V, Cena II)

Muito barulho por nada, William Shakespeare

Vamos deixar uma coisa bem clara: esta é uma história de amor.

Sei que tanto o funeral como o incêndio podem ser alarmantes, mas garanto que, apesar dos começos bastante infelizes, das traições que envergonhariam até Shakespeare e do *incidente lamentável* que aconteceu muitos Eids atrás, esta é apenas uma história mórbida sobre dois idiotas que foram se apaixonando ao longo de vários anos.

Talvez você ouça outras versões deste ocorrido de fontes *não confiáveis*. Mas este é o relato verídico do que *realmente* aconteceu.

Esta é uma história sobre quatro Eids. E um funeral.

ATO I

O INCIDENTE INICIAL

O INCIDENTE
INICIAL

1

DO NADA

SAID

– Said Hossain, favor se dirigir à diretoria.

Olho para o alto-falante pendurado no teto da sala de aula, me perguntando se ouvi direito. Mas pelo jeito que Julian está me olhando, com uma sobrancelha erguida, sei que foi *mesmo* o meu nome que chamaram para ir até a diretoria.

Franzo o cenho para Julian. Em todo esse tempo estudando na Academia St. Francis para Rapazes, nunca me mandaram para a diretoria. Nunca me meti em confusão. Na verdade, tenho me saído tão bem que estou no quadro de honra e no caminho certo para ser admitido antecipadamente nas melhores universidades do país. Meus pais vivem usando esses fatos em conversas durante o jantar para impressionar toda e qualquer pessoa.

– Said Hossain, favor se dirigir à diretoria *imediatamente*.

O sr. Thomas olha para mim de sua mesa.

– Said? – chama ele, gesticulando na direção da porta.

Ele não parece muito preocupado com o fato de um de seus melhores alunos estar sendo chamado do nada até a diretoria, então talvez eu também não devesse estar.

Como a aula já está quase no fim, guardo minhas coisas na mochila e sigo porta afora. Os corredores da escola estão completamente vazios, mas dá para ouvir os barulhos vindos de diferentes salas de aula no caminho até a diretoria. O meio-silêncio seria quase pacífico se a preocupação não estivesse corroendo meu estômago.

Entro na diretoria e sou recebido por uma voz familiar.

Uma voz que se parece muito com a da minha irmã mais velha.

Quanto mais eu me aproximo, mais certeza tenho de que é ela. Primeiro porque está tentando convencer o diretor, falando alto, de que as regras dele são ridículas, e também por causa do longo cabelo preto e do suéter roxo.

– Safiyah?

Saf se vira para mim, os olhos arregalados como se... bem, não sei dizer direito.

– Said! – diz ela. – Ai, até que enfim. A gente tem que ir.

– O que aconteceu? – Olho dela para o diretor Carson, que nunca pareceu tão desconfortável.

Geralmente, ele tem um ar autoritário, do tipo que faz qualquer estudante pensar duas vezes antes de quebrar as regras. Mas, aparentemente, em apenas alguns minutos, Safiyah conseguiu mudar isso tudo.

– Houve um inci... – O diretor Carson é interrompido por um breve olhar de Safiyah, mas meu estômago embrulha mesmo assim.

– Ammu? Abbu?[*] – Minha mente se apressa a pensar nas piores possibilidades.

Safiyah balança a cabeça devagar.

– É a... a sra. Barnes.

E então, simplesmente adivinho. Mesmo sem Safiyah me contar, eu sei. Porque sabia que ela estava doente. Até escrevi para ela. Mandei um cartão de melhoras, como se aquilo fosse ajudá-la de alguma forma a lidar com o câncer. Mas nunca me permiti considerar a possibilidade de que ela acabaria...

---

[*] Veja o significado de termos em árabe, hindi ou iorubá no glossário das páginas 309 a 311. (N. E.)

– Eu sinto muito, Said.

Safiyah estende os braços, e é como se meu corpo estivesse no piloto automático. Caminho em sua direção para um abraço. Ela me envolve de maneira firme e calorosa, e ficamos assim por um bom tempo. Tudo enquanto eu tento assimilar: a sra. Barnes morreu. A sra. Barnes, a mulher que incentivou meu amor pela leitura. Sem a sua carta de recomendação, eu provavelmente nem teria entrado nesta escola. E agora ela simplesmente... se foi.

– A gente tem que ir – diz Safiyah assim que eu me afasto de seu abraço. – O funeral é amanhã de manhã, e se sairmos agora, dá pra chegar em Vermont com tempo de sobra.

– Mas... – Balanço a cabeça, porque as palavras de Safiyah mal são assimiladas pela minha mente.

A sra. Barnes se foi. Funeral. *Chegar em Vermont?*

– Said tem aula – interrompe o diretor Carson quando fico em silêncio por tempo demais. – Ainda falta uma semana inteira para o fim do semestre e o começo das férias de verão.

Safiyah arfa, desdenhando.

– Olha só pra ele! – Ela balança o braço em minha direção, como se eu fosse uma espécie de pintura em uma galeria. Pisco para o diretor Carson, porque, na verdade, não tenho certeza do que ele deveria estar vendo. – O senhor acha que ele vai ficar bem assistindo às aulas por mais uma semana inteira? Ele precisa voltar para casa, para a família dele. Ele está perturbado.

– Essa sra. Barnes era... um membro da família? – pergunta o diretor Carson.

Safiyah o olha mais uma vez.

– Ele só pode ficar abalado quando falece um membro da família? – pergunta.

Ela não ergue a voz – Safiyah nunca grita –, mas tem um jeito próprio de deixá-la grave e assustadora. Quando éramos crianças, Safiyah usava essa voz para me obrigar a fazer todas as tarefas que ela não queria. Agora que cresci, sou imune a ela, ou pelo menos um pouco imune. Mas esta é claramente a primeira vez que o diretor Carson está falando com Safiyah. Ele se remexe na cadeira, desconfortável.

– Bom, não. É só que nós não conhecemos nenhuma sra. Barnes, e...

– Dá uma olhada nos registros da escola. O senhor vai encontrar a carta de recomendação que a sra. Barnes escreveu para Said. Eles eram próximos. Ela era como uma mentora para ele.

Era. Essa é a palavra que ecoa na minha cabeça várias e várias vezes. A sra. Barnes *era* como uma mentora. Porque ela não é mais nada.

– Eu só não sei se...

– Nós vamos! – exclama Safiyah, erguendo a mão. – Vou junto com Said, vamos arrumar as coisas dele e voltar para Vermont, quer o senhor ache a perda dele importante o suficiente para justificar a falta em uma semana de aula, quer não.

Ela se vira e sai pela porta, marchando.

Fico parado por um tempinho a mais, porque, em meio à raiva, ela obviamente esqueceu que viera aqui me buscar.

O diretor Carson solta um suspiro profundo.

– Pode ir, Said. Vou mandar uma mensagem para a secretaria – diz ele. – E... sinto muito.

Engulo em seco o nó na garganta.

– Obrigado – respondo.

Safiyah não parece nada impressionada com meu dormitório. Claro, meu lado do quarto está perfeitamente intacto. Tudo está no lugar, e há um lugar certo para tudo. Mas o lado de Julian são outros quinhentos. Há roupas espalhadas por todas as partes, e os livros dele estão por todos os cantos, *menos* na prateleira acima das nossas escrivaninhas, que foram feitas especificamente para guardar os livros da escola.

– Como Julian encontra alguma coisa nesse chiqueiro? – pergunta Safiyah, estalando a língua em desaprovação ao olhar para o lado dele do quarto.

– Ele se vira – digo, observando o meu lado do cômodo.

Achei que ainda tinha uma semana inteira para fazer as malas para o verão. Agora, com o luto alojado na garganta como uma pedra, a ideia de guardar todas as minhas coisas parece ainda mais aterrorizante.

É quase como se Safiyah sentisse isso, porque passa por mim e começa a tirar as roupas da minha gaveta, colocando-as em uma mala aberta.

– Quando foi? – pergunto depois de uns minutos.

Safiyah olha para mim, mas não deixa de focar o objetivo principal de arrumar minhas coisas.

– Não sei direito. Faz alguns dias, acho.

Alguns dias. Eu não deveria saber que havia algo de errado? Não tem algo no universo que deveria avisar quando alguém que a gente ama está sofrendo? Que está… morto? Mas, nos últimos dias, segui minha vida como se tudo estivesse normal. Fui às aulas, joguei futebol com Julian, fiz a lição de casa. Nesse meio-tempo, a sra. Barnes se foi.

– Como você ficou sabendo? – pergunto para Safiyah em vez de ceder à minha culpa por mais tempo.

Dá para sentir a pressão na minha garganta aumentando, o ardor das lágrimas se formando nos olhos. Eu definitivamente não vou desmoronar assim na frente de Safiyah. Não agora.

Safiyah se detém por um momento.

– Hã, eu só… alguém me contou.

Ela volta a arrumar minhas coisas como se não tivesse hesitado em responder minha pergunta. Mas na mesma hora eu sei. Devia ter sido *ela*: Tiwa. Apesar de todos os seus defeitos (e são muitos), Tiwa pelo menos amava a sra. Barnes tanto quanto eu. Em outro momento de nossas vidas, Tiwa teria me contado assim que soubesse.

– Tá, tudo pronto! – diz Safiyah, fechando o zíper da mala. – Quanto mais cedo sairmos daqui, mais cedo chegamos para… bem, para o funeral.

Ela me lança um olhar de soslaio, e há compaixão estampada em seu rosto. Ela me olha como se eu estivesse prestes a desmoronar ou algo do tipo.

Abaixo a cabeça e me aproximo da mesa bagunçada de Julian.

– É melhor eu avisar Julian – digo. – Ele vai ficar se perguntando… o que aconteceu.

– Não dá pra mandar uma mensagem ou algo assim? – pergunta Safiyah.

Balanço a cabeça, pego uma caneta na mesa e aliso um pedaço de papel amassado.

– A gente não pode usar o celular em sala de aula. Quando ele chegar no quarto, vai ficar confuso.

– Bom, vou colocar suas coisas no carro – diz Safiyah, arrastando minha mala atrás dela. – Então, te vejo lá em alguns minutos, tá?

– Tá bom.

– Não esquece de deixar um desenho de Pokémon no seu bilhete – acrescenta Safiyah, como se tivesse pensado nisso agora.

Paro por um instante.

– Como você sabe que Julian gosta de Pokémon?

Safiyah apenas olha de maneira incisiva para as dezenas de pelúcias de Pokémon enfileiradas na cama de Julian.

– Toda vez que a gente conversa, ele toca no assunto umas seis vezes – esclarece antes de sair do quarto, e percebo que ela tem razão.

Sem Safiyah, o nó na minha garganta parece ficar ainda maior. Engulo o nó e bato a caneta no pedaço de papel. Como explico para Julian o que aconteceu exatamente, sendo que ele não sabe nada sobre a sra. Barnes?

Tive que sair correndo porque a bibliotecária da minha cidade faleceu? Mas a sra. Barnes era tão mais do que isso. Ela era minha amiga, minha confidente.

Minha irmã veio me buscar pra voltar pra Vermont mais cedo, rabisco de uma vez, *porque…* E paro por aí, sem saber o que dizer em seguida… *uma amiga minha faleceu*. Não parece o bastante, mas acho que é toda a informação de que Julian precisa. *Te vejo nas férias*, escrevo no final e faço um desenho rápido do Psyduck, que é – por algum motivo estranho – o Pokémon favorito dele. E esse simples desenho de dois minutos faz com que um alívio esquisito tome conta de mim. Como se saber da morte da sra. Barnes tivesse me transformado em um nó de luto, e a tinta no papel estivesse extravasando um pouco dessa dor.

– Você deveria chorar – diz Safiyah algumas horas depois de pegarmos a estrada.

Não temos nada para nos fazer companhia além de seja lá qual estação possa ser captada pelo rádio do carro. Já ouvimos de tudo, desde música country até heavy metal, e até um programa sobre os diferentes tipos de batata.

– Por que eu choraria? – questiono.

– Ué, porque chorar é bom. Você não deveria reprimir suas emoções desse jeito.

Reviro os olhos e encaro meu lado da janela em vez de me virar para Safiyah. Desde que começou a estudar Psicologia na faculdade, ela acha que sabe de tudo. Bom, ela sempre foi assim, mas agora é pior, porque tem a promessa de um diploma de bacharel para respaldar sua atitude de sabichona.

– Said... sinto muito – diz Safiyah depois de um momento. E amoleço um pouco. Ela está tentando ajudar, mesmo que não esteja ajudando em absolutamente nada.

– Tudo bem – digo, embora sinta cada vez mais pressão nos olhos.

Pisco para segurar as lágrimas, mantendo os olhos fixos na janela.

– Você podia compartilhar uma lembrança feliz que tem da sra. Barnes – diz Safiyah. – Ela ia gostar disso, não?

Safiyah não conhece a sra. Barnes de verdade, mas tem razão. Ela *realmente* gostaria disso, pois era o tipo de pessoa que gostava de pensar no lado positivo da vida. Ela não ia querer que eu passasse a viagem toda olhando pela janela, irritado com a minha irmã e me sentindo culpado por não ter escrito para ela durante o tempo que passou no hospital.

Tento pensar em uma lembrança feliz.

– Bom, eu me lembro de quando entrei na St. Francis, e Tiwa

ficou brava comigo. Ela disse que nunca mais falaria comigo se eu decidisse ir.

– Isso *não parece* uma memória feliz...

– Deixa eu terminar – digo. – Ela ficou muito brava comigo. Mas aí foi ver a sra. Barnes. Ela disse que a sra. Barnes a convidou pra ir ao escritório dela e serviu chá nas xicarazinhas de porcelana. Era isso o que ela fazia quando queria ter uma conversa séria. E contou pra Tiwa que tinha escrito a carta de recomendação para mim, e todos os motivos pelos quais eu precisava ir pra St. Francis, e todas as formas como isso me ajudaria. E Tiwa ainda estava muito brava, mas, quando foi até a nossa casa mais tarde, ela tinha entendido. Queria que eu fosse.

– Essa é uma história sobre a sra. Barnes? Parece que é mais sobre Tiwa – comenta Safiyah.

Fecho a cara, mas sei que tem um fundo de verdade no que ela está dizendo.

A questão é que todas as memórias felizes que tenho da sra. Barnes parecem, de alguma forma, atreladas a Tiwa. Todas as recordações felizes que tenho da minha cidade parecem ligadas a ela.

– É só que... esse era o tipo de pessoa que a sra. Barnes era. Ela estava sempre ajudando Tiwa e eu a fazermos as pazes, a ver o lado um do outro. Achei que Tiwa ficaria com raiva de mim a semana inteira antes de eu ir pra St. Francis, mas a sra. Barnes garantiu que isso não acontecesse. Ela fez com que minha última semana em Nova Crosshaven fosse ótima.

Por causa da sra. Barnes, eu sabia que, mesmo que estivesse indo embora, sempre teria alguém quando voltasse para minha cidade. Eu sempre teria Tiwa. Sempre teria a sra. Barnes. Mas Tiwa e eu não somos mais amigos. E a sra. Barnes se foi. Mas não tenho muito tempo para pensar nisso, porque, no segundo seguinte, Safiyah vira o volante tão rápido que tenho certeza de que minha vida inteira passa na frente dos meus olhos. Um carro buzina na nossa frente e por pouco não bate em nós.

Safiyah xinga baixinho, e me viro para ela com um olhar furioso.

– Que merda foi essa? Você podia ter matado a gente.

– Está escuro – diz ela. – Eu não vi o carro vindo. Tudo bem, vai dar tudo certo.

Aperto meu nariz com os dedos. Sempre soube que Safiyah era uma péssima motorista, mas não imaginava o quanto ela era capaz de piorar dirigindo à noite. Dou uma olhada no celular para ver as horas. Já são dez da noite, e ainda não saímos de Virgínia. Vai levar provavelmente mais algumas horas até chegarmos a Vermont.

– Acho que a gente deveria parar para dormir em algum lugar. Descansar um pouco.

– A gente vai se atrasar para o funeral! – diz Safiyah. – Só faltam mais algumas horas.

– Você está cansada – digo. – Já está dirigindo há horas. Quer que o próximo funeral seja o nosso?

Safiyah suspira.

– Tá, beleza. Vamos encontrar um lugar pra passar a noite, mas… a gente vai ter que acordar bem cedinho se quiser chegar a tempo.

Assinto, já programando vários despertadores no celular. De jeito nenhum vou perder a chance de me despedir da sra. Barnes. Nem mesmo a inaptidão de Safiyah no volante vai me impedir.

2

QUE BABACA

Tiwa

Para mim, funerais são como casamentos.

Pessoas vêm de longe para celebrar a vida de alguém. Há comida, música e drama familiar – só que, depois que um casamento termina, os convidados não colocam o anfitrião em um buraco de sete palmos na terra.

Acho que é a única diferença.

E também o fato de que, pelo menos em um funeral, é aceitável se vestir só com roupas pretas e ficar de cara fechada o dia inteiro.

Faça isso no casamento da tia Amaal e ganhe a fama de esquisitona. Em um funeral, há pouquíssimo julgamento. Acho que todo mundo está ocupado demais ficando triste para julgar os outros e sua aparência.

Além do mais, não é o que a sra. Barnes ia querer. Ela era totalmente a favor de as pessoas serem elas mesmas sem ligar para o que os outros pensavam. Ia querer que todos viessem vestidos do seu próprio jeito, fosse com uma fantasia de circo ou com um terno e gravata elegantes. Ia gostar de saber que todos estariam celebrando sua vida sem se forçarem a ser qualquer outra coisa além do que são.

Quando a sra. B recebeu o diagnóstico de câncer e começou o tratamento no ano passado, me lembro de ela ter comprado aquelas perucas ridículas e de como as usava sem se preocupar com nada. Sua favorita era de um tom azul vivo que meio que me lembrava da peruca daquele clipe antigo da Katy Perry. Ela a usou em todas as ocasiões possíveis: no meu aniversário, no festival anual de abóboras de Nova Crosshaven e até na festa do Eid na minha casa, ano passado.

No quadro que fica na entrada da casa funerária, onde todos colocaram suas memórias favoritas dela, há várias fotos da sra. B com um sorriso enorme e seu cabelo azul-claro.

Um grande contraste com a maneira como imagino que ela esteja agora, dentro do caixão de madeira tampado: os olhos fechados, o rosto pálido e a cabeça quase careca, com pequenos tufos de mechas ruivas rebeldes, como dava para ver quando ela não usava perucas.

Nada de sorrisos, de histórias engraçadas de sua juventude, de vida. Nada de sra. B.

Enxugo os olhos com as costas da mão e a estendo para tocar na tampa do caixão, na esperança de que, quando o fizer, isso de alguma forma acione algo no universo e eu acorde sabendo que tudo isso não passou de um sonho horrível para caralho.

Mas é claro que, quando eu toco na madeira, nada acontece.

Ainda estou aqui, na casa funerária.

E a sra. Barnes ainda está morta.

Alguém pigarreia. Quando olho para cima, encontro um estranho olhando para mim, parecendo irritado.

– Já terminou? Você está aqui faz dez minutos. Tem outras pessoas querendo prestar condolências também – diz ele.

Agora percebo a longa fila atrás dele. Não reparei que havia ficado aqui por tanto tempo.

– Ah... d-desculpa – digo, engolindo o nó no fundo da minha garganta. Não ajudaria em nada se eu começasse a chorar na frente de um desconhecido que já está de saco cheio de mim.

Enxugo o rosto outra vez e lanço um último olhar para a sra. B antes de me afastar do caixão.

A sala está lotada, há pessoas por todos os cantos, tanto jovens quanto velhas. Muita gente devia adorar mesmo a biblioteca – ou a própria sra. B. Ela tinha uma personalidade cativante que tornava difícil não querer ficar perto dela o tempo todo.

No início da cerimônia, reconheci algumas pessoas da escola. Mas ninguém de quem eu seja próxima o bastante para puxar conversa ou sequer dar um aceno educado. Então, decido encontrar meu próprio canto.

É estranho pensar que estive nesta mesma casa funerária há menos de dois anos, e, nesse meio-tempo, tudo mudou e nada mudou. A decoração está diferente, assim como a tinta nas paredes, que antes era de um bege cor de aveia e agora é de um tom verde-vômito. Os sentimentos que surgem por estar aqui, porém, permanecem iguais. Ainda sinto o mesmo aperto no peito, o mesmo embrulho no estômago, a mesma vontade de me esconder do mundo real.

Sinceramente, estou cansada de funerais.

Tem cadeiras por toda a sala, a maioria delas desocupada. Parece que ficar de pé em um funeral torna tudo menos deprimente. Sentar te obriga a pensar, o que, acho, é a última coisa que eu quero fazer agora. Então, quando enfim encontro o lugar designado para mim, faço o que qualquer pessoa faz quando quer evitar seus pensamentos e emoções: pego o celular e o ligo. Espero que, durante a manhã que passei aqui, algo escandaloso tenha acontecido na internet com alguma celebridade rica para me distrair.

Quando meu celular liga, recebo imediatamente quatro chamadas perdidas da minha melhor amiga, Safiyah.

Endireito as costas, franzindo as sobrancelhas. Saf nunca me liga tão cedo.

Espero que esteja tudo bem com ela… aperto o botão de retornar a chamada no momento em que o lugar fica em silêncio.

O toque familiar de Saf ecoa em algum lugar na sala: o som estridente da música-tema de *As meninas superpoderosas*.

Mas não faria sentido que Safiyah estivesse aqui; ela mal conhecia a sra. B. Talvez haja outra pessoa tão apaixonada pelas Meninas Superpoderosas quanto Saf. Mas isso é impossível.

Olho para cima e percebo que quase todos na sala estão olhando para a mesma direção. Para a entrada.

Estranho.

Fico de pé para enxergar melhor, mas me arrependo dessa decisão ao ver o que, ou melhor, quem chamou a atenção de todos.

Minha melhor amiga, Safiyah Hossain, e o irmão dela, Said.

Retiro o que disse sobre não haver julgamentos em um funeral. As pessoas com certeza estão julgando. Os dois parecem deslocados.

Safiyah está usando um suéter de um roxo bem berrante com uma estampa que diz "E aí, otários" em negrito, e Said... bom, ele está usando o uniforme chique do internato. Parecendo o idiota de sempre.

Safiyah me vê e sorri, acenando freneticamente como se não estivéssemos em um funeral. Algumas pessoas então se voltam para mim.

Hesito antes de ir até ela, fazendo uma careta quando sem querer encontro o olhar de Said por um breve momento.

Quando chego na entrada, Saf me puxa para um abraço apertado.

– Senti tanta saudade, Titi. Como você está? – pergunta Saf assim que finalmente me solta, como se não nos falássemos todos os dias.

Ela está com um sorriso assustador de *serial killer* no rosto. Está me deixando desconfortável.

– Ah... estou bem, na medida do possível – respondo.

Saf assente, parecendo triste.

– Posso imaginar como deve estar sendo difícil. Eu sei que vocês gostavam muito dela – diz.

Por *vocês* ela se refere a mim e a Said.

Sou quase obrigada a olhar para ele agora. Seria estranho se não o olhasse.

Quando faço isso, fico surpresa por ele estar me encarando de volta. Contudo, o que mais me surpreende é a expressão em seu rosto. O desdém habitual que ele demonstra sempre que estamos juntos foi substituído por algo novo.

Os olhos dele estão vermelhos e marejados – parece que ele estava... *chorando*.

Mas não consigo entender o porquê, já que ele estava perfeitamente bem quando decidiu ir para o internato e abandonar todo mundo que conhecia. E estava bem sem nunca ter vindo visitar a sra. B no hospital, nem quando ela estava em seu pior momento.

Por que fingir que se importa agora?

É tarde demais.

Ainda o estou encarando quando ele enfim abre a boca.

– Vou prestar minhas condolências – diz Said, se virando para Saf.

Ela lhe dá um aperto na mão e um tapinha nas costas, e ele passa por mim como anda fazendo nos últimos tempos. Como se eu fosse invisível.

Reviro os olhos. *Esse* é o Said que conheço e odeio.

– Que babaca – murmuro, me esquecendo de que Safiyah está aqui. Geralmente, tento guardar minhas opiniões sobre o irmão dela para mim quando ela está por perto.

– Desculpa, tentei te ligar mais cedo e avisar – disse Saf, parecendo culpada.

Balanço a cabeça.

– Tudo bem. Além do mais, ele só vai ficar aqui por um ou dois dias, como sempre. Estou feliz em te ver – digo a ela, mas a culpa ainda não desapareceu de seu rosto.

– Na verdade...

– Olá, pessoal! Peço um minuto da atenção de vocês, por favor... O velório será no centro comunitário Walker. Estamos indo para lá, então peguem as coisas de vocês, por favor, e se preparem para sair – anuncia Clara Sheppard, uma das bibliotecárias que trabalhava com a sra. Barnes.

– A gente tem que ir logo, antes que tenha trânsito – digo.

– Deixa só eu chamar o Said antes, tá? – responde Saf.

Assinto, tentando mascarar meu descontentamento ao ouvir o nome dele. Acho que esse é o preço de ter como melhor amiga a irmã mais velha do meu arqui-inimigo.

Saf reaparece alguns segundos depois com Said. Nós nos encaramos mais uma vez, em silêncio, meus braços cruzados para mostrar o quanto estou descontente com presença dele.

Seu olhar furioso me diz que ele sente o mesmo.

Safiyah pigarreia.

– Então! O centro comunitário... querem que eu dirija?

– Eu posso dirigir – digo, principalmente porque prefiro não morrer hoje. Saf dirige como se estivesse em um jogo de videogame com um número infinito de vidas.

– Certeza? – pergunta Saf.

Faço que sim. Absoluta.

Lanço um olhar para Said, novamente, esperando um protesto. Mas isso não acontece.

Saf o cutuca, e ele olha para mim, ainda de cara fechada.

– Tiwa – diz ele com um aceno de cabeça.

Ergo uma sobrancelha. Era para isso ser um cumprimento?

– Said – digo, do mesmo jeito estranho e antissocial.

Geralmente, ele é mais falante, porém acho que não deve ter muito a dizer, afinal, sua bibliotecária favorita da infância faleceu.

– Fala pra Tiwa que eu vou andando para o centro Walker. Não quero ser o último a chegar com ela dirigindo feito uma tartaruga. Daqui a pouco a gente se vê – diz ele para Saf.

Claramente, Said não percebe que hoje estou com tempo para bater boca. Até mesmo porque, além de chorar pela pessoa que se conhecia, agora morta e deitada em um caixão, não acontece muita coisa em um funeral.

– Engraçado ouvir isso do cara que veio chorar no funeral da mulher que ele passou os últimos quatro anos ignorando. Espero que sua caminhada seja ótima. Com alguma sorte, um coiote pode te comer no caminho, assim você nunca mais vai ter que passar pelo sofrimento de pegar carona comigo.

Said fica vermelho, mas sua expressão é indecifrável.

– Sério, pessoal, vamos ser expulsos, o nosso tempo acabou – diz Clara, batendo as mãos e gesticulando para a porta.

– Você é tão… – Said começa a dizer, mas se detém no último segundo, como se estivesse com medo de que o fantasma da sra. B fosse se levantar e repreendê-lo.

Sorrio, vitoriosa. E isso só faz com que seu olhar fique ainda mais fulminante.

– Já chega, eu dirijo. E vocês dois vão sentados no banco de trás sem reclamar nem brigar. Entendido? – determina Safiyah.

Nós dois ficamos em silêncio.

– Perfeito, agora vão logo. Tenho um compromisso depois daqui.

– Um compromisso? Com Ishra? – pergunto, dizendo a segunda parte devagar.

Ishra é uma garota que trabalha no Walker e há anos é alvo dos flertes de Safiyah. A paixão não correspondida que ela tinha pela garota se tornou uma piada entre nós, até uns tempos atrás, quando Ishra começou a flertar de volta.

Saf sorri antes de sair pela porta, sem confirmar nem negar nada.

Tentarei conseguir mais informações depois, quando Said não estiver por perto.

Assim que entramos no veículo, faço o que sempre faço quando estou prestes a andar em um carro dirigido por Saf. Rezo para que Alá nos proteja contra quaisquer cicatrizes ou ferimentos permanentes que possam vir a acontecer por causa disso.

Quando termino, viro para o outro lado. Olho pela janela, tentando ignorar a proximidade de Said e as coisas que não consegui deixar de notar nos breves olhares que lancei a ele mais cedo. Como o quanto ele cresceu, e como seu cabelo está mais longo e ondulado, e como meu estômago revira toda vez que ele olha para mim.

Tipo agora.

Ignoro tudo isso e me concentro na segunda rodada de orações, implorando a Deus mais uma vez para que Safiyah não nos mate hoje.

3

EXPERIÊNCIA DE QUASE MORTE
SAID

Voltar para Nova Crosshaven é sempre mais difícil do que eu imagino que vai ser. Não me sinto em casa, já que atualmente passo a maior parte do tempo na St. Francis. Me sinto ainda menos em casa com Tiwa sentada ao meu lado no carro, olhando fixamente pela janela para evitar olhar para mim. Da mesma maneira que tem feito nos últimos quatro anos.

Mas ela ainda age como se eu é que estivesse errado. Como se *ela* tivesse um motivo para ficar brava.

Suspiro e me volto para a janela, para Nova Crosshaven passando em um borrão. Ainda há muitas ruas e lugares que me são familiares. Onde Tiwa e eu costumávamos passar o tempo juntos. Mas muitas coisas parecem pouco familiares quando volto. Não consigo explicar o que está diferente. Talvez tenha sido eu quem mudou.

Voltar para cá é sempre um lembrete de que eu realmente não pertenço mais a este lugar. De que este não é o meu lugar desde o primeiro ano na St. Francis. E desde que voltei para aquela festa do Eid – a festa que mudou tudo entre mim e Tiwa para sempre.

– Então... – A voz de Saf rompe o silêncio quase completo do carro. Dá para ver que ela está tentando diminuir a tensão no ar, a que sempre há quando Tiwa e eu estamos próximos um do outro, mas está tentando não deixar isso muito na cara. – Alguém anda vendo alguma coisa boa na Netflix?

– Você deveria prestar atenção na estrada – aconselho. – É melhor que aquele incidente na rodovia não se repita.

Tiwa se remexe no banco, quase como se eu tivesse despertado seu interesse.

Saf resmunga.

– Foi uma vez só. Estava *escuro*.

Tiwa pigarreia.

– Aconteceu alguma coisa? Você está bem?

– Tá tudo bem! – diz Saf, balançando a mão e quase virando o carro um pouco demais para a direita. Ela coloca as duas mãos de volta no volante bem na hora. – Said está só exagerando.

– A gente teve uma experiência de quase morte – digo, e quando o rosto de Tiwa murcha, instantaneamente me arrependo do que disse. Sei que, por mais que Tiwa confie em minha irmã, ela ainda tem dificuldade para andar de carro. – Mas eu fiz Safiyah parar o carro de noite, então deu tudo certo no final – acrescento rapidamente.

– Eu não chamaria aquilo de uma *experiência de quase morte* – diz Saf. – Mas, enfim, consigo falar e dirigir ao mesmo tempo, Tiwa sabe disso. Conheço essas ruas como a palma da minha mão.

Eu *quase* me viro para Tiwa, para trocarmos um olhar de cumplicidade. Mas me controlo no último segundo e decido, em vez disso, encarar a janela. Quando éramos amigos, Saf costumava ser um alvo frequente desses olhares que compartilhávamos. Porque, por mais que nós dois amemos Safiyah, ela consegue se envolver em situações malucas e sempre as encara como se não fosse grande coisa.

– Então, Tiwa! – Saf retoma o assunto, desta vez com uma voz cantarolante. – Planos para o verão?

– Não sei... Provavelmente vou ajudar no centro islâmico. – A voz de Tiwa não está misturada com o desgosto habitual de quando fala comigo... ou sobre mim.

– É uma boa ideia. Minha ammu disse que estavam procurando

assistentes para as aulas de árabe. Você seria boa nisso – comenta Saf, balançando a cabeça.

Tenho de morder a língua para não responder com algo maldoso. Tiwa tem andado obcecada com a mesquita nos últimos anos. Mas não consigo superar a ironia que é ela agir como se fosse uma benfeitora quando nem se deu ao trabalho de manter contato comigo depois que eu fui para o internato. Ela tenta agir como a muçulmana mais piedosa e de bom coração do mundo, mas eu sei a verdade sobre ela.

– E espero conseguir um estágio naquele escritório de advocacia – continua Tiwa.

– Aquele ao lado do restaurante novo de lámen, né? Eles seriam muito burros se não te dessem o estágio. Você é a pessoa perfeita pra isso – diz Safiyah.

Preciso concordar: nunca conheci ninguém tão mandona quanto Tiwa. Óbvio que ela quer se tornar advogada.

– E os seus planos para o verão, Said? – pergunta Saf devagar.

E, pelo retrovisor, vejo que ela está olhando para Tiwa. Quase como se estivesse lhe deixando claro que vou passar o verão aqui. Isso me irrita um pouco, mas preciso ignorar.

– Sei lá. Provavelmente só… colocar os trabalhos da escola em dia, já que eu vou perder essa semana. E preparar minhas inscrições para as faculdades.

Dou de ombros. Nem tinha parado para pensar no verão e no que eu queria fazer. Não tive tempo. A carga horária em St. Francis é bem puxada. É assim que eles garantem que a maioria dos estudantes cheguem a universidades de elite com bolsas de estudo garantidas. E agora, no fim do penúltimo ano do ensino médio, todos só pensam na faculdade. Mas não posso contar para Saf quais os meus planos para a graduação. Ainda não contei para ninguém.

– Até porque você não ia querer passar muito tempo aqui com pessoas como nós. Senão, seus amigos chiques da escola particular não te aceitariam de volta – diz Tiwa, com a voz doce como mel cheia de sarcasmo.

Quero retrucar. Tenho um milhão de respostas para Tiwa. Mas não vou me rebaixar ao nível dela. Muito menos hoje.

Muito menos quando acabamos de nos despedir da sra. B.

Sei que ela não gostaria disso – e mesmo que Tiwa não queira honrar a memória da sra. B, eu quero.

Então, em vez de rebater, pego minha mochila no chão do carro e a coloco entre nós, esperando que a criação dessa barreira signifique que não teremos de conversar um com o outro pelo resto da viagem.

Ouço Tiwa murmurar algo incoerente bem baixinho e sei que ela está me insultando.

Respiro fundo para me acalmar enquanto Saf entra na rua que leva até o centro Walker. Agradeço a Deus por essa viagem de carro desgraçada estar quase no fim.

E então eu vejo.

– O que é isso? – Me inclino mais para perto da janela, quase pressionando o rosto contra o vidro gelado.

Lá na frente, há fumaça subindo pelo ar.

– O que é *o quê*? – A voz de Tiwa ainda transborda desgosto, mas não tenho tempo para lidar com ela agora. Uma sensação de pavor cresce dentro de mim.

– Saf? Você está vendo?

– Aham. – A voz de Saf é pouco mais do que um sussurro.

Ela não para o carro nem encosta. Continua dirigindo, e me pergunto se ela está se sentindo da mesma forma que eu. Como se uma pedra estivesse alojada no fundo do estômago, maciça e pesada.

Tiwa se aproxima de mim, olhando para o céu escuro lá na frente.

– Isso é…? Não pode ser… – murmura ela.

O som das sirenes nos traz de volta à realidade. Saf para o carro no acostamento, e observamos um caminhão de bombeiros passar por nós em direção ao edifício envolto em fumaça e chamas.

Um edifício que eu conhecia como a palma da minha mão.

Tiwa parece estar à beira das lágrimas, e, de verdade, eu sinto um pouquinho de empatia por ela.

O centro islâmico é basicamente a vida de Tiwa. É assim desde sempre.

Ao meu lado, ela solta o cinto de segurança, abre a porta e sai para a rua, como se quisesse ver de perto o centro em chamas.

– Tiwa, espera... – chama Saf, mas é como se Tiwa não conseguisse ouvi-la.

Ela fecha a porta atrás de si e se afasta da esquina, se aproximando cada vez mais do centro queimando. Seus olhos estão grudados nas chamas que sobem.

Tudo o que consigo pensar é que este é, definitivamente, o pior funeral ao qual já fui.

O PRIMEIRO EID DE SAID E TIWA

OITO ANOS ATRÁS

Foi aqui que tudo começou.

Uma família de quatro pessoas chega à cidade de Nova Crosshaven, com uma população de 3.992 pessoas. Conhecida pelo famoso festival de murais, uma série de assassinatos nos anos 1960 e, é claro, pelo maior centro islâmico de toda a Nova Inglaterra, a cidade de Nova Crosshaven tem tudo, até mesmo sua própria história de amor infame.

Na varanda, o garoto observa o caminhão de mudança parar na entrada da garagem do outro lado da rua.

– SAID! Vai levar mishtis para os vizinhos novos! – grita a mãe do menino, lá de baixo.

– Já vou! – Said grita de volta.

Ele observa os recém-chegados por mais um instante antes de se virar e descer as escadas correndo.

– Aqui – diz a mãe, empurrando a caixa de mishtis para ele. – Vai desejar a eles boas-vindas à vizinhança.

Said lança um olhar para a caixa de doces bengalis.

– Eles não acabaram de se mudar?

A mãe semicerra os olhos.

– E daí?

– Daí que não devem estar querendo saber de comida.

– É uma gentileza, sinal de boa vizinhança. Quero que saibam que somos pessoas decentes.

Said revira os olhos, mas aperta a caixa com mais força e se dirige para a porta principal.

– Pessoas decentes não perturbam os novos vizinhos – murmura ele baixinho enquanto abre a porta.

– Eu ouvi! – berra a mãe, mas por sorte o garoto já está do lado de fora antes que possa ser repreendido por responder.

A casa do outro lado da rua é alta e imponente em comparação à dele, embora sejam idênticas. O coração de Said bate cada vez mais forte conforme se aproxima da porta dos vizinhos. Ele fica parado na soleira, sem conseguir respirar direito.

– Said! – chama uma voz atrás dele.

Said quase deixa a caixa inteira de mishtis cair no chão. Cambaleia para pegá-la justo quando sua irmã se aproxima e a agarra no ar.

– Ei, me devolve! – diz Said.

– Pra você derrubar de novo? – pergunta Safiyah.

Said a fuzila com os olhos.

– O que você está fazendo aqui? Ammu *me* mandou para cumprimentar os vizinhos.

– É óbvio que ela sabia que você não ia conseguir. – Safiyah agita o braço por cima dos mishtis. – E viu só? Ela estava certa.

– Eu não sou um bebê! Sou só um ano mais novo que você! – exclama Said, choroso.

– Se você diz... – Safiyah revira os olhos.

Said tenta pegar a caixa de volta da irmã, mas ela a segura com muita força. Cada um puxa uma extremidade, Said agarrando o braço da irmã, Safiyah pisando em seu pé.

Então, a porta se abre. Mas Said e Safiyah estão ocupados demais para perceber.

– Olá? – diz uma voz tímida.

Said e Safiyah ficam paralisados por um instante. Eles se viram na direção do som, ainda segurando os cantos da caixa de mishtis. Uma garota está parada ali, observando os dois com os olhos arregalados.

Said sente o rosto esquentar de vergonha. Isso é o suficiente para que Safiyah consiga puxar a caixa para si. Ela empurra os doces para a garota.

– Minha mãe fez isso pra vocês – declara.

A garota observa a caixa por um momento antes de segurar.

– Quem... são vocês?

– Somos os seus vizinhos! – exclama Safiyah, como se fosse completamente normal vizinhos se estapearem na frente da casa dos outros por causa de uma caixa de mishtis. – A gente mora ali. – Ela aponta para a casa do outro lado da rua.

Os lábios da garota formam um O. Mas ela está olhando para Said, não para Safiyah.

– Você é o menino que estava observando a gente fazer a mudança?

O rosto de Said queima ainda mais de tanta vergonha – mais do que ele imaginava ser possível. Antes que possa se defender, Safiyah intervém.

– É, meu irmão é meio esquisitão às vezes – diz ela.

Said dá uma cotovelada no estômago de Safiyah, mas a garota apenas ri.

– Meu nome é Tiwa Olatunji – ela se apresenta, estendendo a mão como se estivessem em uma reunião de negócios.

Safiyah e Said lutam para agarrar a mão dela, formando um aperto de mão triplo estranho e pegajoso. Tiwa parece muito desconfortável por isso.

Assim que desfazem o cumprimento, Said enfim consegue dizer algo.

– Meu nome é Said Hossain, mas meus amigos me chamam de Super S. E essa chata é a minha irmã, Safiyah.

– Ninguém te chama assim – zomba Safiyah.

– Bom, você não é minha amiga, então não tem como saber – responde Said.

– Eu vou só... te chamar de Said – diz Tiwa lentamente, bem no momento em que uma voz a chama de dentro da casa. Tiwa se vira para trás por um segundo e diz: – Tenho que ir. Obrigada por terem trazido esses...?

– Mishtis – Said termina a frase. – São doces de Bangladesh.

– Entendi. Obrigada – diz ela, e então faz uma pausa desajeitada antes de acrescentar: – Vejo vocês por aí?

Said assente.

– Estaremos do outro lado da rua!

Tiwa abre um sorriso resplandecente para os dois antes de fechar a porta.

– Ela foi legal – diz Safiyah, já se virando e voltando para casa, sem se importar se Said a está seguindo ou não.

Mas Said espera um pouquinho mais, encarando a porta de madeira à frente. Muito parecida com a sua, mas com um número pintado de dourado que diz 1411.

Ela foi legal mesmo, pensa Said com seus botões.

Foi esse o decorrer das coisas a partir daí.

Várias semanas se passaram, com direito a inúmeros passeios de bicicleta, uma partida acirrada de *conker** e três quedas infelizes de casas na árvore, e depois de viverem tudo isso juntos, Safiyah, Tiwa e Said obviamente se tornaram melhores amigos.

Portanto, não foi nenhuma surpresa que, quando o Eid al-Fitr finalmente chegou, Tiwa e sua família fossem convidados para ir à casa de Said.

Como todos os anos na residência dos Hossain, a festa do Eid é celebrada depois de passarem a manhã na mesquita. Muitas famílias muçulmanas de Nova Crosshaven aparecem à porta dos Hossain carregando refratários de vidro com comida. Em pouco tempo, a mesa de jantar

---

* Jogo tradicional britânico em que castanhas-da-índia (em inglês, *conkers*) são perfuradas e amarradas em um pedaço de corda. O objetivo da brincadeira é quebrar a castanha do adversário. (N. T.)

está cheia, com mais comida do que pessoas. Risadas preenchem a casa junto com o cheiro forte e picante do arroz pilau recém-cozido.

Said é o primeiro a chegar à porta quando a campainha toca, abrindo caminho por entre Safiyah e o resto dos convidados quando Tiwa e sua família chegam.

– Até que enfim! – exclama ele, sorrindo alegremente para Tiwa. – Tenho uma coisa pra te mostrar no jardim!

– Said, é assim que você cumprimenta os nossos convidados? – repreende a mãe, balançando a cabeça para ele.

– Assalam alaikum, tio e tia – murmura ele.

– E Eid Mubarak – acrescenta a mãe de Said, abrindo os braços para abraçar a mãe de Tiwa.

Então, ela se agacha, sorrindo para Timi, o irmãozinho de Tiwa, e apertando suas bochechas de leve.

– Toda vez que vejo esse menino, ele está maior. Você vai ficar do meu tamanho daqui a pouco – diz a mãe de Said, fazendo-o rir enquanto faz cócegas em seu queixo.

Isso tira o foco de Timi, que estava olhando com expectativa para o bolso de Said desde que chegaram.

Said abre um sorrisinho e vasculha seu bolso, como sempre faz quando Timi está por perto, puxando um doce especial que faz os olhos de Timi se arregalarem. Ele quase deixa seu brinquedo de dinossauro favorito cair quando os dedos enrugados se estendem para agarrar o doce da mão de Said.

– Como é que se diz? – pergunta o pai de Tiwa para Timi.

– Ado – responde Timi, que significa "obrigado" no linguajar dele.

– Trouxemos presentes de Eid para todos vocês – diz a mãe de Tiwa, segurando uma sacola de compras gigante.

– Ah, não precisava – responde a mãe de Said, mas a mãe de Tiwa gesticula com a mão, como quem diz que não foi nada.

– É uma tradição na nossa família, nós geralmente trocamos presentes no Eid… como em um amigo-secreto. Meu marido chama de paaro secreto. Paaro significa "troca" em iorubá.

A mãe de Said pega os presentes.

– Que amor, a gente precisa participar no ano que vem!

Enquanto a mãe de Said conversa com a família de Tiwa, Said discretamente agarra a mão da garota e foge. Eles se abaixam para passar sob os braços dos convidados e rastejam pela cozinha antes de chegar ao lado de fora.

– Vocês demoraram – grita Safiyah da casa na árvore.

– Desculpa, da próxima vez eu trago a gente aqui com os meus superpoderes – diz Said, sarcástico.

– Tá bom, *Super S* – diz Safiyah antes de mostrar a língua para ele e voltar para dentro da casinha.

Tiwa ri, mas Said apenas lança um olhar furioso para Safiyah.

Os dois seguram os degraus da escada de corda e começam a subir em direção à casa na árvore. O vento balança a escada de um lado para o outro, mas Said e Tiwa já se acostumaram a subir por aquele treco. Eles lutam para chegar ao topo e tiram o pó das roupas novas do Eid antes de ocuparem seus lugares de sempre no chão.

– Cadê o suco de maçã? – pergunta Safiyah, olhando para as mãos vazias de Said.

– Achei que você que fosse trazer dessa vez – diz ele.

– Não, eu falei pra você descer exatamente pra buscar Tiwa e o suco de maçã, mas parece que eu tenho que fazer tudo por aqui – responde, cruzando os braços. – Desculpa pela falta de hospitalidade do meu irmão, Tiwa. Ele é meio idiota.

Tiwa dá de ombros.

– Eu não ligo de não ter suco de maçã.

Safiyah balança a cabeça.

– Não. O piquenique do Eid não fica completo sem suco de maçã. Já volto.

Com isso, Safiyah desaparece rapidamente pela escada de corda.

Há um momento de silêncio antes de Tiwa decidir fazer a pergunta que a está incomodando há alguns segundos.

– O que é… *hospital… riedade*?

– Sei lá... Certeza que tem algo a ver com hospitais – diz Said com uma estranha sensação de confiança.

Tiwa solta um *ahhh*, satisfeita com a resposta dele.

Said olha de relance para a entrada da casa na árvore, procurando qualquer sinal de Safiyah antes de sorrir e tirar algumas caixinhas de suco de maçã de baixo do suéter.

– Aqui – diz ele, entregando uma caixinha para Tiwa, que parece confusa.

– Como você conseguiu... esconder... todas essas caixinhas...?

– Um mágico nunca revela seus truques – Said a interrompe. Em seguida, se inclina e sussurra: – Tem um bolso dentro do meu suéter.

As sobrancelhas de Tiwa se erguem.

– Tipo um canguru?

Said não tem certeza de como se sente ao ser comparado a um canguru, mas assente mesmo assim.

– Acho que sim – responde antes de tomar um gole do suco.

– A Safiyah vai te matar quando voltar. Ela parece gostar muito de suco de maçã.

– Como ela vai saber? – pergunta Said.

Tiwa levanta sua caixa de suco.

– Alô-ô? Vai ficar na cara.

– Não se a gente esconder antes de a Safiyah voltar! – exclama Said. – Eu não vou falar pra ela, e você não vai falar pra ela, e... caixinhas de suco não falam.

– O que eu ganho se guardar o seu segredo? – quer saber ela.

– Bom... você e eu vamos ser melhores amigos pra sempre – propõe Said, como se fosse a coisa mais óbvia do mundo todo.

Tiwa parece pensar nisso por um segundo. Said é um bom amigo desde que ela se mudou para Nova Crosshaven. Ele sempre leva caixas de mishtis bengali para ela. Os favoritos dela são os redondos e laranjas, os laddoos. E ele até lhe mostrou seus esconderijos supersecretos pela cidade. Agora, pensando nisso, talvez Said seja até o melhor amigo que ela já teve. Então, ser amigos para sempre é um bom negócio.

– Acho que… não seria a pior coisa do mundo – concorda Tiwa.
– Mas… pra gente ser melhores amigos pra sempre, vamos precisar de um contrato.

Said procura alguma coisa para poder escrever, mas tudo o que vê é uma faca de manteiga que Safiyah havia levado para o piquenique. Ele tem a ideia perfeita.

– Vem comigo! – grita, agarrando a faca e descendo.

Tiwa não faz ideia do que se passa na cabeça dele, mas vai atrás.

Quando chegam outra vez ao chão, Said se aproxima da árvore onde a casinha foi construída.

– Esse vai ser o contrato perfeito de melhores amigos, porque vai ficar aqui pra sempre – declara Said antes de esculpir um S disforme na madeira com a faca de manteiga.

Por um momento, Tiwa não sabe o que dizer. Eles acabaram de vandalizar uma árvore. Mas quando Said estende a faca para ela, Tiwa a agarra quase sem hesitar. Esculpe um T perfeito ao lado do S e até acrescenta um sinal de + no meio.

Eles se afastam, observando a obra.

Não há muitas coisas na vida que duram para sempre, mas a amizade de Said e Tiwa havia sido escrita nas estrelas… ou melhor, no tronco de uma árvore.

4

ABRAÇO DE FUNERAL

Tiwa

Chamas de um tom laranja brilhante envolvem o centro islâmico, a fumaça saindo no formato de fitas delicadas das janelas, da chaminé e do telhado.

Antes que eu possa dizer ou fazer qualquer coisa, o alarme do meu celular toca alto, me tirando do transe, forçando minha atenção a se desviar do edifício em chamas e a direcionando para o celular que vibra furiosamente no meu bolso.

O som de trombetas ressoa no ar.

Não preciso ler a notificação na tela para saber para que é o despertador.

Pego o celular, e a notificação confirma minha suspeita:

HORA DA ORAÇÃO DHUHR

Escolhi essas trombetas para me darem um susto cinco vezes durante o dia – uma vez à noite. Estranhamente, é o único alarme que me acorda de verdade.

– Minha nossa, que barulho é esse? – diz Said, apertando o peito e olhando para o celular, claramente em choque.

– É meu despertador. Está na hora da oração dhuhr – respondo, entorpecida.

Said ergue uma sobrancelha.

– Com toda essa fumaça e essas trombetas, eu já estava convencido de que o *fim dos tempos* de que minha ammu sempre fala tinha finalmente chegado – diz ele, sem fôlego.

Eu o ignoro e desligo o som.

As trombetas param de distrair minha mente do assunto mais importante em questão.

O centro islâmico está pegando fogo.

Desvio o olhar da cena distorcida e percebo que Clara está conduzindo as pessoas para longe do centro Walker, do outro lado da rua. Vejo bombeiros e caminhões vermelhos do corpo de bombeiros cercando o edifício, as vozes se elevando acima da comoção, falando para as pessoas se afastarem. De repente, sinto náuseas.

– Você está bem, Titi? – pergunta Safiyah.

Estou? Não tenho certeza. O centro islâmico tem sido uma das únicas constantes na minha vida cheia de caos. E agora estou testemunhando o edifício pegar fogo como um palito de fósforo frágil.

– Tenho que ir pra casa – digo, por fim.

Safiyah parece um pouco surpresa com a decisão.

– Mas e o velório? – pergunta ela.

– Acho que o velório foi cancelado – digo, apontando para Clara, que está evacuando o Walker.

Dá para sentir os olhos de Said em mim, e, como sempre, finjo não perceber.

– Pra ser sincero, acho que é uma boa ideia a gente ir pra casa também… As últimas 24 horas foram bem puxadas – diz ele.

Safiyah bate palmas uma vez e assente.

– Beleza, então! Vou levar Tiwa pra casa primeiro, pra ela conseguir voltar a tempo da oração dhuhr. – Como sempre, o tom e o humor de Safiyah não combinam com o clima do ambiente.

Voltamos para o carro e sinto o motor ganhar vida quando Safiyah gira a chave na ignição. Mesmo quando o carro arranca, não consigo deixar de olhar para a cena que deixamos para trás: o centro islâmico envolto em chamas, a fumaça subindo pelo edifício inteiro, escapando pelo topo do minarete e pintando de cinza o céu azul.

O centro fica cada vez menor conforme nos afastamos. Até que seja apenas um pontinho laranja e cinza no céu.

Por fim, me forço a desviar o olhar, decidida de que isso já é masoquismo o bastante por hoje. Tomo um susto de leve ao ver Said ao meu lado. De alguma forma, tinha me esquecido de que ele ainda estava aqui.

Sua cabeça gira abruptamente quando olho para ele, como se eu o tivesse flagrado fazendo algo que não deveria.

Olho para o espaço entre nós, e a mochila de Said não está mais lá.

Do nada, o carro breca, e quase saio voando do banco.

– Desculpa! Foi mal – diz Saf, alegre, como se não tivesse acabado de cometer um atentado contra a minha vida.

Meus ombros se tensionam de leve.

– Alguém deveria cassar sua carteira de motorista antes de você matar a gente – murmura Said enquanto pego o cinto de segurança.

Só então percebo que Said e eu estamos um pouco mais próximos do que antes, nossas pernas quase se tocando.

Por um momento, penso em aumentar um pouco mais a distância entre nós.

Mas não aumento.

Mal fechei a porta do carro e Safiyah já está quase me matando esmagada. Seus braços envolvem meu pescoço, apertando com força, e posso jurar que vejo uma luz branca.

– Saf, não consigo respirar – digo, minha voz abafada pelo suéter dela.

Ela se afasta.

– Desculpa, é que parece que eu não te abraço faz séculos.

– A gente literalmente se abraçou há trinta minutos no funeral – digo, ainda recuperando o fôlego.

– Ah, é... Bom, aquele era um abraço de funeral, e esse é um abraço de melhor amiga.

– Ou talvez um abraço de "sinto muito pelo centro islâmico ter pegado fogo"?

– Provavelmente é mais um abraço de "desculpa por não ter falado que Said vinha passar o verão em casa" – explica Saf.

Lanço um olhar para o carro, onde o diabo em questão está sentado, parecendo descontente.

– O verão *todo*? – pergunto, tentando manter a voz baixa e a expressão tranquila.

Safiyah sorri, culpada.

– É, mas você nem vai perceber que ele está aqui. Ele vai ficar a maior parte do tempo escondido no quarto, trabalhando nas inscrições pra faculdade, eu acho, e quando ele não estiver fazendo isso, provavelmente vai estar visitando campi universitários com um dos amigos esquisitos dele do internato.

Balanço a cabeça, tentando parecer desinteressada em todos os detalhes da vida pessoal de Said.

Se fosse em outro momento, eu que o estaria ajudando a fazer inscrições para faculdades e viagens de carro para os campi universitários pelo país. Provavelmente, também estaríamos nos inscrevendo em todas as mesmas universidades. Mas agora eu não sei nada sobre os planos dele para o futuro, e ele não sabe nada sobre os meus.

– Parece... chique – digo, disfarçando.

O som de uma buzina interrompe a conversa, e nós duas nos viramos para o carro, onde os tênis de Said agora estão pressionados contra o volante, seu corpo esticado sobre o encosto de cabeça.

– Para de falar de mim e anda logo! – grita Said pela janela.

Safiyah revira os olhos e se volta para mim.

– Acho que essa é a minha deixa. Vamos nos ver na próxima sexta. Podemos fazer uma sessão de Cookies & Crime.

Concordo, forçando um sorriso.

– Você pode me contar tudo sobre Ishra depois, então. Quero saber os detalhes.

– Claro, vai ser um prazer – ela responde com uma piscadela enquanto volta para o carro.

Ouço Said murmurar:

– Até que enfim.

Espero Safiyah sair da frente da minha casa antes de pegar a chave e entrar.

Ao andar pelo corredor estreito que leva ao nosso apartamento, passo pela porta do meu vizinho, o sr. Larson, e quase tropeço nas plantas que ele enfileirou pelo chão. Estamos morando aqui há apenas um ano, e, de alguma forma, nesse período, a quantidade de plantas do sr. Larson duplicou. Uma vez, dei uma olhadinha para dentro da casa dele quando estava saindo para ir à escola e parecia uma floresta em miniatura.

Não me surpreenderia se houvesse animais selvagens lá dentro.

Abro a porta do apartamento e, como esperado, não tem ninguém em casa.

Como sempre, pego o celular do bolso para mandar uma mensagem pra minha mãe, perguntando a que horas ela vai chegar, mas quando o desbloqueio, recebo uma dúzia de mensagens dela, em pânico, querendo saber sobre o incêndio e o velório.

Na mesma hora, mando uma mensagem para dizer que estou bem e em casa, e enquanto isso tiro os sapatos, coloco-os na sapateira quase vazia e jogo a bolsa no chão ao lado dela.

Meus passos ecoam no caminho para o banheiro, e imediatamente abro a torneira e deixo a água fria cair em minhas mãos.

Hoje em dia, o wudu já faz parte da minha memória muscular; faço tudo três vezes.

Começo dizendo "Bismillah" e então lavo das mãos até o pulso três vezes. Lavo a boca e o nariz. Então, lavo o rosto, da linha do cabelo até o queixo. Junto água nas mãos e lavo os braços da ponta dos dedos até os cotovelos. Em seguida, passo os dedos molhados pelo cabelo, me certificando de passá-los pela nuca. Limpo as orelhas e, por últimos, lavo os pés até os tornozelos.

Termino com uma oração, sentindo como se tivesse me livrado de todo o infortúnio: o funeral, a chegada de Said e o incêndio do centro islâmico. Parece que desgraça nunca vem sozinha.

Agarro meu lenço e meu tapete de orações, levo-os até o chão da sala e me viro para a qibla.

E então, como de costume, começo a oração dhuhr com a fatiha.

Ao voltar do trabalho, minha mãe me encontra no sofá, fazendo um estrago em um pote de sorvete de caramelo salgado.

Eu a observo vagar pela casa, dando uma olhada na correspondência e jogando o casaco na ilha da cozinha enquanto as sobrancelhas se franzem ao ver o que provavelmente é a conta de luz do mês passado.

– Você parece estar se divertindo – diz minha mãe ao abrir outra carta.

– Mais ou menos. Nem sei se gosto de caramelo salgado, mas só tinha isso. A gente precisa de mais sorvete – digo.

Minha mãe assente.

– Anotado.

– São as contas? – pergunto, observando o rosto dela se franzir na mesma hora ao analisar a folha.

Ela olha para mim com um sorriso cansado no rosto.

– Aham, os ladrões da companhia elétrica estão de volta. Mas tudo bem, poderia ser pior.

Paro no meio da colherada seguinte, notando como a voz dela fica mais fina no fim da frase.

Antes que eu possa fazer mais perguntas sobre as contas, ela volta a falar:

– O velório não era pra ser no Walker? Você não estava perto do centro islâmico quando o incêndio começou, né? Espero que não.

Uma outra enfermeira estava falando disso. Ninguém se feriu gravemente, Alhamdulillah.

Balanço a cabeça.

– É, o velório era pra ser lá, mas acho que foi cancelado por causa do incêndio. Alguém foi pro hospital? – indago.

– Só um dos bombeiros, que sofreu uma queda – responde minha mãe.

Ainda consigo sentir o cheiro da fumaça, ainda dá para ver as chamas laranja envolvendo o edifício e o destruindo. Pisco para afastar a imagem e tampo o pote de sorvete.

– Pelo menos o funeral não foi afetado, ainda deu pra gente se despedir – comento.

– E *como foi* o funeral?

Não tenho certeza de se devo dizer toda a verdade ou apenas parte dela. Nunca fomos o tipo de família que realmente confessa ou discute as *coisas ruins*. Principalmente depois de tudo o que aconteceu há dois anos. A dor é uma convidada permanente em nossa casa, o elefante na nossa sala em ruínas.

Então dou de ombros.

– Como todos os funerais. Um inferno de tão deprimente.

Minha mãe me lança um olhar horrorizado.

– Astaghfirullah. Olha a boca, Tiwa. Não se brinca com o inferno.

Reviro os olhos.

– Desculpa, o funeral foi tranquilo, acho. Fico feliz por ter conseguido dizer adeus. Mas sei lá... ainda estou com o coração pesado.

– Talvez você precise de uma distração nesse verão – sugere minha mãe.

– Eu já estou esperando aquele estágio de Direito, isso provavelmente vai me distrair bastante... se eu conseguir, é claro.

– Estou falando de algo que não seja acadêmico, Titi, como... artes e artesanato. Você podia fazer tricô ou crochê – diz minha mãe com seriedade.

Ergo a sobrancelha para ela.

– Talvez… Vou pensar no caso. Acho que tem coisas assim no centro Walker. Vou passar lá assim que for seguro e ele reabrir.

– Perfeito – diz minha mãe. – O bombeiro disse que provavelmente o centro islâmico não vai abrir por um tempo, mas o fogo não chegou até o Walker, então já devem liberar o funcionamento dele ainda esta semana. Espero que isso signifique que este ano o seu pai vai passar o Eid na casa dele. – Minha mãe murmura a última parte alto o bastante para eu ouvir.

Sinto o sangue fugir lentamente de meu rosto.

Não tinha considerado que o incêndio do centro islâmico afetaria o Eid.

Que afetaria a festa que deveríamos dar.

Que afetaria a nossa tradição.

Todo Eid, uma família em Nova Crosshaven organiza a festa bianual. Todos nos reunimos para celebrar com as outras famílias no centro islâmico. Tem comida, barracas de henna, brincadeiras, e até trocamos presentes no fim, como em um amigo-secreto, mas que chamamos de paaro secreto. Também é o único momento em que vejo meus pais juntos no mesmo lugar hoje em dia. A única vez em que somos uma espécie de família.

Este ano, é a nossa vez de organizar a festa do Eid. É algo que minha mãe queria fazer desde que nos mudamos para Nova Crosshaven, pensando que isso nos aproximaria da comunidade. Mas agora que finalmente vai acontecer, *é claro* que tudo dá errado.

– Você acha que o meu pai realmente não viria para o Eid? – pergunto, minha voz falhando de leve.

Minha mãe olha para mim como se tivesse se arrependido de abrir a boca.

– Não, não, é claro que ele viria. Tenho certeza disso, ele sempre vem. Eu não deveria ter brincado com isso.

Franzo a testa de leve. Ela não consegue me tranquilizar.

Desde que minha mãe e meu pai se separaram, quase dois anos atrás, e meu pai se mudou para Londres e conheceu sua nova noiva, não tenho mais certeza de nada. Muito menos do futuro da nossa família.

É triste pensar que um edifício é a única coisa que mantém minha família unida. É como se, a cada dia que passa, ficássemos cada vez mais distantes.

E dado o que aconteceu com o centro islâmico, meus piores medos podem realmente se tornar realidade.

5

FOI NAMORAR, PERDEU O LUGAR

SAID

O aroma da comida de ammu exala da janela aberta da nossa casa e nos alcança antes mesmo de pararmos na garagem. O perfume inebriante do korma cremoso misturado com as especiarias do pilau faz com que eu me sinta em casa, mais do que qualquer outra coisa. E embora o funeral e o incêndio não tenham exatamente estimulado meu apetite, sinto o estômago roncar de fome.

Safiyah sorri ao desligar a o carro e olha para mim.

– Dá pra ver que ammu está te esperando.

– Que bom, porque eu estou morrendo de fome – digo enquanto saímos do carro.

Meus olhos automaticamente se voltam para o outro lado da rua, onde fica a antiga casa de Tiwa. Ainda me lembro do dia em que se mudaram, e parece estranho que a Suzuki azul do sr. Olatunji não esteja mais na garagem deles; no lugar dela, está a minivan branca da sra. Spencer, um lembrete constante de que tudo mudou.

Quando entramos em casa, abbu já está sentado à mesa de jantar no lugar de sempre, lendo o que parece ser um livro sobre jardinagem, enquanto ammu está mexendo nos pratos, ajustando-os até ficarem exatamente na mesma posição, com seus desenhos alinhados.

– Você sabe que Said não é visita, né? – pergunta Safiyah como um cumprimento.

Quando ammu ergue o olhar, é como se não tivesse ouvido Safiyah. Seu rosto abre um sorriso largo, e ela corre para jogar os braços ao meu redor.

– Said, finalmente! – diz, recuando para me olhar, os olhos preocupados. – Eles não andam te alimentando naquele internato? Como é que você fica mais magro toda vez que te vemos?

Safiyah revira os olhos e se joga em uma das cadeiras, servindo uma grande colherada de pilau em seu prato.

– Ninguém cozinha igual a você, ammu – respondo, mais para sair desse assunto do que qualquer outra coisa.

Mal me sentei ao lado de Safiyah quando minha mãe começa a encher meu prato de pilau, korma de frango e korma de vegetais. Ela coloca um pouco demais, porém não reclamo. Meu estômago ainda está roncando, então me afundo na comida, assim como os outros.

– A Safiyah mandou mensagem falando do incêndio. Todo mundo ficou… bem? Vocês dois estão bem? – Os olhos dela pairam sobre nós, como se antes tivesse perdido algum sinal do incêndio.

– Estamos bem, ammu – diz Safiyah, com um suspiro. – Nem chegamos perto, na real. Mas não parecia… nada bom.

– Já tinha bombeiros lá quando a gente chegou. E acho que ninguém ficou ferido – acrescento rapidamente.

– Mesmo assim, precisamos ligar pra saber se está tudo bem – diz abbu.

Ele troca um olhar sombrio com ammu. Da última vez que voltei para casa, abbu e os outros tios muçulmanos da cidade iam sempre tomar chá no centro islâmico depois da oração jummah. Era o ritual semanal deles.

– Vou ter que falar com Qaima sobre as aulas de Alcorão – murmura ammu, enrolando um pouco de arroz com as mãos, distraída. – Se não pudermos usar o centro islâmico, acho que não dá mais para continuar com as aulas.

– Às vezes dá para perguntar se a escola consegue reservar uma sala para vocês durante o verão, não? – sugiro.

Quando Safiyah e eu éramos crianças e tínhamos aulas sobre o Alcorão, as turmas eram pequenas. Só havia cinco outras crianças na nossa sala, e uma delas era Tiwa.

– Acho que não temos dinheiro pra isso, Said – diz ammu, mostrando um sorriso triste. – O bom do centro islâmico é que tudo já estava lá à nossa disposição. Mas... – Ela balança a cabeça, e seu sorriso se ilumina. – Você não tem que se preocupar com isso.

– Nós vamos dar um jeito. – Abbu concorda com a cabeça.

– Mas como foi o funeral? – pergunta ammu, a voz assumindo um tom ainda mais grave. Contudo, ela não espera nem a minha resposta nem a de Safiyah antes de continuar a falar. – Coitada da sra. Barnes. Sempre gostei dela, sabe. Do jeito que ela cuidava de você, de ela ter feito a carta de recomendação pra escola. Ela sempre cuidou da nossa família, então tenho certeza de que Alá está cuidando dela agora.

Com isso, ammu e abbu olham para o teto, como se fosse seu jeito de fazer uma ligação particular para o próprio Alá, pedindo que prestasse uma atenção especial na sra. Barnes. É meio ridículo, mas é uma boa ideia, acho. Imagino que ela teria gostado disso.

– A sra. Barnes provavelmente teria gostado do seu korma e do pilau no funeral dela – digo, me lembrando de que ela amava a comida de ammu tanto quanto o resto de nós.

– A comida do funeral não estava boa? – pergunta abbu, com curiosidade. – Era sanduíche de pão de forma?

Ele torce o nariz como se não conseguisse imaginar nada tão horrível quanto sanduíche de pão de forma.

– A gente nem conseguiu comer, porque o velório foi cancelado – diz Safiyah. – Por isso estamos morrendo de fome.

– Mas a espera valeu a pena, fiquei sonhando com as chamuças de ammu o semestre todo. Vou comer um monte nas férias – comento, animado.

– Você deveria gastar menos tempo pensando em chamuças e

mais tempo pensando na sua educação. Essas férias vão ser importantes pra você, Said. É o último verão antes das inscrições para as faculdades. Talvez a gente possa fazer uma viagem em família pra alguns campi universitários nos estados aqui por perto.

– Você deveria começar as inscrições o mais cedo possível – aconselha ammu antes que eu possa responder à sugestão de abbu. – Seu abbu e eu podemos dar uma olhada nas suas redações e te ajudar com elas. Será que deveríamos contratar alguém pra revisá-las também? Alguém com experiência? – diz ela, mais para meu abbu do que para mim. Como se ele tivesse mais poder de escolha na minha vida do que eu.

Interrompo antes que eles comecem a fazer planos mais malucos.

– Acho que vai dar tudo certo. Já comecei a dar uma olhada nas inscrições e... Vou visitar alguns campi com Julian assim que ele chegar. Ele quer explorar os departamentos de Biologia em várias universidades.

Meus pais quase parecem desapontados por eu estar com tanto controle das coisas e não precisar muito da ajuda deles. Nem consigo imaginar o quão decepcionados ficariam se eu contasse a verdade.

– Vocês com certeza não deveriam contratar ninguém. Eu estou aqui, não estou? – diz Safiyah, a boca cheia de arroz.

– Sim, você fica mais aqui do que nas suas aulas da faculdade – murmura ammu, alto o bastante para todos nós ouvirmos.

Safiyah lança um olhar para ela do outro lado da mesa de jantar, mas então se vira para mim e fala:

– Não é pra me gabar, mas eu *realmente* entrei na faculdade que eu mais queria, e ainda pude escolher entre as melhores.

– Não sei em que mundo isso é "não se gabar" – resmungo, mas Safiyah se limita a mostrar a língua para mim.

– Tá bom, tá bom – interrompe abbu. – O que importa é que as inscrições sejam feitas. Harvard, Duke, Johns Hopkins... eles esperam os melhores entre os melhores. Se precisar de ajuda, Said, estamos todos aqui.

Sei que ele diz isso de maneira solidária, mas não consigo evitar a tristeza que toma conta de mim ao ouvir suas palavras. Não só as dele, mas a conversa toda, na verdade. Minha ammu, meu abbu e até Safiyah criaram esperanças de que eu fosse para uma das melhores universidades estudar Medicina. Na cabeça deles, não há dúvidas quanto a isso.

– Obrigado, abbu – murmuro, olhando para o meu prato de comida pela metade.

Minha fome desapareceu agora. Em algum momento, vou ter de contar para eles que não tenho planos de estudar Medicina como todos querem que eu faça.

Que meus sonhos são diferentes dos que eles têm para mim.

– Você não está comendo! – exclama ammu, me tirando dos meus pensamentos.

Ela começa a colocar mais pilau no meu prato.

– Ammu, já está b...

– É por isso que você anda tão magro. Está recusando comida boa! – reclama ammu. Ela parece zangada, mas pelo jeito que dá um tapinha na minha bochecha, sei que não está.

Na tentativa de parar com as broncas dela, olho para o outro lado da sala de jantar em busca de algo para mudar de assunto, e então reparo em uma pilha de caixas embrulhadas para presente.

– O que é aquilo? – pergunto, apontando para a pilha.

Ammu olha naquela direção, sua atenção desviada com sucesso.

– São os presentes de paaro secreto deste ano. Sorteamos os nomes umas semanas atrás, mas não se preocupe, já peguei um nome pra você... acho que você ficou com um dos gêmeos Salim. Ishmael, se eu não me engano – explica ammu.

No último Eid, eu ainda estava preso na St. Francis fazendo prova, e por isso não pude participar da tradição bianual de troca de presentes. Pelo que sei, os Olatunji começaram essa tradição assim que chegaram, e, desde então, a comunidade participa.

– Obrigado, ammu, acho que vou comprar uma bola de futebol pra ele ou algo do tipo – digo, aproveitando que ela ainda está distraída para despejar metade do meu pilau no prato de Safiyah, que grita um "ei!", mas não devolve o arroz para mim.

Ammu e abbu não nos repreendem. Por um momento, enquanto estou aqui, sentado com a minha família ao redor da mesa de jantar, quase parecem os velhos tempos. Antes do internato, antes de Tiwa e eu brigarmos.

E isso me lembra de que não posso contar para ammu e abbu sobre o curso de Animação. Pelo menos, não ainda. Porque isso vai estragar tudo.

— E aí o Gengar me engolia... foi tão assustador. Um conselho: não durma jogando Pokémon. Você vai sonhar com coisas estranhas pra caramba, Said.

— Pode deixar — digo ao celular, apertando os botões do controle rapidamente. — Mas o que isso tem a ver com o que eu perguntei?

— Ah. Qual... era a pergunta mesmo? — questiona Julian.

Dá para ouvir que ele está apertando os botões do controle enquanto eu explodo um carro com o meu lançador de foguetes.

— Como foram os últimos dias de aula? — digo, tentando desviar dos tiros na tela.

— Chatos — reclama Julian. — Os alunos do último ano tentaram encher o banheiro dos professores com bolhas de sabão pra uma pegadinha, mas o sr. Thomas pegou eles antes de saírem de lá, então foi por água abaixo!

— Não tentaram outra vez?

Nunca houve um ano sem uma pegadinha feita pelos alunos do último ano desde que entrei na St. Francis.

— Não dava, né? Colocaram o zelador Joe como segurança 24 horas do banheiro pra não fazerem mais nada. Te juro, os professores daquela escola são muito pau no cu. É a última semana de aula, relaxa e se diverte, sabe?

Quase consigo imaginar o rosto de Julian ficando todo franzido, como costuma fazer quando ele reclama desse jeito. Isso serve para todo tipo de reclamação: desde assuntos mais sérios, como política (o que é raro), até debates sobre a cor mais gostosa de Skittles (amarelo, de acordo com Julian).

– Bom, pelo menos isso significa que a nossa pegadinha do ano que vem tem ainda mais chance de ser lendária – observo.

– Já pensei nisso! – diz Julian, animado. Na tela, consigo eliminar duas pessoas da equipe dele, então sei que está distraído. – Acho que a gente poderia...

A voz de Julian é abafada quando meu celular toca com outra ligação. Olho para o travesseiro onde o coloquei para ficar com as mãos livres para jogar. O identificador de chamadas diz *Biblioteca de Nova Crosshaven*.

– Julian, já te ligo, tá? – aviso, interrompendo-o no meio da sua lista crescente de ideias para a pegadinha do último ano.

– Ah, tá bom. Está... tudo bem?

– Aham, só tenho que atender outra ligação. Te ligo depois, relaxa, e talvez da próxima vez você possa tentar ganhar de mim.

– Se você não ficasse me distraindo com todas essas perguntas, eu ia te amassar! – diz Julian, se defendendo.

Reviro os olhos, murmuro um tchau e, com pressa, aceito a ligação da biblioteca.

– Alô?

– Olá, é Said Hossain? Aqui quem fala é Clara Sheppard, da Biblioteca de Nova Crosshaven. – Uma voz anasalada soa do outro lado da linha.

– Isso, é Said – respondo.

– Que maravilha! Estou ligando para perguntar se você poderia vir aqui na biblioteca amanhã de manhã. Tem uma coisa que a sra. Barnes queria que ficasse com você.

– Ah. – Minha garganta seca à menção dela, e me sento na cama. – O que é?

– Acho melhor você vir e ver com seus próprios olhos. A advogada vai te explicar tudo quando você chegar aqui. – A voz de Clara parece um pouco alegre demais.

Nunca tive de lidar com uma advogada antes. Não consigo imaginar o que a sra. Barnes pode ter me deixado a ponto de precisar envolver uma advogada.

– Tudo bem. Que horas amanhã de manhã?

– Bom, falei para a advogada chegar às dez e meia, então seria ótimo se você pudesse chegar a essa hora.

Sair tão cedo significa que vou ter de pular minha partida de FIFA com Julian mais tarde, apesar de eu estar ansioso para jogar desde ontem. Faço uma nota mental para mandar mensagem para ele e remarcar.

– Pode deixar – digo.

A biblioteca está exatamente como lembro. O mesmo piso feio com um carpete verde-musgo, o mesmo cheiro de esperança e desespero, as mesmas luzes de teto ofuscantes e as mesmas estantes altas de madeira encostadas nas paredes creme, ao lado do mural familiar de lombadas de livros famosos. Entrar neste lugar é como voltar para casa. Diferente da maior parte de Nova Crosshaven, a biblioteca nunca muda. Até o estojo de ouriço da sra. Barnes ainda está empoleirado na mesa da recepção, me observando no caminho até lá.

Não há ninguém atrás do balcão, e quando dou uma olhada ao redor, percebo que a biblioteca está quase completamente deserta. Sem sinal de Clara em lugar nenhum.

Olho para além da recepção, em direção à sala da sra. Barnes, onde ela me deixava passar várias horas lendo e comendo os cookies do armário de lanches dos funcionários.

Um bilhete está colado na porta da sala agora. A caligrafia tão grande que consigo enxergar daqui: *No intervalo! Volto em cinco minutos. – Clara*

Na parede, o relógio marca 10h32. Clara deve estar atrasada hoje.

Penso em esperar perto da mesa por um tempo, mas, para variar, as fileiras de livros me chamam. Vago pelos corredores e, sem pensar, paro na seção de clássicos infantis. Este costumava ser meu lugar preferido da biblioteca quando era mais novo. O carpete verde dá lugar a um arco-íris, e as paredes creme são cobertas por retratos de funcionários da biblioteca feitos por crianças. Encontro alguns da sra. Barnes feita como um boneco de palito feliz com cabelo azul-vivo, e não consigo conter o sorriso.

Analiso as prateleiras e meus olhos pousam na lombada dourada familiar de um de meus livros favoritos: *Alice no País das Maravilhas*. A sra. B me recomendou esse anos atrás, e eu folheei esse mesmo exemplar no escritório dela uma dúzia de vezes. Agora, vou até ele, e assim que meus dedos tocam a capa dura, ele desaparece de vista.

Encaro o espaço vazio por um segundo, tentando descobrir o que acabou de acontecer. E então a vejo. Do outro lado da prateleira, avisto a cabeça da minha arqui-inimiga. E seus dedos enroscados ao redor do meu exemplar de *Alice no País das Maravilhas*.

Cerro os dentes.

– O que é que você está fazendo?

Tiwa nem olha para mim. Em vez disso, folheia as páginas e, como se não tivesse simplesmente roubado o livro de mim, diz, casualmente:

– Lendo.

– Eu ia pegar esse livro. – Minha voz sai entredentes.

Tiwa dá de ombros, ainda sem me olhar.

– Foi namorar, perdeu o lugar.

Dou meia-volta e marcho para o outro lado da prateleira, pronto para pegar meu livro de volta. Mas, de repente, Tiwa não está mais lá. Quando olho ao redor, percebo que ela foi para a seção de ficção científica adulta, ainda com meu livro debaixo do braço.

Ando com raiva até onde ela está analisando as prateleiras e pego o exemplar de *Entrevista com o vampiro* antes dela.

A cabeça de Tiwa gira, e ela finalmente me encara, os olhos arregalados.

– Não é legal quando alguém faz isso com você, né?

Ela arqueia uma sobrancelha para mim.

– Como é?

– Você roubou *Alice* de mim – digo, apontando para o livro nos braços dela.

– Algo me diz que este livro é da Biblioteca Pública de Nova Crosshaven, então a menos que seu nome seja *biblioteca*, eu não roubei nada de você – rebate ela.

De um jeito irritante, ela tem razão.

– Eu te dou Anne Rice se você me der Lewis Carroll – proponho, imaginando que a negociação me trará melhores resultados que meus métodos anteriores.

Tiwa olha para o teto, pensando no assunto.

– Humm… não, pode ficar. – E mostra um sorriso estranhamente resplandecente.

Semicerro os olhos para ela. Antes que eu possa proferir meu próximo insulto, Clara aparece, ao que tudo indica, do nada.

– Aí estão vocês – diz, o sorriso tão agradável quanto sua voz. – Essa é a sra. Sanchez, a advogada de quem eu falei.

Ela acena com a cabeça para a mulher ao seu lado, que está usando um blazer preto e uma blusa rosa-clara.

Mal temos tempo de nos cumprimentarmos antes de Clara nos conduzir ao escritório.

– Podem se sentar, eu vou pegar um café para todo mundo! – exclama Clara antes de sair.

Hesito por um momento antes de me sentar no canto mais próximo da porta. Tiwa se acomoda a vários assentos de distância de mim, e a sra. Sanchez se senta em uma cadeira à nossa frente.

– Obrigada por virem. Não vou demorar muito tempo – diz a sra. Sanchez com um sorrisinho tenso. – A falecida, Mary Louise Barnes, deixou no testamento um item para vocês dois.

Em resposta, só consigo piscar para a sra. Sanchez. Eu não esperava que a sra. Barnes deixasse nada para mim. Nunca me deixaram herança nenhuma antes. Nos filmes e nas séries, as leituras de testamento parecem muito mais dramáticas. E nunca acontecem em uma sala apertada na biblioteca pública.

– Estou com a papelada aqui para vocês. Tudo o que precisam fazer é assinar que aceitam a responsabilidade.

– Aceitar a responsabilidade *pelo quê*, exatamente? – pergunta Tiwa, e, como se tivesse sido ouvida pelo universo ou pelo próprio Alá, Clara volta fazendo malabarismos com uma bandeja de canecas de café em uma mão e um gato laranja na outra.

Laddoo? Encaro o gato com os olhos arregalados, percebendo o quanto ele cresceu desde a última vez em que o vi.

– Mary deixou o gato... La... doo?... aos cuidados de vocês. Tenho aqui uma lista de instruções escritas à mão por ela, bem como o formulário que precisarei que vocês dois assinem para que eu possa lhes entregar o gato hoje.

O silêncio toma conta da sala.

– Nós dois? – questiona Tiwa.

A sra. Sanchez assente.

– Isso, aqui diz que, no caso da morte da sra. Barnes, Laddoo deveria ser deixado para Said Hossain e Tiwa Olatunji... São vocês, correto?

– Sim, mas...

– Perfeito! Só preciso que os dois assinem a papelada, e assim poderemos entregar o gato para vocês – explica a sra. Sanchez, deslizando o documento na nossa frente.

Olho para a folha, ainda processando o fato de que, de todas as coisas possíveis, a sra. Barnes deixou o gato para nós.

Clara coloca tanto a bandeja quanto Laddoo sobre a mesa. E como se Laddoo já conhecesse os novos donos, ele pula no meu colo, os olhos curiosos me fitando. Nem mesmo penso antes de esticar os dedos e passá-los ao longo do pelo da cabeça dele. O gato ronrona baixinho antes de se deitar de vez. Como se tivesse decidido que meu colo é seu novo lar.

– Ele se lembra de você! – exclama Clara, passando uma caneca de café para a sra. Sanchez.

Não tenho certeza de que este é mesmo o caso – afinal, Laddoo sempre foi um gato carinhoso –, mas a ideia de ele se lembrar de mim me enche de uma sensação terna mesmo assim.

– Sempre me lembro de quando Laddoo fugia para encontrar vocês dois no centro islâmico – diz Clara, com carinho, antes de o sorriso se transformar em uma carranca. – É tão triste o que aconteceu. Vocês têm alguma ideia do que pode ter causado o incêndio?

– O corpo de bombeiros disse que foi um acidente que começou na cozinha. Mas ainda não sabemos todos os detalhes. Acho que vamos saber mais no fim da semana – responde Tiwa.

Suspeito que ela tenha descoberto essa informação por meio dos canais de costume: o fórum de vigilância do bairro de Crosshaven. Tomo uma nota mental para perguntar para ammu e abbu sobre isso quando chegar em casa.

– Espero que o Eid ainda possa acon... – Tiwa começa a dizer antes de a sra. Sanchez interrompê-la, pigarreando e olhando incisivamente para o relógio acima da cabeça de Tiwa.

– Tenho uma reunião daqui a pouco.

Dou uma espiada em Tiwa, tentando analisar sua reação. Nós dois fomos encarregados de cuidar de Laddoo. Nós dois temos de assinar a papelada. Compartilhar essa responsabilidade com Tiwa é a última coisa que desejo, mas a sra. Barnes queria que fizéssemos isso.

– Posso assinar primeiro – digo, pegando uma caneta.

Laddoo se remexe no meu colo, como se estivesse insatisfeito com o menor dos movimentos, e até mesmo Tiwa vira a cabeça para mim. Me pergunto por um instante se ela vai recusar, mas não diz mais nada. Assino na linha pontilhada, e, quando empurro o contrato na mesa, Tiwa o pega e rapidamente escreve a própria assinatura.

Dou uma olhada para baixo e vejo uma bola de pelo laranja que com certeza já caiu no sono.

Acho que agora somos os pais orgulhosos de Laddoo, o gato.

6

ENERGIA NEGATIVA

Tiwa

A sra. Barnes deve estar pregando uma peça cruel em nós dois, lá do além.

Isso é tudo em que consigo pensar enquanto observo Said fazendo carinho em Laddoo do lado de fora da biblioteca. Ele parece feliz demais com a situação. Acho que é a primeira vez que o vejo sorrir em anos.

Said me pega olhando para ele e, como esperado, seu sorriso se esvai.

– Desculpa, quer pegar ele? – pergunta.

– Parece que vocês estão se dando muito bem. Não quero acabar com a festa – digo em um tom seco.

– Eu me lembro do quanto você era obcecada por Laddoo quando a gente era criança, então imaginei que quisesse ficar com ele. Desculpa por perguntar – murmura ele.

Said parece esquecer que, enquanto ele ficou saçaricando por aí com os amigos finos do internato, eu passei todos os dias aqui com a sra. Barnes e Laddoo.

Algo que o gato parece ter esquecido também. Observo o bichano laranja esfregar as orelhas na camisa de Said.

Said encosta o nariz no do gato, e tento não parecer muito aborrecida com a traição de Laddoo.

– Não deveria olhar para o seu novo gato desse jeito; ele pode ter uma má impressão de você.

Em vez de dar atenção para o que ele disse, apenas pergunto:

– Então, como vamos fazer isso?

– Fazer o quê?

Gesticulo para o gato que ele abraça, e Said olha para Laddoo.

– Ah, tá, a gente podia fazer um acordo de custódia ou algo do tipo, acho que é assim que a guarda compartilhada geralmente funciona, né? Posso ficar com ele lá em casa e você pode fazer visitas.

Levanto a sobrancelha para ele. Said só pode estar brincando.

– Tô zoando, a gente pode dividir a guarda – diz ele, dando um sorrisinho ao ver a minha reação.

– Posso ficar com ele durante a semana, e você, nos fins de semana – sugiro, pegando o celular para anotar isso.

– Não seria melhor nós dividirmos um número igual de dias? – pergunta Said.

– Matematicamente falando, acho que faz mais sentido Laddoo passar mais tempo com a pessoa que esteve aqui a vida dele inteira, não o cara que abandonou ele e acha que pode voltar com a maior cara lavada sempre que quiser.

A expressão de Said fica amarga, e ele me encara com o olhar fixo, escarnecendo.

– Eu fui embora pra estudar. Não sabia que ter uma boa educação era crime.

Reviro os olhos. Ao que tudo indica, a única maneira de ter uma boa educação é frequentando uma escola de riquinhos e virando a cara para todo mundo que você conhecia.

– O crime é você ser um babaca elitista.

As sobrancelhas de Said se franzem, e ele olha para mim sem expressar nada. A confusão estampada em seu rosto só me faz ter mais vontade de socar a cara dele.

– *Elitista…* – começa a dizer, a voz se elevando, mas ele é interrompido pelo movimento rápido de Laddoo saltando de seus braços.

Vejo um borrão laranja e, antes que eu perceba, Laddoo está no chão, correndo por uma esquina e desaparecendo de vista.

* * *

Para um gato laranja tão dorminhoco, tentar caçar Laddoo pela cidade se revela uma tarefa quase impossível.

Procuramos ao redor de Walker pelo que parece ser a centésima vez, e ainda não há qualquer sinal dele.

– Somos pais de gato há uma hora e já conseguimos perder ele – resmunga Said, sem fôlego.

– Bom, *eu* não perdi ele – murmuro alto o bastante para ele ouvir.

Ele solta um arzinho pelo nariz.

– Talvez, se você não tivesse sido tão hostil, Laddoo não teria fugido. Ele conseguiu sentir sua energia negativa.

Bato a porta do armário cheio de produtos de limpeza onde estava procurando e me viro para Said mais uma vez.

– Se alguém aqui passa energia negativa, essa pessoa é você. Laddoo deve ter sentido o cheiro da sua arrogância e decidiu que não queria ficar perto de alguém tão esnobe assim.

Said semicerra os olhos na minha direção.

– Primeiro, eu não sou esnobe. Na verdade, estou tão longe de ser assim que meus amigos da escola me chamam de Madre Teresa. E segundo, Laddoo não consegue sentir cheiro de arrogância. A única preocupação dele é a hora de comer, a de dormir e a de... – Said deixa a frase pela metade, e seus olhos se arregalam. – Espera, acho que eu sei onde Laddoo está.

– Onde? – pergunto.

– No centro islâmico – diz Said, como se fosse a coisa mais óbvia do mundo. Quando percebe minha confusão, acrescenta: – Na sala de oração.

Desta vez, sou *eu* que arregalo os olhos. É claro. Se tem um lugar para onde Laddoo fugiria, é para lá. Quando criança, via como Laddoo costumava circular pelos grupos de pessoas sentadas na hora da oração. As tias amavam dar atenção para ele, fazendo carinho, dando arroz e até laddoos de laranja – o doce sul-asiático que originou o nome dele.

Faria sentido que Laddoo estivesse na sala de oração agora, visto que, quando não estava com a sra. Barnes, ele parecia estar sempre lá, aproveitando os benefícios de ser o gato muçulmano honorário da comunidade islâmica de Nova Crosshaven.

Se Laddoo não estiver lá, não sei onde mais pode estar.

Assinto para ele.

– Tudo bem, vamos lá procurá-lo.

Quando saímos, percebo que não estava preparada para ver o centro islâmico outra vez; parece um esqueleto do que era antes.

A estrutura básica ainda está de pé, mas quase todo o resto foi devorado pelo fogo, deixando para trás um exterior escurecido e restos carbonizados. É aqui que o imã Abdullah conduz a oração cinco vezes por dia, onde a mãe de Said ensina árabe às quintas e domingos, onde temos festas do Eid duas vezes por ano e onde venho depois de um dia difícil na escola e preciso desabafar com alguém.

Encontro a cozinha dos fundos completamente destruída. Sei que é onde costumam guardar as decorações do Eid e me pergunto se dá para recuperar alguma coisa.

– Você quer esperar aqui? Posso entrar e procurar ele? – pergunta Said.

Finalmente desvio o olhar do edifício e me volto para Said. Ele parece estranhamente simpático.

Nego com a cabeça.

– Vamos juntos.

Said olha ao redor.

– Não sei direito como entrar. Não parece mais ter uma entrada.

Sigo o olhar dele até onde antes havia um grande arco de madeira, mas agora são apenas dois cilindros de metal que lembram vagamente uma porta. A área está isolada por uma fita de advertência na qual se lê LINHA DE SEGURANÇA NÃO ULTRAPASSE.

– Depois de você – diz Said, gesticulando para a frente. Claramente feliz por eu arriscar minha vida primeiro.

Lanço um olhar para ele, mas sigo em frente mesmo assim,

passando por baixo da fita de advertência e por cima dos escombros em direção à entrada.

Parada no saguão em ruínas, ouço os passos de Said atrás de mim. Examino o piso perto da escada que leva à sala de oração, franzindo a testa ao ver os degraus cobertos de fuligem e a falta de estrutura sob eles.

– Laddoo! – grito. O silêncio é minha única resposta. – Laddoo! – repito, agora mais alto.

– Deixa eu tentar.

Solto um suspiro. O que faz Said pensar que a voz dele vai fazer o gato surgir do nada?

– Laddoo! – grita ele.

Há um momento de silêncio antes de eu ouvir um barulho vindo de cima.

– Traidor – murmuro baixinho, enquanto Said sorri como se tivesse ganhado algum prêmio incrível.

– Como eu disse, energia negativa – diz ele antes de avançar e equilibrar o peso no primeiro degrau.

Quando o degrau não cede, ele acena com a cabeça para mim e passa para o próximo. Sigo atrás dele, observando a escada com desconfiança.

Said salta para cima, pulando dois degraus por vez, enquanto eu sigo atrás, pisando com cuidado. Quando piso nos degraus do meio, sinto o chão balançar sob meus pés. Um estalo soa próximo e consigo ouvir algo desmoronando, como cimento despedaçando.

Por um segundo, congelo. Meu coração acelera. O chão se mexe novamente, me fazendo cambalear para o lado, e solto um suspiro involuntário. Antes que eu possa me mover, um par de mãos fortes agarra minha cintura, e eu sou levantada. Só vejo quando estou com os pés firmes no chão novamente, cara a cara com o rosto preocupado de Said.

– Você está bem? – pergunta ele, os grandes olhos castanhos me encarando com atenção, perfurando minha pele.

Percebo então que esta é a primeira vez em muito tempo que de fato o *enxergo*. Normalmente – embora seja raro hoje em dia –, quando estamos no mesmo cômodo, tento evitar o contato com ele.

Said mudou. Não tinha reparado antes, mas, agora que percebo, consigo ver todas as mudanças sutis.

As linhas de seu rosto estão mais definidas, o maxilar mais quadrado, como se estivesse cerrando os dentes o tempo todo, a pele com um tom mais bronzeado – provavelmente por ele ter saído do clima gelado e imprevisível da Nova Inglaterra para o calor da Virgínia. O cheiro dele também mudou. Said tinha cheiro de uma mescla de desodorante Axe e xampu de limão, mas agora é algo diferente. Algo *mais doce*.

– Tiwa? – Said chama meu nome, e então percebo que, primeiro, ainda o estou encarando, e, segundo, os braços dele ainda estão ao meu redor.

Recuo depressa, me afastando de seus braços e evitando seu olhar mais uma vez, um calor denso pinicando meu rosto e meu pescoço.

– Estou bem. Vamos só nos concentrar em chegar no andar de cima antes de esses degraus acabarem desmoronando e a gente morrer – digo.

Ele fica em silêncio por um instante, ainda me olhando, e tento não encarar de volta.

Olhar para Said é como olhar diretamente para o sol: é doloroso, sinto calor e desconforto, e toda vez acabo me queimando.

Por fim, ouço ele suspirar, murmurando algo baixinho sobre eu ser *extremamente desagradável* enquanto passa depressa pelo restante dos degraus, e sigo atrás dele com cuidado, ignorando seu cheiro almiscarado persistente e o ritmo instável de meus batimentos cardíacos.

Chegamos ao andar onde fica a sala de oração, e fico chocada ao ver que o corredor está quase exatamente como antes. Devem ter apagado o fogo antes de ele atingir este andar, e sinto o alívio se espalhar pelo meu corpo. A parede está forrada de pôsteres coloridos e um quadro de mensagens gigante, todos intactos. Do lado de fora, parecia muito pior. Achei que o centro inteiro estaria desmoronando e coberto de cinzas.

Isso ainda pode ser recuperado. Talvez o incêndio não signifique o fim dos planos do Eid deste ano. Ainda há esperança.

Algo próximo me tira dos meus pensamentos. O som familiar de patas correndo ecoa pela porta aberta de uma das salas.

– Laddoo? – chamo ao ouvir mais ruídos, seguidos por um *miau* abafado.

Observo Said entrar correndo na sala de onde veio o som.

– Achei ele! – A voz de Said vem de longe, antes de ele surgir com um gato peludo e laranja nos braços e uma expressão de alívio no rosto.

Sinto o mesmo alívio no peito. Só neste momento percebo como a situação estava tensa.

– Onde ele estava? – pergunto, me aproximando e acariciando as orelhas de Laddoo com calma, feliz por não ter nem perdido nem matado o gato da sra. Barnes tão cedo.

– Ele estava no lugar de sempre na sala de orientação, com certeza esperando uma tia vir dar uns docinhos pra ele – diz Said, com um carinho perceptível na voz.

– É a cara dele, arriscar tudo por um docinho – comento.

Laddoo ama laddoos. Em partes, foi por isso que demos esse nome para ele, para começo de conversa. Por isso e por laddoos serem laranja. Em nossa mente de onze anos, parecia fazer sentido que esse fosse o nome dele. Levamos muito a sério a tarefa de escolher o nome do gatinho, e, por algum motivo, a sra. Barnes o manteve. Talvez por isso ela tenha deixado ele para nós dois. Porque escolhemos o nome dele.

– Você não arriscaria tudo por um docinho também? Não dá pra culpar esse garoto… Acho que eu entraria em um edifício em chamas por muito menos – diz Said, pensativo, acariciando a cabeça de Laddoo.

Ergo uma sobrancelha.

– Claro que entraria. Mas eu, ao contrário, tenho um pouco de amor pela vida.

– É sério? – pergunta Said, me olhando de soslaio.

– É – digo com confiança.

– Lembra aquela vez em que você acidentalmente colocou fogo no seu braço inteiro? Acho que o motivo foi: *eu quero saber se o fogo realmente é tão quente quanto os cientistas dizem* – lembra Said, com a voz estridente no final, tirando uma com a minha cara.

Sinto meu rosto queimar.

– Isso é só um exemplo, e eu tinha *doze anos*.

Ele me lança um olhar como se tivesse sido desafiado para algum tipo de duelo.

– Ah é? Lembra aquele incidente com o telefone...

– Não se atreva a tocar nesse assunto – digo, meus olhos arregalados quando coloco a mão sobre a boca dele, e sinto uma vibração na palma enquanto ele dá uma risadinha.

– Tá bom, não vou falar nada. – A voz dele sai abafada.

Minha mão ainda está cobrindo sua boca, e olho para ele com severidade.

– Jura?

Said me encara, os olhos perfurando minha pele mais uma vez, fazendo minhas palmas suarem.

– Aham, juro juradinho de dedinho – diz ele, sério, a voz rouca vibrando mais uma vez contra minha mão.

Para reiterar a promessa, ele levanta o dedo mindinho, como sempre faz. Tinha esquecido daquele hábito estranho dele. De ver apertos de mindinho como juramentos de sangue.

Só então percebo mais uma vez o quão próximos estamos. Como foi fácil voltar aos velhos hábitos. Deixo a mão cair e não me preocupo em honrar minha parte da promessa. Em vez disso, finjo que nada aconteceu, tentando parecer interessada nas obras de arte penduradas, e Said pigarreia ao meu lado.

O pôster à minha frente é um desenho intitulado *Yunus e a baleia solitária*, e é uma ilustração de uma baleia gigante na praia com um menino aninhado dentro de seu estômago, segurando uma vela.

Já me deparei com esse desenho inúmeras vezes ao longo dos anos. E toda vez fico boquiaberta.

É claro que, de todas as pinturas na sala, aquela diante da qual me encontro é de Said. Vejo o nome dele escrito embaixo, com tinta azul-clara.

– Eu me lembro disso. Não acredito que eles ainda deixam isso aqui depois de tantos anos... – diz Said.

Não fico surpresa por ainda estar pendurada depois desses anos todos. Primeiro porque a mãe dele trabalha aqui, e segundo porque o desenho dele é provavelmente o melhor do corredor. O resto são principalmente desenhos de crianças que vêm aqui com frequência. A pintura de Said é do tipo que se encontraria em alguma galeria.

Apesar de não ser uma grande fã de Said como pessoa, gosto da arte dele. É muito mais agradável do que sua personalidade. Imagino que, se sua arte estivesse espalhada por todo o centro islâmico, seria fácil distrair as pessoas do exterior incendiado. Mas talvez elas morressem caindo da escada.

Esse pensamento me dá uma ideia.

– Você ainda desenha? – pergunto para ele.

Said olha para mim e, como está fazendo vezes demais hoje, seu olhar queima minha pele, mesmo que eu não sinta a queimadura.

Ele assente com hesitação.

– De vez em quando, por quê?

Isso clareia ainda mais meus pensamentos, todas as ideias e esperanças vagando pela minha mente.

– Quero salvar o centro islâmico, e acho que você pode ajudar.

7

EU SOU UM BABACA, NÃO SOU?

SAID

Pisco na direção de Tiwa, pensativo.

– Salvar o centro islâmico?

– É – diz ela.

– Vamos salvar ele de quem?

– Não vamos salvar ele *de* ninguém, vamos só salvar – explica Tiwa, ignorando minha expressão confusa. – Tirando as paredes carbonizadas e a cozinha destruída, ainda dá pra recuperar o centro islâmico. Acho que daria até pra gente usar no Eid desse ano.

Olho em volta para o interior em ruínas e tudo o que consigo ver é uma ilusão de Tiwa. Levanto uma sobrancelha interrogativa para ela, mas é como se não estivesse me entendendo.

Ela continua a dizer:

– Lembra quando a floricultura dos Stevenson estava falindo porque o sr. Stevenson sofreu um acidente e passou um tempo no hospital?

Não faço ideia de quem são os Stevenson, mas assinto mesmo assim.

– Então, naquela época, um artista local chamado Palette pintou um mural lindo de tulipas do lado de fora da loja. A cidade toda se uniu a eles e ajudou a arrecadar fundos para que pudessem se manter até o sr. Stevenson melhorar. E com todos os turistas que vêm visitar Nova Crosshaven para ver nossos murais, o do Palette ajudou ainda mais nos negócios. Acho que a gente poderia fazer a mesma coisa com o centro islâmico, e acho que você poderia ajudar. Imagina só se você pintasse algo desse tipo agora. Isso ajudaria as pessoas a verem como este lugar é importante. Você poderia fazer um mural, e aí a gente poderia tentar arrecadar fundos para os reparos e exibir o mural no dia do Eid. Vai ser perfeito.

Tiwa parece muito animada, como se eu já tivesse concordado com esse plano e tudo já estivesse definido.

– Será que é seguro fazer o Eid aqui? – pergunto. – A fita do lado de fora e ao redor do centro islâmico faz parecer que ele vai fechar de vez.

Tiwa franze a testa, mas continua dando ideias, implacável.

– Tá, dessa vez a gente pode usar o Walker, mas podemos fazer com que o centro islâmico já esteja pronto pra ser usado no próximo Eid.

Olho ao redor, para as artes que cobrem as paredes. Para a pintura que aparentemente fez Tiwa decidir que precisa da minha ajuda.

– Por que não chamar esse tal de Palette? Ele claramente já tem experiência em salvar lugares aqui da cidade.

Tiwa estreita os olhos para mim.

– Ele não mora mais aqui. Se mudou pra Los Angeles. Além disso, eu gosto mais da sua arte.

Minhas faces esquentam, mas ainda estou procurando motivos para dizer não.

Porque tudo o que vejo no centro islâmico é um lugar que mal reconheço. Os desenhos na parede assinados com nomes de crianças que nunca vi, e a antiga sala de ablução foi substituída por uma nova sala de aula de árabe. Até mesmo as coisas que continuam iguais estão, de alguma forma, diferentes. Os tapetes verdes e dourados com o formato de arcos em um padrão floral estão gastos e manchados, com cheiro de que estão aqui há tempo demais; a mesma caixa com exemplares de *Meu primeiro livro de dua*, que sempre nos faziam ler, jogada ao lado de uma pilha de fones de ouvido para ajudar as pessoas a ouvirem o khutbah.

Parece que este lugar mudou demais, que se transformou em algo irreconhecível. Ou talvez eu que tenha mudado. Sou eu quem está irreconhecível nesta situação, enquanto tudo e todos seguiram em frente sem mim.

– Não sei, não... – murmuro, embora eu saiba que minha resposta é *não*. – Desenhei isso faz tanto tempo, e... não parece certo.

O que eu realmente quero dizer é que eu não sou a mesma pessoa que fez a pintura. Que essa versão de mim não existe mais.

A mudança na expressão de Tiwa é imediata. As sobrancelhas dela se vergam e o rosto assume uma expressão de aborrecimento puro.

– O que isso quer dizer?

– Quer dizer que fazia muito tempo que eu não vinha pra cá. Só porque deixaram minha arte na parede não quer dizer que eu precise ajudar a salvar o centro.

Tiwa bufa, e consigo ver a dor em seu rosto. Uma parte de mim se sente mal.

– Sua mãe literalmente dá aula aqui, e você não se importa?

– Claro que me importo...

– Bom, você tem um jeito engraçado de demonstrar – diz ela. – Parece que a única pessoa com quem você se importa é você mesmo.

Tenho a sensação de que não estamos mais falando só de arte.

Não consigo nem entender por que ela pediria minha ajuda para salvar o centro islâmico se eu sou tão egoísta assim. Principalmente quando não faço mais parte dessa comunidade. As únicas vezes que venho para essa mesquita agora são quando abbu e ammu me obrigam a participar do Eid, uma vez na vida e outra na morte, e mesmo assim é difícil ter de fingir que me lembro dos vários tios e tias que ficam comentando o quanto eu cresci e me perguntam como a vida está no colégio interno. Aqui, sou basicamente um estranho.

Tiwa tem me lançado acusações como essa desde que voltei para as férias. Estou prestes a perguntar o que ela quer dizer, mas Tiwa me interrompe.

– Beleza, vamos só pegar Laddoo e ir embora – diz, por fim.

A familiaridade que existia entre nós há poucos minutos se dissipou por completo, e sinto uma pontada de arrependimento. Mas sei que não deveria. Não devo nada a Tiwa e também não devo nada à comunidade dela.

– Quem vai ficar com Laddoo primeiro? – pergunto enquanto o gato laranja se contorce em meus braços.

Ela suspira, resignada.

– Pode ficar com ele por enquanto. Não tenho certeza se a gente tem espaço no apartamento. Vou ter que avisar a minha mãe. Posso buscá-lo daqui a alguns dias ou coisa assim.

– Tá bem. – Assinto.

No caminho de volta lá para baixo, Tiwa nem sequer me olha. Ela desce os degraus de maneira insegura, e eu sigo atrás dela. Quando voltamos para o lado de fora, a brisa do verão roça minha pele e faz as tranças de Tiwa balançarem atrás dela.

O arrependimento que senti antes aumenta a cada passo, e quero melhorar as coisas entre nós de alguma forma.

– Tiwa, espera…

Ela se vira para mim bruscamente, e minha garganta seca.

– Que foi?

Quero perguntar por que ela me odeia tanto, mas não consigo. Então, em vez disso, só digo a primeira coisa que me vem à cabeça.

– Manda um oi pra sua mãe por mim.

Tiwa parece confusa, como se esperasse algo a mais. Então, sem dizer mais nada, se afasta de mim mais uma vez, me deixando do lado de fora do centro islâmico em ruínas com nosso novo gato e meus pensamentos.

Olho para Laddoo em meus braços novamente.

– Eu sou um babaca, não sou, Laddoo?

E Laddoo mia em concordância.

* * *

Ammu fica mais animada por ver Laddoo do que eu poderia imaginar. Quando entro pela porta da frente, segurando o gato laranja, ela solta o que pode ser descrito como um gritinho de alegria.

– É Laddoo, o gato da sra. Barnes, lembra? – digo enquanto ammu o tira de meus braços e começa a fazer carinho em sua barriga.

– É claro que lembro, eu conheço Laddoo. Foi por isso que você foi até a biblioteca, pra buscar ele? – pergunta ammu, por fim, depois de dar ao gato muito mais abraços do que eu acharia necessário.

Balanço a cabeça devagar, em concordância, mas não conto a parte de ter de dividir a custódia com Tiwa.

– Bom, chegou uma correspondência pra você enquanto estava fora – diz ammu, apontando para o balcão da cozinha cheio de envelopes, revistas e pacotes empilhados.

Vou até lá, passando pelas cartas endereçadas a ammu e abbu, e até por alguns pacotes para Safiyah, antes de encontrar um grande envelope marrom com meu nome escrito. Reconheço o logo da Academia St. Francis estampado no topo da embalagem.

Ammu finalmente coloca Laddoo no chão e vai até o fogão. Ela mexe uma panela de khichuri que está quase pronto e acrescenta uma pitada de pimenta vermelha ao curry de carne. O tempo todo, Laddoo a segue, observando cada movimento, como se ammu fosse sua nova melhor amiga de quem ele não consegue ficar longe. Suspeito que seja porque Laddoo sabe que ammu é quem tem a maior probabilidade de alimentá-lo nesta casa.

– Ah, você está com fome, Laddoo? – pergunta ammu, quase como se conseguisse ouvi-lo.

Ela amassa um pouco do arroz entre os dedos e se inclina para deixá-lo lamber.

Reviro os olhos e abro o envelope. Esperava que fosse a lição de casa de verão sobre a qual a escola já havia me mandado um e-mail, mas quando vejo o conteúdo, meu estômago embrulha.

– Alguma coisa legal? – pergunta ammu, de alguma forma conseguindo desviar os olhos de seu novo membro da família favorito.

– Só... lição de casa da escola – digo, dando de ombros.

Ammu sempre foi boa em perceber quando minto, mas melhorei isso nos últimos dois anos, principalmente por estar longe de casa.

– Lembra de focar e fazer tudo. Talvez mais cedo, antes de os preparativos para o Eid começarem – sugere ammu.

– Vou fazer... Vou começar agora mesmo, na verdade.

Mostro um sorriso para ela, coloco o envelope debaixo do braço e corro escada acima.

No meu quarto, com a porta fechada, me sento e esvazio o conteúdo do pacote na minha mesa. Tem lição de casa – não menti sobre isso –, mas também tem a pasta de universidades em que trabalhei com o orientador da escola, o sr. Robinson, ao longo do último ano.

Abro. Ainda estão lá as anotações tão familiares que o sr. Robinson fez em nossas reuniões, e os panfletos e folhetos das várias universidades de Artes das quais falamos. Mas há um folheto totalmente novo da Faculdade de Animação de Nova York, com informações atualizadas para a inscrição deste ano.

Abro o folheto e passo os olhos pelo conteúdo. Há novas imagens da escola no centro de Nova York e fotos de alguns ex-alunos famosos que se formaram lá. Vejo alguns dos meus animadores favoritos da Pixar, da Disney e até do Studio Ghibli. Tento ignorar o modo como meu coração bate forte ao vê-los. Consigo me imaginar facilmente no lugar deles um dia.

Abro a última página do folheto, onde o sr. Robinson deixou um recado escrito com sua bela caligrafia: *Said, este verão provavelmente é sua melhor chance de trabalhar na sua obra de arte para a faculdade! Há muita competição, e quero que você realmente dê o seu melhor.*

Meus olhos examinam o processo de inscrição conforme listado. A maioria das faculdades de Arte pedem um portfólio do que você criou ao longo de alguns meses. Mas a Faculdade de Animação de Nova York é diferente. Eles só querem *um* trabalho. Algo que realmente mostre quem você é e o que pode fazer. Não tenho certeza de como exatamente devo trabalhar em uma obra como essa enquanto escondo dos meus pais que estou inclusive me inscrevendo para essa escola.

Pego o celular e mando mensagem para Julian: Tá ocupado agora?

Julian responde quase no mesmo instante: Que nada, tô livre como um Pidgeot que acabou de sair da pokébola

Reviro os olhos e, em vez de responder, clico no botão para fazer uma chamada de vídeo. Julian atende no primeiro toque.

– Said! Há quanto tempo! – exclama Julian.

Ele está deitado de costas na cama, a cabeleira cacheada meio amarrada para cima e meio solta pelos ombros.

– Eu te vi semana passada, literalmente – digo. – E você ainda está na cama? São cinco da tarde.

– É verão, cara. Cinco da tarde é basicamente o nascer do sol no verão.

Por algum motivo, acho que ammu não concordaria com a lógica de Julian.

– Acabei de receber um pacote da escola – digo.

– Eca. Nunca abro nada que a escola manda. – Julian torce o nariz. – Faço meu irmão mais novo abrir e me falar o que tem de importante.

– Se eu pedisse pra Safiyah abrir minha correspondência, ela provavelmente usaria isso pra me extorquir ou algo do tipo.

– Acredito nisso cem por cento. Ela já me ameaçou várias vezes quando foi visitar a St. Francis – acrescenta Julian. – Enfim, o que a escola te mandou?

– Umas lições de casa, mas também minha pasta de universidades. O sr. Robinson quer que eu trabalhe na minha obra de arte durante o verão.

A expressão de Julian fica mais séria com a menção à universidade.

– Já contou para os seus pais?

– Não. – Suspiro, me sentando na cadeira e pegando a miniatura de riquixá que fica na minha mesa. Quero falar para Julian que tentei, mas não sei nem se cheguei perto disso. – E não sei como é que vou trabalhar na minha inscrição sem contar pra eles. Não sei nem o que eu vou fazer.

O sr. Robinson e eu discutimos algumas possibilidades diferentes em nossas reuniões. Eu tinha sugerido algo relacionado a futebol. E o sr. Robinson olhou para mim como se eu tivesse chutado uma bola na cara dele. Ele sugeriu algo a ver com a St. Francis, mas isso não fez sentido nenhum para mim. A St. Francis era uma escola, não importava o ponto de vista abordado. E a ideia de que isso me definia por algum motivo me deixava mais desconfortável do que qualquer outra coisa.

– Tenho certeza de que os seus pais vão ser mais de boa com isso do que você acha – diz Julian. – No ano passado, eu falei pra sua mãe que estava pensando em ser apicultor depois de me formar. Ela apoiou a ideia.

Me recosto na cadeira até ela quase tombar, brincando com as rodas do riquixá.

– Eles devem ter achado que apicultura era um outro segmento da faculdade de Medicina Veterinária. Não tem um jeito de fazer com que Arte pareça uma carreira viável pra eles.

– Você vai ter que contar em algum momento. Não vai querer ser um homem calvo de meia-idade, preso em um escritório, ainda tentando corresponder às expectativas dos seus pais e se arrependendo de todas as escolhas da sua vida, como o meu pai.

– Eu sei. Eu *vou* contar pra eles. – A parte difícil é descobrir como. – Enfim, nada disso importa se eu não tiver uma ideia pro processo de inscrição. O sr. Robinson e eu discutimos isso o ano todo, e ainda não cheguei a lugar nenhum.

– Eu posso ajudar! – diz Julian. Ele finalmente se senta, e a tela balança enquanto ele coloca o celular em uma posição diferente. – O que você precisa fazer?

– Tenho que enviar uma obra de arte com a inscrição. E tem que ser pessoal, mostrar quem eu sou. Mas também tem que se destacar e mostrar a eles tudo o que sou capaz de fazer – explico. Só dizer isso em voz alta já faz parecer uma tarefa impossível.

– E o prêmio de Artes da escola que você ganhou aquela vez?

Me lembro do prêmio de Artes e da ilustração que fiz para ele. Foi uma reinterpretação da festa do chá do Chapeleiro Maluco, mas com os membros da minha família como convidados em vez das criaturas malucas da floresta. Fiquei tão orgulhoso na época. Meus pais também. Eles até mandaram uma foto do quadro para todo mundo que conheciam – e isso é muita gente espalhada por diversos continentes. Recebo mensagens falando desse trabalho até hoje.

Balanço a cabeça.

– Precisa ser mais grandioso, eu acho, e mais recente. Meu estilo mudou bastante de lá pra cá.

– E Nova Crosshaven? – pergunta Julian.

– O que tem?

– Cara, você nunca para de falar daí. *Nova Crosshaven tem a melhor confeitaria do mundo…*

– … porque tem – murmuro baixinho.

– … *Nova Crosshaven é tão artística que nenhuma outra cidade chega aos pés dela.* – Julian volta a falar com a voz normal quando termina de me imitar e ergue uma sobrancelha. – Você ama esse lugar, e está aí agora. É a hora perfeita de fazer algo sobre a cidade.

– Eu não fico falando assim – resmungo, mas Julian não está errado.

Posso ficar anos sem vir para cá, mas Nova Crosshaven meio que foi o que me inspirou a virar artista, para começo de conversa. Durante minha infância, os murais que frequentemente apareciam pela cidade me faziam enxergar tudo sob uma perspectiva diferente. Me fizeram perceber o quão poderosa a arte poderia ser.

– Acho que eu posso fazer algo sobre a cidade. Mas ainda preciso descobrir… – Paro de falar, de repente me lembrando da conversa que tive com Tiwa mais cedo. Aquela que terminou da pior maneira possível.

– Você precisa descobrir…? – incentiva Julian.

Balanço a cabeça, porque ainda estou tentando entender tudo. Tiwa queria que eu pintasse um mural para ajudar a reconstruir o centro islâmico. Mas um mural também poderia ser minha inscrição para a faculdade de Artes. Isso definitivamente se destacaria e mostraria à escola exatamente quem eu sou.

– Julian – digo. – Você é um gênio.

O ÚLTIMO EID DE SAID E TIWA JUNTOS

TRÊS ANOS ATRÁS

Onde estávamos? Ah, sim, no último Eid. Quando tudo desandou.

Muita coisa pode mudar em cinco anos. Um recém-chegado se torna um morador experiente. Um residente se torna um convidado ocasional. E os dois passam de melhores amigos a completos estranhos.

Deixando de ser os adolescentes ingênuos de antes, que faziam juramentos de sangue em troncos de árvores e trocavam segredos por caixas de suco, Said e Tiwa agora se encontram sob a influência dos ressentimentos desgastados pelo tempo e dos hormônios da puberdade.

– Said! Vai ajudar sua tia a pegar o bolo no carro – grita a mãe de Said, do segundo andar do centro islâmico.

Said olha para o teto, tentando não deixar cair a caixa pesada de presentes de Eid que a mãe o fez carregar do Walker até a porta ao lado.

– Da próxima vez, ela vai pedir pra eu pintar as paredes de magenta – murmura baixinho enquanto carrega a caixa até a mesa vazia no meio do salão do térreo.

– Você ouviu, Said, vai buscar o bolo... estou com fome – diz Safiyah do sofá onde está esparramada, comendo as chamuças da tia Malia.

– Por que você não pode ir lá pegar? Não é como se estivesse ocupada. Além disso, você é mais velha do que eu. Os mais velhos não deveriam ter mais trabalho?

– É aí que você se engana, Said. Eu estou muito ocupada testando as comidas pra garantir que nenhum dos convidados do Eid passe mal. É um trabalho difícil, mas alguém tem que fazer – diz Safiyah com a boca cheia de chamuças.

Said revira os olhos, mas mesmo assim dá meia-volta e vai cumprir a ordem da mãe. Atravessa as portas da frente, percebendo como mais e mais pessoas estão participando da festa do Eid. Em breve, a área do salão ficará repleta de convidados comendo, bebendo e rindo, usando suas melhores roupas, enquanto as tias preparam comidas na cozinha adjacente.

Said avista a tia Nazifa lutando com o bolo no porta-malas do carro. Ele se apressa e pega o bolo das mãos dela.

– Ah, obrigada – diz a tia Nazifa.

E enquanto Said tenta equilibrar o bolo pesado sozinho, ela dá uma olhadela nele.

– Você cresceu? – pergunta a tia Nazifa.

– Um pouco – responde Said, mas é mentira.

O uniforme da escola nem serve mais nele direito, e desde que voltou para casa para o Eid durante o recesso de primavera, ele bateu a cabeça no batente da porta mais vezes do que consegue contar.

– Vou só colocar isso lá dentro – diz Said, virando-se e refazendo os passos na direção do salão.

O trajeto de volta é mais tumultuado, não só por causa do bolo que balança em suas mãos, mas também por causa da multidão que emerge escada acima até o salão principal.

De alguma forma, Said consegue levar o bolo até o salão. Depois de colocá-lo sobre a mesa, dá um passo para trás e solta um suspiro, aliviado.

O bolo à sua frente é maior do que ele pensou a princípio. Ele tem o formato exato de uma mesquita, com um domo dramático, muitas cúpulas e dois minaretes feitos de glacê brotando da base.

– A existência desse bolo não é uma blasfêmia? – pergunta Said para ninguém em particular.

– Eu gostei – responde Safiyah, se aproximando e inspecionando o bolo com um olhar atento. – É fofo. Gostei do jeito que ele está meio inclinado. Dá um toque caseiro.

Said inclina a cabeça, reparando no desnivelamento do bolo.

– É tipo a Torre de Pisa… *A Torre de Nova Crosshaven* – brinca ele.

– Tá, *isso* é blasfêmia – diz Safiyah, batendo de leve na parte de trás da cabeça dele. – Se você não quiser que ele pareça as ruínas de Pompeia, é melhor deixar em um lugar onde nenhum idiota vá derrubar.

– Vou colocar na despensa, então – resmunga Said, esfregando a nuca.

– Coloca na geladeira da despensa. Assim a cobertura não vai derreter. Mas lembra de tirar em uma hora, senão os convidados vão comer bolo congelado.

– Beleza, chefia – diz Said, em um tom seco.

– Perfeito, e faz isso antes de Tiwa chegar, por favor. Nos últimos tempos ela passou a gostar muito de fazer doces, desde que começou a aprender com aquela amiga bibliotecária de vocês. Mas, infelizmente, estão mais pra umas guloseimas venenosas. Eu falei pra ela trazer um bolo, mas vou ter que me sacrificar e comer tudo pra gente não dar uma intoxicação alimentar de lembrancinha aos convidados – comenta Safiyah.

Said congela ao ouvir o nome de Tiwa – a ex-melhor amiga de quem vive tentando se esquecer, sem conseguir.

– Você é tão corajosa – diz Said com sarcasmo, tentando esconder a voz trêmula de nervoso.

Desde que voltou, alguns dias atrás, ele teve a sorte de evitar vê-la. Tiwa estava viajando com a família, *ou pelo menos foi isso o que ele ouviu falar*. Não que estivesse prestando atenção nela nem nada do tipo.

– Vou fazer isso agora, então – fala Said, querendo fugir antes de

Tiwa chegar. – Depois disso, vou até a biblioteca pra ver a sra. Barnes por uns minutinhos.

Não era como se ele pudesse se esconder de Tiwa para sempre, mas pelo menos por ora ele podia.

– Timitope, o que eu disse sobre jogar lixo no chão? Me desculpa – diz a mãe de Tiwa, parecendo e soando envergonhada enquanto puxa Timi, agora com oito anos.

Ela pega o rastro de embalagens de doces no chão e as enfia na bolsa.

– Não tem problema mesmo, sra. Olatunji – diz Safiyah, sorrindo para o menino. – Quer que eu pegue um saquinho pra ele colocar o lixo enquanto come?

– Não encoraje ele, querida, ele já comeu doces demais hoje – diz a sra. Olatunji, o que faz o rosto de Timi se contorcer em discordância. – Aliás, cadê a sua mãe, Safiyah? Trouxe um pouco mais de arroz e ensopado para as mesas.

– É muita gentileza da sua parte, tia. Minha mãe está lá em cima, no corredor do segundo andar. Ela está usando um sári dourado, não vai ser difícil... – Safiyah é interrompida por um grito alto vindo da entrada do salão.

Parados na porta estão Tiwa, carregando uma grande pilha de cupcakes coloridos, e o pai, segurando o que parece ser uma forma de bolo de banana.

– Deixei um dos meus cupcakes cair no chão – diz Tiwa com uma voz triste.

– Ah, não... – comenta Safiyah, tentando parecer solidária.

– Você ainda tem 29 cupcakes sobrando – diz o pai de Tiwa, parecendo um pouco aliviado por haver um cupcake a menos para comer.

– Mas fiz trinta pelos trinta dias de Ramadã deste ano. Agora não faz sentido.

O pai de Tiwa sorri sem jeito para Safiyah e depois se vira para Tiwa, dando tapinhas em sua cabeça.

– Pronto, passou.

– Você não está ajudando, pai – diz Tiwa. – Mas tudo bem, as pessoas ainda vão poder aproveitar os outros.

– Posso comer um cupcake? – pergunta Timi, estendendo a mão para pegar um.

– NÃO! – Os olhos da mãe de Tiwa se arregalam enquanto afasta a mão dele. – Quer dizer… Timi já comeu doces demais. Primeiro ele precisa comer comida de verdade lá em cima.

Tiwa assente devagar.

– Então tá… Mais pra todo mundo aqui. Pai, quer um?

O sr. Olatunji lança um olhar de pânico para a esposa, e Safiyah rapidamente se intromete e pega os cupcakes de Tiwa.

– Vou levar eles para aquela mesa ali. Por que você não limpa o cupcake que caiu, e aí a gente vai buscar comida também? Ouvi falar que a tia Nazifa contratou uma van de sorvete este ano. Parece que ela está realmente dando tudo de si na festa do Eid dela.

Os olhos de Tiwa brilham de animação.

– Já vou limpar. Onde ficam os produtos de limpeza mesmo?

Safiyah olha para a porta fechada do armário onde ficam os produtos de limpeza.

– Acho que… estão naquela despensa ali. – Ela aponta para a direção oposta ao armário.

– Guardam os produtos de limpeza na despensa? Que estranho – diz Tiwa, mas não deve estranhar tanto, porque dá de ombros e diz: – Tá bom, já volto!

Safiyah mantém os olhos fixos em Tiwa enquanto a garota se dirige para a despensa. Mas assim que Tiwa sai de vista, Safiyah olha ao redor do salão como se estivesse em uma missão. Finalmente, avista Said do lado de fora, na fila da van de sorvete. Ela não perde tempo e vai correndo até ele.

– Said! – ela chama, quando ele fica ao alcance da sua voz.

Ele vira a cabeça, os olhos arregalados enquanto Safiyah avança em sua direção.

– Que foi? Está tudo bem? – pergunta Said.

– O bolo! Você tirou da geladeira na despensa? Você tem que tirar agora! – diz ela, sem fôlego.

– Já passou uma ho...?

– O bolo vai ficar congelado se você não tirar agora, e aí você vai estragar o Eid de todo mundo – enfatiza ela, frenética.

– Eu sabia que você gostava de bolo, mas não tanto assim – murmura Said, e então sai da fila, se afastando de Safiyah e seguindo na direção da despensa.

– Eu pego sorvete pra você – grita Safiyah de volta para Said.

– Eu quero granulado também! – grita ele enquanto vira a esquina.

Ele caminha até a porta da despensa e a abre, dando um suspiro. A última coisa que esperava era uma voz gritar enquanto ele entra:

– Ei!

– Ah, descul...

O pedido de desculpas morre em seus lábios quando ele vê quem é. Tiwa fica parada no meio da despensa, olhando para Said com a mesma surpresa que ele está sentindo. A última vez que Said viu Tiwa foi há dois meses, quando voltou para casa no recesso de Natal. Já fazia um bom tempo que não se falavam. A esta altura, ele nem consegue lembrar por qual das muitas razões eles deixaram de se falar. Ao vê-la agora, seu instinto é puxá-la para um abraço como sempre faziam quando ele voltava para casa, mas não fazem mais isso.

– O que você está fazendo aqui? – pergunta ela, cruzando os braços.

Ele olha primeiro para a geladeira e depois para o bolo que está na mesa ao lado.

As sobrancelhas de Said se franzem.

– Me mandaram vir aqui e tirar o bolo da geladeira...

– Ah, bom, eu vi ele lá e tirei. Bolo não foi feito pra ficar na geladeira, o gosto fica esquisito – responde Tiwa, e Said se lembra do que Safiyah tinha dito sobre Tiwa agora ser meio que uma especialista em doces.

Não que ele tivesse o hábito de se lembrar de todos os mínimos detalhes que pudesse sobre a vida de Tiwa, já que eles não se falavam mais.

– Espera, o que *você* está fazendo aqui? – pergunta ele.

Tiwa lança a ele o mesmo olhar que ele lançou a ela no recesso de Natal. Como se Said fosse a última pessoa no mundo com quem ela quisesse falar.

Ele esperava que seu rosto demonstrasse o mesmo para ela, embora fosse mentira. Sua mente traidora sempre queria vê-la e falar com ela.

– Estou procurando produtos de limpeza – diz ela em um tom impassível.

Ele ergue uma sobrancelha.

– Na despensa? Não é pra eles ficarem no armário de materiais ou alg...?

– Quem te perguntou? – retruca ela, de repente na defensiva.

– Eu só estava tentando ajudar.

– Bom, eu não preciso da sua ajuda. Nunca precisei e nunca vou precisar.

As palavras dela doem, mas ele não deixa transparecer.

– Dá o fora, então, ou pelo menos sai do caminho pra eu pegar o bolo e não estragar o dia de mais ninguém.

– Eu vou sair quando achar o que estou procurando – diz ela, recuando ainda mais na salinha.

Said se aproxima.

– Eu te garanto que não tem nada que você quer aqui. Então para de perder tempo e vai embora.

Tiwa dá um passo para trás mais uma vez, erguendo a voz.

– Já falei, eu não preciso da sua ajuda! Você que deveria ir embora. Nisso eu sei que você é bom.

Said semicerra os olhos para ela.

– Você é inacredi... – Ele começa a se aproximar, mas é interrompido novamente pela língua afiada dela.

– E você é um idio... – Tiwa começa a dizer, mas não termina, porque seu último passo para trás resulta em uma queda direto na mesa atrás dela e no bolo do Eid.

Said se lança para a frente, tentando amortecer a queda de Tiwa, mas acaba caindo no bolo junto com ela.

De repente, a porta se abre, e, com uma expressão alarmada, Safiyah entra na despensa, acompanhada de olhares curiosos de alguns dos convidados da festa do Eid atrás dela.

– O que aconteceu? Eu ouvi um barulho! – diz Safiyah, os olhos arregalados de choque, como se não tivesse ficado ouvindo atrás da porta o tempo todo.

Como dois cervos surpreendidos pela luz de faróis – os faróis em questão sendo os olhares confusos das tias e dos tios –, Tiwa e Said ficaram congelados em cima da antiga *Torre de Nova Crosshaven*, cobertos de glacê e vergonha.

Este Eid, muitas vezes mencionado pela comunidade muçulmana como *o da confusão do bolo*, não seria esquecido tão cedo. De todo o caos deste Eid fatídico, três eventos o consolidaram como um que ficaria para a História:

A van de sorvete; o caso do desaparecimento das chamuças (até hoje, ninguém descobriu exatamente onde todas foram parar); e por último, mas com certeza não menos importante, a infame queda de Said e Tiwa no bolo do Eid.

A dupla pode ter começado em um tronco de árvore, mas acabou em glacê.

8

COOKIES & CRIME
Tiwa

Os créditos sobem no fim do filme, e eu ouço o som de alguém fungando do outro lado da linha.

– Você está… chorando? – pergunto, me endireitando no sofá.

– Não…

– Eu estou ouvindo, pai – digo, lutando contra a vontade de rir.

– Tá, tudo bem, eu estava chorando, mas só porque é uma história emocionante sobre os desafios da amizade e a importância da família – diz meu pai, e eu quase não consigo acreditar que esse é o mesmo homem sem coração que achou hilária a morte do Bing Bong em *Divertida mente*.

– *Noivas em guerra* não é uma história emocionante, pai. Na verdade, é um filme de terror sobre os desafios da codependência.

– Talvez você tenha razão, minha Titi. Eu devo estar emocionado porque tocou em um ponto sensível pra mim. Você sabe como é estressante planejar um casamento? E eu nem estou planejando nada.

– Parece horrível – digo, com tanto cuidado na voz quanto consigo.

Fico de pé, os joelhos estalando enquanto seguro o celular perto de mim e entro na cozinha.

– Sinceramente, você nem ouviu metade…

– Aliás, que horas são aí? Já é meia-noite? – emendo a pergunta rapidamente antes que ele possa fazer um enorme desabafo sobre *o casamento*.

Ouvir sobre meu pai se casando com alguém que não é minha mãe sempre vai ser estranho. Não é como se eu não estivesse feliz por ele nem nada do tipo, mas gosto de fingir na maioria dos dias que as coisas não mudaram tanto assim, e o casamento é uma das muitas coisas que estouram essa bolha.

– A Inglaterra fica só cinco horas na frente, Titi, eu não estou na Austrália – diz meu pai com uma risadinha.

– Dá no mesmo – murmuro, pegando uma limonada na geladeira enquanto equilibro o celular entre o ombro e a orelha. – Sabe, Safiyah me disse que os ingleses comem feijão e Yorkshire puddings em todas as refeições. Não sei se é verdade, mas também não ficaria surpresa se fosse. Algumas das comidas que você descreve parecem horrorosas.

Tento não fazer careta ao me lembrar do prato que meu pai me mostrou por foto, que consistia em sangue bovino coagulado, tomates amassados e cogumelos torrados. Ele me garantiu que a comida tinha um sabor melhor do que a aparência. Ainda não estou convencida disso.

– Não é de admirar. Safiyah me manda por e-mail umas fotos estranhas que ela chama de memes britânicos, sei lá o que isso significa. Talvez você pudesse me visitar qualquer hora, assim poderia ver por si mesma em vez de dar ouvidos ao que Safiyah fala – diz meu pai.

Dá para ouvir a cautela em seu tom de voz. O quanto ele está tentando não ultrapassar os limites e entrar em um território perigoso para nós, ou seja, estourar a bolha.

– ...mas enfim, como você está? Alguma novidade acontecendo no mundinho da Titi? – ele continua a falar, mudando de assunto antes de mim.

Como família, parece que todos nos tornamos muito habilidosos em evitar o elefante de tamanho olímpico na sala.

– Hã, estou bem, basicamente – respondo, o que não é uma mentira completa.

Estou bem, muito melhor do que no ano passado ou no ano retrasado, pelo menos.

– Sua mãe me contou sobre o incêndio no centro islâmico. Eu sinto muito, sei o quanto você se importa com ele – diz ele, com um tom de tristeza na voz, e sinto um aperto dentro de mim. Ele também se importava muito com o centro islâmico; espero que ainda se importe.

Esperava que ele ainda não tivesse descoberto sobre o incêndio. Pelo menos não até que eu tivesse um plano concreto – o que eu tecnicamente tinha até *Said, o Egoísta* acabar com tudo.

– O incêndio não foi tão grave. Tenho certeza de que vão conseguir reconstruir as partes danificadas do prédio rapidinho, e talvez ainda dê pra celebrar o Eid lá – digo, a voz falhando ao florear um pouco a verdade.

Tá, talvez não um pouco. Muito. Mas é pelo bem da minha família.

– Tem certeza? Sua mãe disse que a situação parecia bem ruim. Ela não sabe mais se nossa família ainda vai ser responsável pelo Eid, nem se ainda vai dar pra fazer lá…

– A gente pode… a gente vai – intervenho imediatamente. – Quer dizer, se não der pra fazer o Eid no centro islâmico, ainda dá pra reservar o Walker – acrescento, desesperada. – Ou podemos fazer aqui no apartamento ou, sei lá, em algum outro lugar. Mas está tudo bem, juro. Vai dar tudo certo! Já elaborei um plano pra ajudar a levantar os ânimos e garantir que o Eid deste ano seja tão bom como sempre – digo, soltando mentiras entredentes outra vez.

Ouço meu pai suspirar do outro lado da linha.

– Olha, Tiwa… – ele começa a dizer, a voz baixa e sobrecarregada, e sinto a esperança despencar nas profundezas de meu estômago.

Nunca gostei de ouvir meu pai me chamando pelo nome. Ele geralmente me chama de Titi – só sou Tiwa quando ele tem algo sério a dizer.

Me lembro dos fantasmas do passado de *Tiwa*, momentos em que meu pai disse meu nome seguido pelas piores notícias.

Tiwa, sua notas estão caindo de novo… Tiwa, sua mãe e eu nos amamos muito, mas a mudança é inevitável... Tiwa, eu sinto muito, ele não sobreviveu...

Meu nome é o portador de más notícias, sempre foi, ou talvez seja só eu. Eu sou a má notícia. Até porque no primeiro ano em que nossa família fica responsável pelo Eid da cidade, o centro islâmico simplesmente pega fogo. Meu azar está se espalhando.

Ouço a respiração dele, e meus músculos ficam tensos esperando a bomba explodir. Alguém mais morreu? Ele vai se mudar para a Austrália agora em vez de Londres?

– Até logo, então? – diz ele, por fim, a voz sem o peso de antes.

Sinto que consigo relaxar novamente.

– Ah... até – digo, me recuperando do choque emocional súbito.

Desligo rápido antes de ele poder fazer mais perguntas sobre a logística do meu plano de *Salvar o Eid* ou decidir que realmente tem más notícias para me dar.

Caio de volta no sofá, exausta. Mentir pelo bem maior da família Olatunji é muito mais desgastante do que parece. Bom, tecnicamente não é mentir se, de alguma forma, eu encontrar uma maneira de manter as aparências e, de quebra, salvar o Eid.

Antes de tudo, preciso ter certeza de que realmente há um local alternativo para realizar o Eid deste ano. O Walker não tem todas as instalações do centro islâmico, mas serviria mesmo assim.

Só preciso da permissão para usá-lo, primeiro.

O que significa dar uma passada na prefeitura.

O celular vibra na minha mão, e sinto o coração parar outra vez, mas então vejo que não é meu pai com más notícias. Na verdade, é Safiyah, o que não necessariamente tira minha ansiedade, dada a natureza imprevisível da minha melhor amiga.

S: Ainda vamos de Cookies & Crime amanhã?

Já tinha me esquecido disso. A semana passou como um borrão, com o fim das aulas antes do verão, o funeral, o incêndio do centro islâmico, a guarda de Laddoo e o possível cancelamento do Eid.

T: Sim, mas talvez eu precise da sua ajuda com uma coisa antes...

S: ???

Safiyah não me espera responder antes de mandar outra mensagem:

S: ... Que corpo vamos enterrar?

Reviro os olhos.

Só me encontra na frente da prefeitura amanhã ao meio-dia, digito, e então acrescento rapidamente:

E leva umas barrinhas de limão da Abigail também.

No dia seguinte, encontro Safiyah na frente da prefeitura enquanto ela segura uma caixa de barrinhas de limão e encara o prédio enorme com uma expressão de desgosto.

– Não importa quantas vezes eu veja a prefeitura, nunca vou me acostumar com como ela é brilhante e horrorosa – diz Safiyah quando me aproximo.

Olho para a estrutura colorida na nossa frente. Cada centímetro é preenchido por algum tipo de design inspirado em um mural, com tons de verde, roxo e marrom se misturando e contrastando.

– Nem eu, chega até a dar enjoo – concordo, sentindo minha cabeça girar de leve enquanto olho para cima.

– Parece que um Meu Querido Pônei vomitou nos tijolos ou algo assim. Eu sei que é pra gente ser a *cidade dos murais* e coisa e tal, mas tá tudo errado.

Solto uma risada, desviando os olhos do prédio, e volto o olhar para a caixa de barrinhas de limão.

– Obrigada por trazer, aliás – digo.

– É pra quê, exatamente? Achei que a gente só ia ao gabinete do prefeito.

Assinto.

– Isso aí, e preciso de ferramentas de persuasão. O Eid está chegando, preciso do centro Walker, e as barrinhas de limão vão ser minha porta de entrada.

Safiyah ainda parece confusa.

– O prefeito Williams gosta de barrinhas de limão ou algo assim?

Balanço a cabeça negativamente.

– Não, são pra secretária do Williams, Donna. São os doces favoritos dela.

As sobrancelhas de Safiyah se erguem.

– E como é que você sabe disso?

Olho de volta para o prédio enjoativo e dou de ombros.

– Digamos apenas que esta não é minha primeira vez aqui. Enfim, vamos lá. A Donna vai sair para o almoço em uns dezesseis minutos, mais ou menos.

O interior do prédio é de um colorido menos agressivo do que o do exterior, embora ainda haja murais e pinturas por todos os lados. Há uma parede gigante com uma linha do tempo dos murais de Nova Crosshaven ao longo das últimas décadas, do primeiro mural de um cavalo voador, desenhado por um artista anônimo nos anos 1950, até os murais mais recentes, do ano passado.

A parede é basicamente um mural de murais. Talvez, se Said tivesse concordado com a minha ideia do mural para salvar o centro islâmico em vez de ser tão arrogante, o nosso pudesse estar aqui algum dia também. Imortalizado nesta parede de murais.

Pisco diante da parede. *Talvez ainda seja possível.* Não preciso de Said para fazer um mural.

Em uma cidade de murais, não devem faltar artistas.

Outra coisa para colocar na minha agenda de hoje.

O gabinete do prefeito fica no sexto andar, no topo do prédio, e enquanto subimos no elevador velho e barulhento, juro que ouço a corda emperrar algumas vezes. Mesmo assim, saímos inteiras e passamos pelas portas duplas da sala de espera do gabinete, onde Donna está sentada atrás da mesa, digitando (como esperado) e já beliscando um sanduíche.

– Oi, Donna! – digo com o máximo de entusiasmo que consigo reunir.

A cabeça de Donna se ergue, e o sanduíche cai de sua mão.

– Ah, você de novo – diz Donna em uma voz fria. – Olha, Tiwa, eu me compadeço muito com a sua *situação*, mas como eu disse quando você veio na semana passada e na retrasada, leva vários meses para o gabinete do prefeito processar mudanças na legislação local. Quando tiver uma atualização, te mando um e-mail. Até lá, pare de vir.

Meu sorriso falso vacila por um instante.

– Eu não vim por causa disso hoje – digo, sem jeito.

As sobrancelhas franzidas de Donna se suavizam.

– Ainda bem. O que foi, então? – pergunta ela, os olhos procurando a hora no relógio.

Faltam doze minutos para o horário de almoço dela. Preciso ser rápida.

– Preciso de uma reunião urgente com o prefeito – digo.

Donna assente antes de lamber o dedo e abrir um formulário de reuniões.

– Pra quando? Temos horários na terça, na quarta e na quinta da semana que vem.

Pigarreio, tropeçando nas palavras.

– Eu, ééé, preciso de uma reunião um pouquinho *mais* urgente do que, ééé, nessas datas.

Donna suspira, digitando algo no teclado e olhando para a tela.

– Bom, talvez eu consiga te encaixar na segunda-feira...

– Será que você consegue me encaixar hoje... de preferência esta tarde? – pergunto, e Donna abaixa os óculos de gatinho para mim, me encarando mais uma vez.

Cutuco Safiyah, e ela finalmente empurra as barrinhas de limão para a frente, colocando-as na parte mais alta da mesa de Donna.

Donna olha para as barrinhas de limão, depois para mim, os olhos semicerrados.

Sinto meu coração bater forte no peito enquanto ela leva o telefone até a orelha bem devagar e diz:

– Vou ver o que eu posso fazer.

* * *

Como esperado, as barrinhas de limão são o suficiente para subornar até a pessoa mais fria. Elas provavelmente conseguiriam alcançar a paz mundial se Abigail fizesse o bastante para tal.

Uma hora depois de subornar Donna com a sobremesa, Safiyah e eu estamos sentadas do lado de fora do escritório do prefeito, esperando sermos chamadas para nossa reunião urgente enquanto o cheiro de limão paira pelo ar.

– Eu deveria ter comido umas daquelas barrinhas... Antes eu estava tentada, mas agora estou arrependida – sussurra Safiyah, segurando a barriga enquanto observa Donna, feliz no canto da sala comendo os docinhos.

– A gente vai comer cookies na sua casa, lembra? Essa reunião não vai demorar muito – digo, embora nunca tenha feito algo do tipo antes e não tenha certeza de quanto tempo realmente vai durar.

Só espero que não demore tanto quanto meu outro pedido para a prefeitura, caso contrário não haverá Eid nenhum para celebrar.

– Se você diz... – murmura Safiyah, afundando na cadeira no momento em que uma voz soa acima de nós.

– Tiwa, Tiwa Ola... tunji? – O timbre grave da voz do prefeito Williams ressoa quando ele sai de trás da porta do gabinete.

Me levanto depressa.

– Oi, prefeito Williams, sou eu – digo.

Ele assente com um sorriso nos lábios, e seus olhos enrugam apenas de leve nos cantos, o resto de seu rosto imóvel feito cera, como se galões de botox tivessem sido injetados nele.

– Vamos lá! – diz ele, e lanço um olhar para Safiyah.

– É rapidinho, prometo – digo, apressada.

Saf mostra um joinha para mim e dá um sussurro *alto*:

– Boa sorte!

Sigo o prefeito Williams até seu gabinete, e a porta se fecha atrás de mim com um clique.

– Pode se sentar – diz ele, gesticulando para a cadeira.

Caminho até ela e me sento enquanto ele se posiciona na cadeira à minha frente, do outro lado da mesa de madeira. Ele gira para o lado e clica no mouse do computador, e consigo ver a página em branco que ele abre refletida nos óculos.

– Então, Tiwa Olatunji. Como eu posso te ajudar? – pergunta ele, os lábios se puxando para cima.

Seu sorriso parece um pouco ameaçador, e acho que é porque parece que os cantos de sua boca estão sendo puxados para cima por cordas imaginárias.

Pigarreio, tentando focar o motivo de ter vindo aqui: o centro islâmico e o Eid.

– Então, como o senhor, ééé, provavelmente já sabe, o centro islâmico pegou fogo no começo da semana, e as celebrações do Eid da minha comunidade vão ter que ser em outro lugar. Como o senhor pode imaginar, todo mundo está desanimado agora, então eu tenho dois pedidos.

– Sim, fiquei muito triste ao saber desse acidente trágico. Estamos trabalhando duro para descobrir o que causou o incêndio – diz ele.

– Ah, obrigada, prefeito Williams – digo.

– Imagina, srta. Olatunji. Quais são os seus pedidos?

Me endireito e tento organizar meus pensamentos.

– Bom, primeiro eu queria saber: será que poderíamos usar o centro Walker para o Eid? Vou me certificar de que todos entrem e saiam na hora certa e vou providenciar a limpeza e...

– É claro, fico mais do que feliz por deixar vocês usarem o centro comunitário Walker, ainda mais por causa do incêndio. Você só precisa preencher um dos contratos de reserva, e vou fazer Donna processá-lo o mais rápido possível – diz o prefeito Williams, me interrompendo.

– Obrigada – digo, sentindo um peso ser tirado do meu peito e dos meus ombros. Foi mais fácil do que eu imaginava.

– E, por favor, me avise se eu puder agilizar mais alguma coisa para vocês no futuro – continua a dizer, ainda com aquele sorriso plastificado assustador no rosto.

– A outra coisa que eu queria perguntar é sobre a possibilidade de criar um mural para homenagear o centro islâmico. Acho que poderia ser um gesto muito legal da comunidade e ajudaria a levantar a moral de todos, além de trazer ainda mais turistas para a cidade, já que nesta época do ano as pessoas vêm visitá-la para ver o festival de murais – digo. – Não tenho um artista em mente ainda, mas vi a parede de murais lá embaixo e achei que seria legal chamar um artista daqui para isso.

O prefeito Williams cruza as mãos uma por sobre a outra e se inclina para a frente, dando um suspiro.

– A ideia é maravilhosa, srta. Olatunji… você sabe que amo murais. Inclusive, acabei de encomendar um para o parque da cidade. Mas temo que não vai ser possível ter um no local do centro islâmico.

Ergo uma sobrancelha.

– Achei que os danos não tivessem sido tão graves… Tem espaço nas laterais do centro. Se a questão é o artista, posso procurar alguém, o senhor não precisa fazer na…

Ele me interrompe outra vez.

– Esse não é o problema, Tiwa. Receio que não vamos poder pintar um mural lá porque vai de encontro aos nossos planos de construção.

– Planos de construção? – repito.

Ele assente.

– Sim, acabamos de fechar a construção de prédios de apartamentos naquela área. Faz parte da minha ação para garantir que haja moradias adequadas para todos em Nova Crosshaven.

Ainda estou tentando processar o que ele está dizendo. Ele não pode estar falando em derrubar o centro islâmico, né?

– Como assim, construir apartamentos?

Há uma expressão séria em seu rosto – mas, novamente, talvez o rosto dele apenas seja assim.

– Nós discutimos por muito tempo, e acreditamos que um centro comunitário seria o suficiente para atender a todos os cidadãos. Infelizmente, isso significa que o restante do centro islâmico vai ter que ser demolido.

Fico enjoada.

– E os cidadãos muçulmanos de Nova Crosshaven? Não podemos opinar sobre o que vai acontecer com o nosso centro? Se o senhor se importa tanto com os cidadãos, por que não o reconstruir?

– Sinto muito, Tiwa. Dá para ver que o centro islâmico significa muito para você, mas não tem muçulmanos o suficiente na cidade para justificar a manutenção do edifício sendo que podemos trazer mais moradores para cá. Você entende que isso faz mais sentido, não? – pergunta ele.

Não respondo de imediato. Não consigo ter forças para falar. Nada disso faz sentido.

Como é que demolir o centro islâmico poderia fazer algum sentido?

Quase faço essa mesma pergunta em voz alta, querendo gritar na cara dele e exigir que se preocupe mais com a comunidade que está tirando de mim, mas me lembro de que o Eid está próximo, e ainda preciso de um lugar para celebrá-lo. Fazer ele rescindir a oferta de nos deixar usar o Walker não vai ajudar ninguém.

Assinto com a cabeça, entorpecida, e ele bate palmas uma vez.

– Certo. Vamos pegar a papelada, então.

– Eu sempre odiei aquele homem. Ele é assustador, literalmente parece um manequim de plástico – diz Safiyah, mordendo com raiva um cookie de manteiga de amendoim.

Estamos na casa dela, sentadas no sofá comendo cookies e vendo uma série policial perturbadora sobre um assassino em série que gosta de comer os pés das vítimas. Não consigo me concentrar nem nos cookies nem nos pés, só fico pensando no fato de que, dentro de algumas semanas, o centro islâmico vai deixar de existir.

– Tipo assim, quem votou nele pra ser prefeito, sabe? Eu tinha que ser a prefeita – Safiyah continua a dizer, a voz abafada enquanto enfia um cookie na boca, agora de gotas de chocolate.

– Seria um mundo assustador – murmura Said ao sair da cozinha.

– Seu grosso! – diz Safiyah, apontando um cookie para ele de maneira acusatória. – Eu seria uma ótima prefeita. Caraca, eu poderia governar este país. Quando eu estivesse no comando, me livraria dos jeans de cintura baixa – diz ela, incisiva.

– Por que jeans de cintura baixa? – pergunta Said, a voz se aproximando.

Fico tensa, tentando ignorar a presença dele e continuar focada em me afogar na minha própria desgraça.

– Porque é ridículo. Eu não sou obrigada ficar vendo aquilo tudo – diz Safiyah.

Ouço a risada baixa e irritante de Said logo atrás de mim, e percebo que não consigo mais me distrair.

Se não fosse por Said, eu poderia ter feito a proposta do mural para o prefeito Williams da maneira adequada. Talvez ele até tivesse visto como algo que faria valer a pena salvar o centro islâmico.

Ou talvez ainda assim tivesse decidido demoli-lo.

Talvez nada que eu fizesse pudesse salvá-lo.

– Ei! – Ouço um tapa e me viro quando Safiyah afasta as mãos de Said do pote de cookies entre nós.

– Ai! Caramba, Safiyah – diz Said, esfregando as mãos.

– É isso o que acontece quando você tenta pegar meus cookies. Vai arranjar os seus.

Said a encara.

– Mas você pegou todos. Como vou pegar uma coisa que não existe?

Safiyah dá de ombros, mordendo outro cookie de gotas de chocolate.

– Sei lá. Usa seu único neurônio e se vira ou algo assim. Estou tentando relaxar, bebendo meu suco de maçã e tendo uma conversa *particular* com Tiwa, então dá o fora – diz Safiyah, enxotando-o.

Percebo o rosto de Said se contorcer à menção do suco de maçã. Ele olha para mim, e eu para ele, e tenho de me controlar para não reagir. No passado, *suco de maçã* tinha uma conotação diferente para nós. Era nosso código que significava que tínhamos de conversar em algum lugar privado. Os olhos dele permanecem em mim, e eu me forço a desviar o olhar.

Há uma pausa, e então sinto um movimento quando Said se aproxima de nós e pega um punhado de cookies antes que Safiyah consiga impedi-lo. Said se afasta depressa e se senta na poltrona do canto, junto a um Laddoo adormecido e longe do olhar fulminante de Safiyah.

Ele se recosta na poltrona e se vira para a TV, ignorando a irmã, que o fuzila com os olhos.

– Said… – Safiyah começa a dizer.

– Psiu, estou tentando ver o assassino dos pés – diz Said.

Saf joga uma almofada no rosto dele, mas Said se abaixa e ela erra, quase atingindo um vaso que parece caro.

– Enfim, onde a gente estava? – diz Safiyah, se virando para mim. – Tenho certeza de que a gente vai achar outra maneira de homenagear o centro islâmico, tipo soltar pombas no ar ou alugar um daqueles dirigíveis…

Safiyah é interrompida por Said, que pigarreia alto.

– *Ou* talvez a gente possa criar um abaixo-assinado e sair de porta em porta, envolvendo a vizinhan… – Safiyah continua a dizer, apenas para ser interrompida mais uma vez por Said, pigarreando ainda mais alto do que antes.

Nós duas nos viramos e nos deparamos com ele olhando para nós, ou melhor, para mim. Sinto um frio na barriga estranho quando nos encaramos mais uma vez.

– Que é? – pergunta Saf, visivelmente irritada.

Said pisca para mim, e finalmente desvia o olhar, agora encarando a irmã.

– Eu não me importaria de ajudar com aquele lance do mural – diz ele, tão baixo que quase acho que não ouvi direito.

– Hã? – deixo escapar.

– Posso ajudar com o mural do centro islâmico. Você precisa de um artista, né? – pergunta ele.

– Não era você que não estava interessado em pintar um mural pra comunidade? – digo, ainda confusa.

Said dá de ombros.

– Bom, agora eu estou. Fiquei pensando, e como vou passar as férias todas em casa e tenho muito tempo livre, por que não? E... – Ele se detém, lançando um olhar para mim, e ainda estou com aquele frio na barriga irritante. – Estava pensando nisso, e minhas lembranças não eram todas ruins, na verdade.

Não faço nada, não digo nada. Só espero ele finalmente dizer *primeiro de abril*, embora abril tenha sido há meses e Said não pareça estar tentando fazer uma pegadinha.

Por algum motivo, ele realmente quer pintar o mural... e, por algum motivo, estou considerando a oferta. A sra. Barnes provavelmente ficaria encantada com a ideia de trabalharmos juntos. Levando Laddoo e isso em consideração, parece que, de alguma forma, o plano dela para nos unir está funcionando, mesmo na vida após a morte.

Sinto um aperto no peito ao pensar nela.

Um mural pode não mudar a opinião do prefeito Williams, mas pode ajudar todos na cidade a verem o quanto o centro islâmico ainda é importante. Isso, junto com a ideia do abaixo-assinado que Safiyah deu, poderia ser o bastante para impedir os planos de demolição. Eu só preciso descobrir (a) como criar um abaixo-assinado de verdade e (b) como me reaproximar de Said sem querer dar um soco na fuça desse idiota.

Não sei se posso confiar nele, mas não conheço nenhum outro artista e, de qualquer forma, nem conseguiria pagar ninguém. Numa situação dessas, tenho de aceitar o máximo de ajuda não remunerada que for possível.

Solto um suspiro.

– Quando você pode começar?

9
AMIGAS PRIMEIRO, GAROTAS DEPOIS
Tiwa

Organizar um abaixo-assinado é muito mais difícil do que parece.

No dia seguinte à elaboração do plano de *Salvar o Centro Islâmico*, imprimo vários formulários de abaixo-assinado que encontro no site da prefeitura de Nova Crosshaven e renovo meu sentimento de esperança.

Teoricamente, tudo parece bastante simples.

Imprimir um formulário padrão que as pessoas da cidade vão poder assinar.

Quando o referido formulário atingir mais de cem assinaturas, encaminhar para a prefeitura.

A administração da prefeitura (ou seja, o prefeito Williams) vai revisar, e pronto. Teremos nosso centro islâmico de volta.

Só que, na realidade, a apresentação de petições exige mais do que imprimir formulários e reunir assinaturas. Envolve bater em centenas de portas e falar com vizinhos que só conheço de vista ou para quem só sorrio sem jeito no corredor de pães do supermercado.

Por ser alguém que não é muito chegada em outros seres humanos nem em grandes interações sociais, isso parece o meu pior pesadelo. Toda essa provação poderia me causar muito menos ansiedade se não fosse pelo fato de Safiyah ter me abandonado no último minuto.

– Não estou te abandonando – diz Safiyah na frente do pequeno espelho de chão no canto do meu quarto enquanto tenta usar uma chapinha para fazer cachos no cabelo. Ela veio para cá de manhã para poder vasculhar meu guarda-roupa atrás de algo de que gostasse.

– Você chama isso do quê, então? Acho que a definição de *abandono* com certeza inclui ir pra um encontro com a menina que você está a fim a troco de deixar sua amiga de anos pra dar a cara à tapa pra cidade, ainda mais *sozinha*. O que aconteceu com o lance de amigas primeiro, garotas depois? – digo, me sentando no chão ao lado da cama com duas pranchetas no colo, além de um novelo de lã e uma agulha de crochê em mãos, enquanto observo a traidora se arrumar.

Em *grande parte* é brincadeira. Fico feliz por Safiyah, de verdade. Só não estou brincando quanto à parte de estar morrendo de medo da perspectiva de encarar todos os meus vizinhos sozinha.

– Em primeiro lugar, não dá pra acreditar que você disse mesmo *amigas primeiro, garotas depois*, e em segundo lugar, não é um encontro – diz Safiyah, passando hidratante labial. – Vou ajudar Ishra com a inscrição pra faculdade.

– Vocês não tinham a mesma idade? – pergunto, tentando fazer uma linha de crochê.

– Nós temos. Ela acabou de tirar um ano sabático pra cuidar da avó e guardar dinheiro pra faculdade, e agora precisa de ajuda com as inscrições – explica Safiyah. – Mas relaxa, você não vai sozinha. Arranjei reforços pra você.

– Quem? – murmuro.

Safiyah hesita antes de responder, e no mesmo instante já sei quem é.

– Said… mas antes de você reclamar, saiba que eu falei pra ele se comportar da melhor maneira possível.

Já é ruim o bastante ter de passar tempo com ele por causa do mural, e agora isso? Fico pensando no que a Safiyah deve ter oferecido para ele em troca disso.

– Tanto faz, acho que quem não tem cão, caça com gato.

– Esse é o espírito, Titi – encoraja Safiyah antes de se endireitar e se virar para mim. – O que achou? Está parecendo forçado? Quero que pareça que eu caí da cama assim, e aconteceu de eu estar impecável sem fazer esforço.

Observo os cachos saltitantes de Safiyah, a expressão desvairada em seu rosto e o vestidinho excessivamente passado que roubou do meu guarda-roupa, e balanço a cabeça, pensativa.

– Você conseguiu, parece que não fez nada mesmo.

Ela solta o ar, aliviada.

– Ainda bem. Já estou indo. Boa sorte com o abaixo-assinado, e tenta não mutilar meu irmão. Minha mãe vai sentir muita saudade se você matar ele.

Reviro os olhos para ela.

– Tá bom, vou tentar. Pela tia.

– Obrigada – diz ela. Depois, acrescenta: – Aliás, falei pro Said te encontrar no Walker ao meio-dia.

– Perfeito – digo em um tom seco.

Levando em conta ficar presa a Said e a perspectiva de horas de interação social forçada com estranhos, já posso dizer que o dia vai ser bem longo.

Said está onde Safiyah disse que estaria: na frente do centro Walker, olhando para o céu. Quase como se estivesse esperando por algo.

Qualquer outra pessoa que passasse e o visse poderia pensar que Said estava analisando o tempo ou observando um avião passar. Mas eu sei exatamente o que ele está procurando: *o homem na lua*.

Obviamente, não é um homem de verdade na lua, só uma nuvem com a forma dele.

Quando éramos crianças, Said costumava olhar para o céu, tentando encontrar formas nas nuvens. Ele dizia para mim que, se olhasse por muito tempo, daria para ver algo fora do comum. Para ele, era o cara da lua.

Fico surpresa com o quão concentrado ele está, as sobrancelhas franzidas enquanto observa o céu.

Acho que é meio estranho o quanto ele se parece com o Said que eu conhecia quando ele tinha dez anos, com a mesma expressão concentrada enquanto observava as nuvens.

– Só pra você saber, encarar as pessoas é perturbador – diz Said, sem desviar os olhos de sua disputa com o céu para ver quem fica mais tempo sem piscar.

Me assusto de leve, não esperava ouvir a voz dele. Ainda estou a pelo menos três metros de distância. Como foi que ele me viu?

– O que é realmente perturbador é o fato de parecer que você tem olhos do lado do rosto, tipo um… *alienígena* – digo, sem saber como defender meu argumento.

Ele solta um arzinho pelo nariz e finalmente desvia os olhos do céu, os pousando em mim.

– Bela resposta – diz ele erguendo as sobrancelhas, sarcástico. A boca dele se contrai ligeiramente. – Não sou um alienígena, só faço várias coisas ao mesmo tempo. Pra alguns de nós, não é assim tão difícil.

Semicerro os olhos para ele, mas decido ignorar a pontada, embora meu rosto ainda esteja quente. Não vim aqui para discutir com ele. Vim aqui para salvar o centro islâmico.

Pigarreio e vou até ele, segurando uma das minhas pranchetas e evitando contato visual.

– Esse é o formulário do abaixo-assinado. Achei que seria mais fácil se a gente fosse em alguns lugares sozinhos e em alguns lugares juntos. Você vai por essas ruas aqui – digo, apontando para a lista dos pequenos bairros marcados pela cidade –, e eu vou por essas, e aí a gente pode se encontrar na avenida Rosehill pra enfrentar esse lado da cidade juntos. Alguma pergunta? – digo, olhando para a testa dele.

Olhar diretamente para o rosto de Said só me deixa com raiva.

– Parece bem simples – responde Said, e mais uma vez sinto que ele está me observando.

Assinto, olhando incisivamente para minha própria prancheta.

– Tá bom, te encontro em uma hora e pouco.

– Até mais – diz ele.

– Até – digo novamente, sem querer que Said dê a palavra final.

– A gente se vê – acrescenta.

Finalmente olho para ele, tentando não deixar minha irritação transparecer. A expressão dele é neutra, mas no fundo de seus olhos consigo ver que isso é um jogo para ele.

– Isso, na avenida Rosehill – lembro, dando um passo para trás.

– Aham, lá mesmo – reafirma ele, se afastando também.

– Em uma hora – reitero.

– Isso aí – ele concorda, pegando os fones de ouvido e posicionando-os antes de eu poder dizer mais alguma coisa. – Tchau, Tiwa.

Ele dá um sorrisinho presunçoso antes de sair andando.

Solto um suspiro, olhando para minha prancheta cheia de linhas vazias que precisam ser preenchidas até o fim do dia.

– Que o pesadelo comece – digo para mim mesma e me viro na direção oposta, seguindo para a primeira rua.

Quarenta e cinco minutos depois, consegui bater em 32 portas, e, dentre elas, 29 atenderam e assinaram.

Fazer um abaixo-assinado não é tão ruim quanto pensei que seria. Ainda é meio assustador, mas não o pesadelo que eu esperava.

– Boa sorte, querida. Espero que você consiga todas as assinaturas de que precisa! – diz a sra. Lewis, que mora no número 9 da avenida Thorngrove, e me devolve a prancheta.

– Obrigada, sra. Lewis – respondo, tentando tornar meu sorriso caloroso e grato.

Estou sorrindo tanto hoje que meu rosto está doendo; claramente, é um sinal de que não nasci para isso.

Quando a porta se fecha, conto as assinaturas no formulário.

Consegui 35, mas ainda faltam muitas.

Passo por cima das roseiras da sra. Lewis, vou até a porta do número 10 e toco a campainha duas vezes.

– Já vai! – diz uma voz rouca atrás da porta.

Os músculos do meu rosto protestam quando refaço meu sorriso vitorioso.

Depois de alguns segundos de silêncio, ouço passos arrastados. A porta se abre, por fim, e vejo um rosto familiar que reconheço da mesquita.

Me sinto relaxar de leve. Os últimos vizinhos não eram muçulmanos, e por isso foi necessário um pouco mais de explicação e persuasão para fazê-los assinar. Agora seria mais rápido.

– As-salamu alaikum, tia – digo, animada.

Espero que ela diga o wa alaikum assalam de costume, mas a resposta não vem.

Em vez disso, ela semicerra os olhos para mim, observando meu rosto com uma expressão confusa.

Pigarreio, sem jeito.

– Como a senhora já deve saber, o centro islâmico pegou fogo no começo desta semana, e o prefeito Williams decidiu que quer demolir o resto do edifício pra construir novos apartamentos. Estamos reunindo assinaturas para este abaixo-assinado, pra poder impedir isso e solicitar a reconstrução do centro islâmico. Se assinar aqui, pode ajudar a levar esse problema às pessoas responsáveis na prefeitura e, com sorte, fazer com que anulem o plano de demolição. – Termino de ler meu roteiro mental, estendendo a prancheta e a caneta para a tia confusa.

A princípio, ela não faz nada, apenas se segura no batente da porta e me encara sem piscar. Então, assente, pegando a prancheta das minhas mãos e se preparando para assinar.

– Tem algum muçulmano envolvido nesse projeto? – murmura a tia de maneira ríspida.

Não sei dizer se ela está me perguntando ou se está falando sozinha, mas sinto meus ombros se tensionarem, e uma sensação desconfortável se assenta em meu peito.

– S-sim, ééé, tem muçulmanos envolvidos – digo apressadamente. Não sei por que simplesmente não digo para ela que eu estou envolvida – que sou muçulmana. Achei que fosse óbvio, principalmente porque tenho quase certeza de que já nos vimos no centro islâmico antes.

– Pronto – diz a tia, me devolvendo a prancheta sem olhar para mim.

Quando ela volta para dentro, tento me livrar da estranheza que sinto enquanto continuo descendo a rua, procurando mais vizinhos para assinar o abaixo-assinado.

Dá tudo certo nas casas seguintes. Reconheço outro rosto da mesquita, uma tia que, pelo que me lembro, fez mishtis no Eid do ano passado. Ela me cumprimenta com entusiasmo e pergunta como estou. Até sinto a estranheza dentro do peito começar a diminuir quando bato no número 15. Desta vez, encontro outro rosto familiar da mesquita.

Abro um sorriso e respiro fundo, me preparando para recitar as mesmas falas, mas antes que eu possa dizer uma palavra sequer, vejo o rosto da pessoa se contorcer em uma careta desagradável.

Tudo o que vejo é a porta batendo na minha cara.

10

SOBREMESA PRA VIAGEM
SAID

Chego na avenida Rosehill dez minutos atrasado, e não vejo Tiwa em lugar nenhum.

Sou o primeiro a chegar.

Sorrio triunfante até ouvir a voz de Tiwa ao longe. Ela está no meio de uma conversa com um dos vizinhos. Mesmo de onde estou, consigo ouvir sua voz estridente e ver seu sorriso tenso.

Eu sabia que me sairia muito melhor nisso do que Tiwa. Ela não é uma pessoa nada sociável.

Me lembro de que, no sexto ano, Tiwa sempre fazia os meninos da nossa turma chorarem porque ficava de cara feia para eles. Josh Donnelly, que se sentava ao lado dela naquele ano, até trocou de lugar no outro lado da sala por ela tê-lo feito chorar vezes demais.

Mesmo agora, seu sorriso não parece natural. Estou acostumado com ela fazendo cara feia para todo mundo. Principalmente para mim.

Ela claramente precisa da minha ajuda e da minha personalidade deslumbrante, então caminho até Tiwa.

Por cima de seu ombro, vejo a pessoa com quem ela está conversando. É uma tia mais velha, que está usando um salwar kameez azul. Ela parece tão confortável na conversa quanto Tiwa. Mas então seu olhar se volta para mim, e sua expressão muda.

– Assalam alaikum! – diz a tia, com um sorriso repentino no rosto. Tiwa se vira para me olhar, as sobrancelhas franzidas.

– Walaikum salam, tia – digo. – Minha ami… minha colega, Tiwa, e eu estamos reunindo algumas assinaturas para o nosso abaixo-assinado para salvar o centro islâmico. Tenho certeza de que a senhora já deve ter ouvido falar do acidente terrível, e que o prefeito Williams planeja demolir o edifício pra construir apartamentos. Estamos tentando fazer tudo o que estiver ao nosso alcance pra reconstruir o centro islâmico. É uma parte muito importante da nossa comunidade.

A tia assente com simpatia antes de pegar minha prancheta. Quase como se não houvesse dúvidas sobre assinar ou não o abaixo-assinado.

Olho para Tiwa com um sorriso vitorioso.

– É tão incrível você estar tomando essa atitude – diz a tia ao devolver minha prancheta. – Não tem muita gente que se importa com o centro islâmico ou com a pequena comunidade muçulmana na cidade.

– Não se preocupa, tia, vamos fazer o que a gente puder – digo.

– Bahut achchha kaam kar rahe hon. Shabbash! – A tia bagunça meu cabelo. – Tchau, beta – diz a tia de maneira carinhosa antes de fechar a porta.

Pisco por um momento, me perguntando por que ela presumiu que eu falava hindi, por que mal olhou para Tiwa durante toda a conversa e por que nem se despediu dela.

Mas quando nos viramos em direção à rua principal, Tiwa está olhando para a prancheta, como se não ligasse para o comportamento estranho da tia.

– Por quantas casas você passou?

– Por quase todas – respondo. – E você?

– É, por muitas. Mas… algumas não assinaram. E teve até uma pessoa que bateu a porta na minha cara. – Ao dizer isso, Tiwa se limita a revirar os olhos, como se não ligasse.

Paro de andar.

– Alguém bateu a porta na sua cara?

Tiwa também para, e nós dois ficamos frente a frente.

– É, mas… Não é nada demais. – Ela dá de ombros. – Teve uma tia que perguntou se eu era muçulmana. Acontece de vez em quando.

Só consigo piscar para ela, confuso. Ninguém bateu a porta na minha cara nem presumiu que eu não era muçulmano. Na verdade, um dos tios me convidou para entrar e tomar um chá, e uma tia até perguntou se eu era solteiro e queria me arranjar para a filha dela.

– Como assim isso acontece de vez em quando? Tipo… acontece na mesquita? Com as tias que você conhece? – pergunto.

– Às vezes… – diz Tiwa, devagar. – Mas acho que deve ser provavelmente porque, você sabe, eu não uso hijab. Então não é fácil deduzir que eu sou muçulmana. Tento não pensar muito sobre isso.

– Bom, eu também não uso hijab – digo, sorrindo.

Os olhos de Tiwa se semicerram, e meu sorriso se alarga.

– Que foi, você acha que eu não vou ficar bem de hijab? – pergunto. E antes que Tiwa possa me fuzilar com o olhar, acrescento: – Tô brincando, óbvio. Isso está errado, ninguém deveria te tratar assim. Muito menos as tias muçulmanas.

– É, acho que sim. Mas eu estou bem. A gente deveria realmente continuar com o abaixo-assinado. Temos muito o que fazer – diz Tiwa.

Ela olha para a prancheta de novo, mas perdeu um pouco do brilho nos olhos que tinha visto mais cedo. Claramente não está bem.

– Talvez a gente devesse fazer uma pausa e comer alguma coisa. Estou com fome – digo.

Espero Tiwa resistir, porque esse é o nosso jeito comum de fazer as coisas, mas ela solta um suspiro e assente.

– Tá, claro. Vamos comer alguma coisa.

Acabamos em uma mesa de canto na padaria de Abigail, e de repente sinto como se tivéssemos voltado no tempo, para quando éramos crianças. Tiwa e eu éramos obcecados em vir até a Abigail para dividirmos pratos de cookies açucarados em formato de abacaxi.

Contudo, não pedimos nenhum cookie açucarado desta vez. Seria estranho demais. Em vez disso, peço enchiladas de frango halal com batata frita de acompanhamento e um copo de pink lemonade, e Tiwa pede frittata de espinafre e uma xícara de café.

— Tinha esquecido de como a comida da Abigail é boa — digo, com a boca cheia de enchilada.

É basicamente o paraíso em forma de prato. E exatamente por isso vou arrastar Julian para cá quando ele vier me visitar nestas férias. Ele gosta mais de doces do que eu, e isso já é muita coisa.

— Pois é, mas nada supera os doces dela, é claro — diz Tiwa.

— É claro — concordo. — E é por isso que a gente deveria pedir sobremesa depois.

Os lábios de Tiwa se curvam ligeiramente para cima, quase como se ela estivesse se esforçando muito para não sorrir.

— A gente ainda tem que conseguir mais umas assinaturas.

— Vamos levar sobremesa pra viagem — insisto. — E, pelas minhas contas, já estamos quase chegando nas cem assinaturas.

— Por isso mesmo não podemos enrolar. A gente precisa das assinaturas pra ir para a próxima etapa do processo.

— O que mais tem pra fazer? — pergunto.

Quase achei que seria fácil, só conseguir as assinaturas e pintar o mural.

— Muita coisa — responde Tiwa, parecendo um pouco cansada. — O abaixo-assinado só significa que o prefeito vai considerar o caso. E ainda tenho que descobrir como fazer o Eid no centro Walker. Muita coisa foi destruída pelo fogo, e minha mãe e eu vamos ter que conseguir decorações novas, ingredientes e mais um monte de coisa. Aparentemente, planejar uma festa do Eid é bem caro.

Não tinha parado para pensar em como o fogo deve ter destruído muito mais do que só um edifício.

E eu sei que as coisas têm andado meio mal para os Olatunji nos dois últimos anos. Ouvi ammu dizer que esse foi um dos motivos para terem se mudado do nosso bairro.

— E se você fizesse uma vaquinha? — sugiro.

– Pra...? – pergunta Tiwa, com uma sobrancelha erguida.

– Pra festa do Eid. No Walker. – digo. – Acho que todo mundo ia adorar contribuir e ajudar. Afinal, a festa é nossa. Talvez a gente pudesse fazer uma venda de doces. Dá até pra perguntar pra Abigail se ela estaria disposta a doar alguns dos famosos docinhos dela.

Tiwa pensa por um momento antes de balançar a cabeça devagar.

– Uma venda de doces pode ser uma boa ideia. E eu poderia fazer meus cupcakes.

Na verdade, nunca comi os cupcakes de Tiwa, mas ouvi Safiyah falar mal o bastante para saber que não quero nem experimentar.

Então, só sorrio e digo:

– Claro, a gente pode fazer juntos na minha casa.

Tiwa ergue uma sobrancelha com a minha sugestão, então acrescento rapidamente:

– Quer dizer... se você quiser, é claro.

– Pode ser – diz Tiwa. – É a sua cara querer organizar uma venda de doces.

– Por quê? Você acha que eu sou um docinho? – pergunto, com um sorrisinho.

– Você não é nada engraçado – diz Tiwa em uma voz impassível.

– Como assim? Eu sou hilário.

– Aham, por isso eu estou morrendo de rir.

Pego uma das batatas fritas no meu prato e jogo em Tiwa. Bate bem no meio da testa. Isso finalmente arranca um sorriso dela.

– Viu? Hilário – digo.

– Tá, beleza – diz Tiwa, desviando o olhar, embora o sorriso permaneça em seus lábios.

Eu a observo por um instante, e meu coração acelera.

Às vezes, quando ela não está sendo chata, me esqueço do porquê a odeio tanto.

ATO II

TRAVESSURAS E TRANSTORNOS

11

GATOS NÃO COMEM CUPCAKE
Tiwa

– Onde você colocou a pasta de baunilha mesmo? – grito para minha mãe, da cozinha.

Olho para o armário bagunçado onde as coisas de cozinha deveriam estar, mas não vejo sinal do pote de baunilha.

– Você não usou por último? – pergunta minha mãe, sem tirar os olhos do romance de banca.

– Não, você usou pra fazer micate umas semanas atrás pra família daquele paciente com demência... e agora não está no lugar de sempre – digo, vasculhando o armário e, mais uma vez, não encontrando nada.

Ouço o suspiro alto de minha mãe seguido pelo som de seu livro se fechando e dos passos atravessando a sala até chegar à cozinha.

Casualmente, ela enfia a mão no mesmo armário que passei os últimos dez minutos vasculhando, pega o pote de pasta de baunilha e o entrega para mim.

– Estava bem na frente do seu nariz esse tempo todo. Você interrompeu minha leitura pra nada. Sergio estava prestes a pedir a mão de Marianne em casamento – diz minha mãe.

Olho para o pote de pasta de baunilha chocada e confusa. De alguma forma, minha mãe tem essa capacidade assustadora de achar objetos perdidos do nada.

– Quem é Sergio? – pergunto, colocando o pote no saco de ingredientes que vou levar para a casa de Safiyah.

– O executivo italiano que é o interesse amoroso no livro que eu estou lendo. Espero que você já tenha pegado tudo. Queria passar meu dia de folga sem mais interrupções – diz minha mãe, olhando para a sacola cheia de suprimentos com a sobrancelha erguida, e sinto seu julgamento.

– Eu levo a culinária muito a sério – digo na defensiva.

– Dá pra ver – diz minha mãe. – Achei que você fosse fazer compras com Safiyah pra venda de doces de amanhã, mas parece que você está estocando comida para o apocalipse… Devo me preocupar?

– Não tem apocalipse nenhum, a gente só vai comprar os ingredientes que faltarem. Queria pegar o que desse em vez de gastar dinheiro comprando coisas iguais.

Minha mãe assente.

– Muito espertinha. Te ensinei bem – diz ela no momento em que o barulho do interfone lá de baixo toca no apartamento.

Em seguida, jogo o açúcar de confeiteiro no saco, e minha mãe vai abrir a porta.

– Olá? Ah, oi, querida. Sim, vou abrir pra você, Tiwa está quase pronta – ouço minha mãe dizer.

– É Safiyah? – pergunto.

– Aham, achei que você tinha dito que ela viria ao meio-dia.

Assinto e olho para o relógio, marcando poucos minutos depois das 11h30. Ela está adiantada, o que não é nada típico de Safiyah. Safiyah e o irmão são como noite e dia em se tratando de horários.

– Talvez seja mesmo o apocalipse… – digo. É a única explicação que consigo pensar para a pontualidade incomum dela.

Calço os sapatos na hora em que uma batida forte soa na porta. Desta vez, eu que vou atender.

Abro a porta e encontro Safiyah, o que já esperava, e Said parado ao lado dela, o que não esperava.

Isso explica por que Safiyah chegou cedo pela primeira vez na vida.

– Oi, Titi – diz Safiyah, abrindo um sorriso.

– Oi, Safiyah… – digo, relutantemente desviando o olhar de Saf.
– Said – cumprimento, dando um aceno de cabeça.

A expressão dele permanece impassível, neutra, e ele acena de volta para mim.

– Tiwa.

Safiyah olha para ele com uma expressão surpresa, como se tivesse esquecido que veio acompanhada.

– Ah, esqueci de falar, Said vai com a gente fazer compras. Ele precisa de canetas artísticas especiais ou algo assim para o mural – ela diz, o que explica a presença dele.

Antes que eu possa responder e perguntar qual o plano para hoje, ouço a voz alegre da minha mãe atrás de mim.

– Said? Bem que eu pensei que tinha ouvido a sua voz… Há quanto tempo. Como você está? – pergunta ela.

Minha mãe parece mais feliz em vê-lo do que quando me vê – e provavelmente é isso mesmo.

O rosto dele muda de neutro para caloroso. É óbvio que ele também está mais feliz por vê-la do que por me ver.

– Oi, tia. Estou bem, só corrido com a escola e tudo o mais – diz ele, dando de ombros.

Os olhos da minha mãe brilham com a menção à escola.

– Ah, sim, você está naquele internato chique agora. Sua mãe disse que ele fica na Virgínia, é isso?

– É, isso aí – responde Said baixinho, as bochechas rosadas.

– Que incrível! Espero que esteja indo tudo bem. Está se alimentando bem? Fez amigos? – Minha mãe continua interrogando, apoiando a mão no batente, ficando confortável demais.

Eu, pelo contrário, não me importaria de não saber os detalhes sobre as aventuras de Said no internato. Consegui evitá-los por anos, e não pretendo acabar com o êxtase da minha ignorância tão cedo.

Ele assente, pigarreando antes de voltar a falar.

– Ééé, sim, está tudo bem. Quer dizer, no começo foi difícil, mas com o tempo melhorou. Estou me alimentando direito e fiz uns amigos. Na verdade, meu colega de quarto, Julian, vai vir pra cá nas férias. Ele chega no dia do Eid.

– Ah, que incrí… – minha mãe começa a dizer, mas a interrompo antes que possa fazer mais perguntas sobre Said e sua nova vida, cujas respostas não quero ouvir.

– Acho que a gente tem que ir agora. Temos muitos doces pra fazer – me apresso em dizer, evitando o olhar de Said. – Até mais tarde, mãe!

Depois de me despedir, pego minhas coisas e rapidamente enxoto Safiyah e Said porta afora.

Chegamos à loja quinze minutos depois, graças a Safiyah, que dirige em alta velocidade.

Said vai sozinho pegar seus materiais de arte enquanto Saf e eu vasculhamos o corredor de culinária.

– Ah, olha! Eles têm cortadores de cookie em formato de lua crescente! Se a gente conseguir encontrar um cortador de cookie em formato de estrela, dá pra fazer uns muito legais com tema islâmico – comenta Safiyah, segurando a forminha de metal.

Paro a fim de pensar nisso, encarando a etiqueta de preço colada nele. Nosso orçamento é limitado, e as ideias de Safiyah têm sido grandiosas demais para caber nos trinta dólares que sua mãe gentilmente nos doou.

– Eu gosto da ideia – começo a dizer. – Mas acho que podemos fazer sem os cortadores de cookie. Isso pode ajudar a reduzir os custos.

– Se você diz… – diz Safiyah, encolhendo os ombros, e coloca-os de volta na prateleira.

– Ah, me lembra de pegar maionese – digo.

Safiyah contorce o rosto em resposta.

– Maionese? – pergunta. – Não me diz que você coloca nos cupcakes.

– Geralmente não, mas a sra. Barnes sempre colocava. E os bolos dela eram os melhores.

Sinto uma dor incômoda no peito ao perceber que nunca mais vou comer um bolo feito pela sra. Barnes.

Safiyah não parece convencida.

– Se você diz... – ela repete enquanto avançamos entre as prateleiras.

Safiyah para outra vez e pega uma pilha de forminhas de cupcake em formato de coração.

– A gente podia usar pra fazer os cupcakes e mostrar nosso amor pela comunidade – comenta ela.

Primeiro, olho para a etiqueta de preço, depois estendo a mão para pegar as forminhas de cupcake redondas e muito mais baratas.

– Fofo, mas acho que a gente só consegue pagar as mais básicas.

Safiyah suspira e coloca de volta.

– Por isso eu preciso de um emprego de verão – murmura.

– Pra poder comprar forminhas de coração? – pergunto.

Ela faz que sim.

– Exatamente.

Continuamos a andar, indo em direção ao fim do corredor.

– Falando em corações... você nem me contou como foi o encontro com Ishra – digo, lançando um olhar de soslaio para Safiyah.

– Porque foi um desastre. Aparentemente, eu sou péssima em ser lésbica.

Dou risada.

– Como alguém pode ser péssima em ser lésbica? – pergunto, séria.

– Bom, acho que ser capaz de conversar com garotas é uma exigência, e com certeza eu falhei em todas as frentes.

– O que rolou?

Safiyah para de maneira dramática e se vira para mim.

– Nada. Absolutamente nada.

– Nada?

– É, nada. Eu nem consegui falar com ela. Ela ficou fazendo perguntas sobre a minha vida e como está a faculdade, e eu travei. Mal consegui formular uma resposta. Ela deve achar que eu sou muito esquisita, ou pior: assustadora! Só fiquei olhando pra ela e não disse nada. – Safiyah grunhe e cobre o rosto com as mãos. – Eu sou uma vergonha.

– Não é, não. Você é meio ridícula de vez em quando, sim... mas de jeito nenhum é uma vergonha. Todo mundo trava às vezes. Tenho certeza de que não foi tão ruim quanto você acha.

Safiyah balança a cabeça.

– Foi terrível, Titi. Provavelmente muito pior do que eu me lembro. Mas enfim, vamos mudar de assunto. Estou planejando usar um disfarce pelo resto do verão e evitar topar com ela a todo custo... começando a partir de amanhã, é claro. Acho que não seria apropriado usar um disfarce pra vir pra cá.

– Realmente – respondo, tentando não rir de como minha melhor amiga é ridícula.

Ao virarmos a esquina, avisto a nuca familiar demais de Said à distância, na seção de artes e ofícios, inspecionando potes de tinta na prateleira e segurando o que parece ser um conjunto de pincéis.

Ele está com uma expressão de concentração profunda, como se tentasse resolver uma equação difícil.

Said parece estar levando o mural mais a sério do que eu pensava. O que não deveria ser uma surpresa, já que ele leva sua arte muito a sério. É uma das coisas que mais amava nele. Não só a arte que ele faz, mas o quanto fica imerso nela. Ficava observando-o desenhar por horas enquanto deveríamos estar fazendo as lições de casa.

Quase sinto vontade de vê-lo desenhar outra vez.

Parecendo sentir meus olhos sobre ele, Said ergue o rosto bruscamente, como se tivesse sido eletrocutado pelo meu olhar.

Desvio os olhos rapidamente antes de ser pega no flagra e empurro o carrinho de compras para o corredor seguinte, com pressa, enquanto Safiyah segue atrás de mim, ainda deprimida por causa do encontro com Ishra.

– Qual o próximo item da lista? – pergunto para Safiyah, ignorando meu coração acelerado.

Ela puxa o papel amassado.

– Ovos. Precisamos de duas dúzias.

– Ovos – repito com um aceno de cabeça antes de ir na direção deles, me afastando de meus pensamentos intrusivos a respeito de Said.

Algumas horas e várias fornadas de brownie depois, Safiyah tenta dispersar a fumaça da cozinha enquanto tento decorar os cupcakes.

– Tiwa, vou falar isso com todo o amor do mundo... – diz Safiyah, agora pairando sobre mim. – A arte daquele cupcake parece ter saído de um livro do Stephen King.

Observo a bandeja de cupcakes com a cobertura desigual escorrendo pelas bordas e foco o rosto sorridente que tentei desenhar em cima de um deles, que está parecendo menos um sorriso e mais uma careta monstruosa.

– Não está tão ruim assim... – digo, tentando convencer tanto Safiyah quanto a mim mesma. – Acho que se eu colocar granulado em cima vai parecer menos...

– Aterrorizante? – sugere Safiyah.

– Menos com um cupcake triste – termino de dizer.

– Olha, a gente não é exatamente Pablo Pi... – Saf começa a falar, mas é interrompida pela voz de Said vinda de um canto.

– Verdade, vocês duas são terríveis quando o assunto é arte – diz ele, com um cupcake pela metade em uma das mãos e Laddoo em outra. – Principalmente você, Safiyah. Lembra quando você desenhou o tio Aasif para aquele seu projeto da escola e ele até chorou?

– Eu não fiz o tio chorar. Ele era alérgico ao meu lápis de cera – responde ela.

– Aham, era sim – diz Said, mordendo o cupcake com um sorriso no rosto.

Safiyah vai até ele e pega o cupcake de sua mão.

– Não come os nossos cupcakes! São pra arrecadação de amanhã – repreende.

Said congela e depois olha para o gato.

– O cupcake era para o Laddoo. Ele estava com fome.

– Claro que estava. Fala para o Laddoo que gatos não comem cupcake – diz Safiyah, olhando feio para o bichano.

Laddoo mia em resposta.

– Enfim, não era pra você estar ajudando? – pergunto, lembrando que isso foi ideia dele, mas não o vi desde que voltamos do mercado.

Agora, ele olha para mim.

– Eu estava trabalhando nos esboços do mural... Acho que já tenho algumas ideias. Mas agora estou aqui, pronto pra salvar vocês de vocês mesmas – diz Said antes de avançar para inspecionar meu trabalho.

Seu rosto se contorce ao ver o rosto sorridente que tentei desenhar.

– Que bagulho zoado – diz ele, balançando a cabeça.

– Era pra ser um sorriso – murmuro, com uma carranca.

Ele inclina a cabeça, dando uma olhada rápida no meu rosto.

– Dá pra ver. O cupcake meio que tem o seu sorriso – diz ele.

Semicerro meus olhos para ele.

– Já que você faz tão melhor assim, por que não termina de decorar? – digo antes de colocar o saco de confeitar na mão livre dele.

Said coloca Laddoo no chão e arregaça as mangas.

– É assim que *não* se aterroriza as pessoas. Observe e aprenda.

Cerca de uma hora depois, o balcão da cozinha está repleto de doces assados e decorados.

Dou um passo para trás com Said e Safiyah, e admiro nosso trabalho.

Preciso admitir, os cupcakes ficaram muito melhores com a decoração espiralada de Said. Não que eu vá dizer isso em voz alta.

– Nada mau pra um trabalho feito por três neurônios – diz Said.

Ergo uma sobrancelha para ele.

– Você tem mais do que três neurônios, Said. Deveria se valorizar.

– Verdade, eu sou um gênio.

– Não foi bem isso o que eu quis dizer...

– Como eu sou um gênio, eu sei o que você quis dizer – responde ele.

– Se a ilusão te ajuda a dormir melhor, então que seja – digo.

– Humm, sim, isso e chá de camomila – diz ele com um sorriso largo.

Reviro os olhos e verifico as horas no celular.

Já é quase de noite, e ainda tenho de voltar para fazer minha oração asr atrasada e começar a maghrib, isso sem contar que tenho uma ligação marcada com o meu pai.

– Tenho que ir. Preciso ligar para o meu pai – digo. – Onde e a que horas a gente marca a venda de doces amanhã?

– A gente pode se encontrar na frente do Walker um pouco antes da hora do almoço. É o lugar mais central da cidade, e a maioria das pessoas tem que passar lá pra ir almoçar. Tem umas mesas e cadeiras no porão do centro Walker que dá pra gente usar. Também posso levar as coisas no carro com Safiyah. Dá até pra passar na Abigail e pegar as coisas que ela disse que ia doar – sugere Said, e fico um pouco surpresa com sua oferta.

É bom ver que ele está comprometido com o Eid; eu deveria parar de ficar tão desconfiada.

– Obrigada, Said – digo, desviando o olhar para longe dele. – Encontro vocês lá?

– Perfeito. Vou ficar de olho para Said não comer mais cupcakes – diz Safiyah, o que atrai um olhar furioso de Said, mas ele não se defende, provavelmente porque Saf está certa.

– Tem certeza de que não quer ficar para o jantar? Minha mãe já vai expulsar a gente daqui pra esquentar a comida – comenta Safiyah, colocando os utensílios que usamos na máquina de lavar louça.

Olho para o lado, vejo Said saindo da cozinha e balanço a cabeça para Safiyah em resposta.

– Minha mãe não gosta de jantar sozinha, mas talvez outro dia – respondo.

Safiyah assente, me dando um abraço de despedida.

– Tá bom, na próxima traz sua mãe também.

Ouço a porta da cozinha se abrir mais uma vez e me viro para Said, que volta com o gato laranja nos braços e um saco plástico nas mãos.

– Aqui, um presente de despedida – diz Said, estendendo o gato para mim.

Pisco para ele.

– Quê?

– Nós dois temos que fazer nossa parte pra cuidar do Laddoo, então pega ele. Tomei a liberdade de preparar uma lista das necessidades dele e embalar um pouco da ração e a caixa onde ele gosta de brincar. Ah, e ele gosta de andar muito na lama, então talvez você tenha que dar banho nele. Só que ele odeia água, então talvez ele tente te matar enquanto você dorme – diz Said e coloca o gato em meus braços.

– Obrigada pelo super aviso, Said. Vou tentar não afogar o gato sem querer quando for dar banho nele.

– De nada – diz Said, acariciando as orelhas do gato. – Te vejo daqui a alguns dias, parceiro – diz ele para o gato antes de sair da cozinha mais uma vez.

– Eu te levo – diz Saf, e agradeço, porque não sei se conseguiria voltar para casa carregando minha sacola com coisas de cozinha, um gato e a mala do gato.

Saímos juntas da cozinha, Safiyah pegando a chave do carro.

– Ammu, vou levar Tiwa pra casa dela rapidinho, mas volto antes do jantar – diz Safiyah para a mãe, que está sentada no sofá assistindo a uma novela indiana.

– Tiwa, você não vai ficar pra janta? – pergunta a mãe de Safiyah, olhando para mim, ou melhor, para o que consegue ver de mim atrás do grande gato peludo.

– Desculpa, tia, minha mãe está me esperando em casa, mas logo, logo eu volto – digo.

– Tá bom, vê se não some. Já faz um tempão que a gente não janta junto, com a sua mãe trabalhando em tantos turnos hoje em dia e Said sempre na escola. Nem consigo me lembrar da última vez que ficamos todos juntos… Quando foi mesmo, Said? – ela pergunta para o filho, que está recostado no sofá do canto.

Ele olha para mim, e sinto que quase consigo ler sua mente.

Eu sei que a última vez que minha mãe e eu viemos jantar com toda a família dele foi há dois anos. Definitivamente antes de tudo acontecer lá em casa e da briga entre mim e Said.

Sei que ele está pensando naquela época, quando eu vivia aqui. Quando as coisas não eram tão estranhas e tensas.

– Ééé, não lembro – responde ele, desviando o olhar de mim e da mãe, fingindo estar absorto na TV.

A mãe dele revira os olhos e sorri.

– Enfim, precisamos te receber aqui algumas vezes nesse verão. Faço questão de fazer suas comidas favoritas pra você vir – diz ela.

Abro um sorriso.

Sinto falta de verdade de comer aqui direto. A tia Nabiha faz o melhor arroz de todos – não que eu vá deixar minha mãe saber disso.

– Obrigada. Até mais, tia – digo, e então meus olhos se voltam brevemente para Said, que, percebo, desvia o olhar de mim para a TV outra vez. – Tchau, Said – acrescento.

– Tchau, Tiwa, querida – diz a tia Nabiha.

– Tchau, Tiwa. – Ouço Said quase sussurrar, sem olhar para mim.

Percebo que suas orelhas estão coradas.

Safiyah e eu saímos pela porta e entramos no carro dela.

Deixo Laddoo no chão, aos meus pés, enquanto coloco o cinto.

– Tenho quase certeza de que a minha mãe quer te adotar, sabia? Ela nunca se oferece pra fazer minha comida favorita – diz Safiyah.

– É claro que ela quer me adotar. Eu sou incrível – digo, com um sorrisinho.

– Isso você é, amiga – responde Saf, retribuindo o sorriso antes de pisar no acelerador e sair da garagem. – Aliás… percebi que você e Said não tentaram se matar hoje. Acho que é um avanço e tanto.

– Consigo ser civilizada com qualquer um, porque eu sou um doce. A única coisa com que me importo é garantir que o centro islâmico seja salvo. O nome disso é profissionalismo – afirmo, tentando ignorar o calor crescente em meu rosto.

Safiyah ri.

– Se você diz… Mas, preciso dizer, pra supostos inimigos mortais, vocês dois se dão muito bem.

12

SORRISO FALSO
SAID

Quando paramos no centro Walker, nosso carro está com o cheiro da fábrica de chocolate da Hershey's.

Ou talvez seja só o fato de eu ainda não ter comido nada hoje que faz tudo se tornar ainda mais apetitoso do que de costume.

Vejo Tiwa nos degraus da frente do centro, e, logo que Safiyah estaciona o carro, Tiwa corre em nossa direção.

– Vocês estão atrasados! – diz ela como forma de saudação, embora seja apenas 11h02.

– Viu, se você tivesse *me* deixado dirigir, a gente teria chegado na hora – digo.

Safiyah sai do banco do motorista como se não tivesse me ouvido e dá um abraço de oi em Tiwa.

Reviro os olhos, apesar de nenhuma das duas conseguir me ver, e saio do carro também. Abro o porta-malas, onde enfiamos as mesas e cadeiras, e começo a descarregar enquanto Safiyah e Tiwa pegam as caixas de doces.

– Aqui está bom? – resmungo, colocando uma das mesas perto da calçada.

Tiwa finalmente se vira para mim, de cara fechada.

– Não. Mais perto dos degraus.

– Essa coisa é pesada, sabia? – digo, mas faço o que ela pede e carrego a mesa mais para perto dos degraus do Walker, deixando algumas das cadeiras dobráveis ali perto. Tiwa e Safiyah me seguem, colocando as caixas de cupcakes, brownies e cookies pela mesa.

Tiwa coloca um pote no meio da mesa com a palavra *Doações* escrita em letras pretas; enquanto isso, Safiyah cola uma placa de papelão na frente da mesa, onde se lê *Arrecadação para o Eid*. Mas, considerando a letra dela e o pincel atômico vermelho que usou, parece mais um bilhete ameaçador de um assassino em série do que qualquer outra coisa.

– Se estivesse ventando, a brisa levaria o cheiro delicioso dos nossos doces por Nova Crosshaven inteira – diz Safiyah, alegre, e se senta em uma das cadeiras dobráveis.

– A gente não vive num filme da Disney, Saf – diz Tiwa, com uma sobrancelha erguida.

– É, não é exatamente assim que o vento funciona – concordo, antes de me sentar ao lado de Safiyah.

Tiwa permanece de pé, olhando ao redor da área quase deserta, e reparo que seus olhos vagam momentaneamente para o que restou do centro islâmico. Ela se vira, mas não se senta. Em vez disso, fica andando de um lado para o outro na frente da nossa mesa.

Cinco minutos se passam. Então, dez. Depois quinze. Nesse meio tempo, a fome só aumenta, e meu estômago não para de revirar.

Tiwa parece andar cada vez mais rápido com o passar dos minutos, os ombros tensos.

Quero dizer para ela se sentar. Que só se passaram alguns minutos. Mas as palavras morrem em meus lábios. Só porque nós dois estamos trabalhando juntos não significa que somos amigos. Isso quer dizer que, independentemente do que eu falar, nada vai fazer com que Tiwa pare de andar como se seus sapatos estivessem pegando fogo.

Então, em vez disso, me viro para Safiyah, que está ocupada demais encarando o celular para prestar atenção na frustração da melhor amiga.

Cutuco as costelas dela.

– Ai! – reclama Safiyah.

Ela me lança um olhar, mas finalmente repara em Tiwa e em seu ritmo acelerado.

– Titi, senta, os clientes vão vir. Vai assustar eles andando rápido desse jeito – diz Safiyah, dando tapinhas na cadeira vazia ao seu lado.

– Mas já se passaram quinze minutos e ainda não vimos ninguém – diz Tiwa. – Talvez tenha sido uma má ideia. A gente deveria mudar a mesa pra outro lugar? Onde vai ter mais pessoas?

– Não – diz Safiyah de maneira severa. – Você só precisa esperar mais um pouquinho. As pessoas vão vir, prometo.

Olho para os cupcakes à mostra e enfio a mão no bolso para pegar uma nota de cinco dólares.

– Vou ser seu primeiro cliente – digo, então coloco o dinheiro na jarra de vidro e pego um de red velvet.

Tiwa ergue uma sobrancelha para mim quando dou uma mordida no cupcake.

– Eu sou caridoso – digo, dando de ombros, as palavras abafadas. Isso é só meia verdade; também estou morrendo de fome.

– Você também vai pagar pelos cupcakes que roubou ontem à noite? – pergunta ela.

– Já paguei por eles com minhas incríveis habilidades de decoração. De nada – digo, mostrando um sorriso.

Tiwa revira os olhos, cedendo.

– Obrigada pela generosidade, Said – diz ela, mas não parece estar falando sério.

– Fico feliz em ajudar. – Sorrio ainda mais para irritá-la. – Aliás, esses cupcakes estão surpreendentemente bons. Estão com um gosto igual aos da sra. Barnes.

– É porque eu usei o ingrediente especial dela – diz Tiwa, se sentando na cadeira do outro lado de Safiyah.

– Qual?

– Se eu te contasse, teria que te matar – responde ela, abrindo um sorrisinho.

Antes que eu possa responder, uma outra pessoa além de nós enfim aparece em frente à mesa.

– Oi! – diz uma garota de rosto oval e cabelo preto na altura dos ombros.

Estranhamente, ela está olhando direto para Safiyah, com um sorriso que parece ocupar metade de seu rosto.

– Ishra? O-oi! – Safiyah se levanta, quase derrubando a cadeira em que estava no processo.

– O que é isso? – Ishra aponta com a cabeça para todos os doces enquanto dou uma olhada nela.

Então essa é a garota por quem Safiyah está apaixonada há um ano e meio. Minha irmã ficou me mandando mensagens sem parar sobre a garota do centro Walker com olhos sonhadores e uma risada incrível, e como eu precisava conhecê-la quando voltasse para as férias de verão.

– Ééé, nós... estamos fazendo uma arrecadação... – diz Safiyah.

Ela olha para mim, o pânico evidente em seus olhos, e então se volta para Tiwa. Quase como se estivesse implorando para nós assumirmos a conversa. Embora qualquer um que passar consiga ver que Ishra está mais do que feliz por ter esbarrado com Saf.

– É para o Eid desse ano, já que a gente perdeu muita coisa no incêndio. – Tiwa entra na conversa. – Eu sou Tiwa, Safiyah me falou de... ai!

Tiwa esfrega a lateral da barriga, onde Safiyah deu uma cotovelada para que calasse a boca, os olhos ainda fixos em Ishra.

– Sim, Tiwa é minha melhor amiga. Esse é Said, meu irmão – diz Safiyah.

Aceno para Ishra, e ela retribui o cumprimento.

– Que legal vocês estarem fazendo isso. Fiquei me perguntando o que ia acontecer com o Eid desse ano – comenta Ishra. – Eu com certeza quero um cupcake!

Ela enfia a mão na bolsa e pega o cartão.

– Ah... – diz Tiwa. – Não temos uma maquininha, desculpa. Mas a gente aceita dinheiro ou transferência.

– Ah... – Ishra enfia o cartão de volta na bolsa e lança um olhar saudoso para os cupcakes. – Eu não estou com dinheiro. Mas acho que consigo fazer uma transferência. Só que talvez demore uns minutinhos.

– Não se preocupa! – diz Safiyah, alegremente. Ela vasculha a própria bolsa e tira uma nota de cinco dólares. – O cupcake é por minha conta.

As bochechas de Ishra ficam ligeiramente coradas com a oferta.

– N-não, eu não posso...

– É por uma boa causa – Tiwa se intromete.

– E os cupcakes estão muito bons. Eu que decorei – acrescento.

– Tudo bem, acho que vou pegar um. Obrigada, Safiyah. – As faces de Ishra ficam ainda mais vermelhas quando pega um dos cupcakes decorados com flores cor-de-rosa. – Vou falar pra todo mundo na biblioteca sobre a venda de doces. Talvez eles consigam vir durante o intervalo.

– Obrigada, Ishra, e Safiyah pode te acompanhar até a biblioteca – diz Tiwa, de maneira enfática.

– S-sim, eu posso.

Safiyah sai de trás da mesa, e nós observamos enquanto as duas sobem os degraus do Walker juntas.

Ao meu lado, Tiwa olha para seu celular. Suas sobrancelhas continuam franzidas enquanto ela guarda o celular de volta no bolso, claramente insatisfeita. Dou uma olhada no meu também. São cinco para o meio-dia – já estamos aqui há quase uma hora, e a única cliente que tivemos foi Ishra.

Felizmente, Ishra cumpre sua palavra, porque quando Safiyah sai do Walker alguns minutos depois, é seguida por uma das bibliotecárias. As duas vêm em direção à mesa, e a bibliotecária mostra um sorriso resplandecente para mim e Tiwa ao comprar um doce de cada tipo.

– Nada ajuda mais nas segundas-feiras do que um pouco de açúcar! – diz ela, animada, enquanto embrulhamos um cookie, um brownie e um cupcake em papel-manteiga para ela poder levar.

– Viu? Eu falei que ia vir mais gente – diz Safiyah, como se uma bibliotecária equivalesse à cidade inteira.

Porém, logo depois, mais e mais pessoas aparecem. A maioria delas saiu para o horário de almoço ou ouviu alguém falar sobre a venda de doces.

– Acho que pode ser coisa de ammu – digo depois de atender meia dúzia de tias com perguntas bastante curiosas. – Ontem à noite, perguntei se ela podia avisar em alguns dos grupos de WhatsApp dela.

– O poder dos grupos de WhatsApp das tias – diz Tiwa.

– Genial! – comenta Safiyah. – Eu deveria ter pensado nisso.

Enquanto Safiyah está a poucos passos de distância, atendendo alguns clientes da biblioteca, Tiwa e eu sorrimos para as tias de rostos familiares da mesquita. Tiwa pega o dinheiro delas, conta e coloca no pote enquanto eu embrulho os doces e entrego. É um bom sistema e, com nós dois trabalhando, as tias não conseguem ficar muito tempo comentando sobre a nossa aparência ou perguntando sobre a escola.

Mas alguns minutos depois do início do horário de pico do almoço, percebo que os ombros de Tiwa se tensionam ao meu lado. Sigo o olhar dela até uma tia saindo de um carro junto da pista. Reconheço seu rosto quase que de imediato: nós a vimos enquanto estávamos reunindo assinaturas para o nosso abaixo-assinado.

Eu não deveria ficar surpreso em vê-la aqui, mas meu estômago embrulha mesmo assim.

– Quer levar mais alguns doces pra Safiyah? Eu consigo cuidar das tias sozinho por um tempo – digo, me virando para Tiwa.

As sobrancelhas dela se franzem.

– Ela acabou de pegar uma caixa cheia de brownies, cookies e cupcakes.

– Eu sei, mas tem mais gente vindo do Walker e entrando na fila. Está vendo? – aponto para o grupo de pessoas descendo a escada e olhando para nossa mesinha no canto.

Tiwa não parece convencida, mas não discute enquanto enche uma caixa de doces e se dirige até Safiyah.

Me viro para a próxima tia com meu sorriso de sempre.

– Salam, tia. O que a senhora vai querer?

– Said, faz tempo que eu não te vejo! – diz a tia com um olhar zombeteiro. – Falei pra sua ammu que vocês todos têm que ir pra um dawat na nossa casa semana que vem. Você e Riaz vão ter muito o que conversar, com as inscrições pra faculdade logo ali.

Meu sorriso vacila de leve.

– Inshallah – murmuro, esperando que isso tire a tia do meu pé.

– Quero dois brownies – diz ela, então embrulho e entrego os doces o mais rápido possível.

A tia do abaixo-assinado é a próxima da fila. Seus olhos se iluminam ao me reconhecer.

– Assalam alaikum, beta – diz ela, como se fôssemos velhos amigos.

– Walaikum salam, tia. O que a…?

– Isso é admirável. É para o centro islâmico? – pergunta outra tia.

Assinto.

– Aham, estamos tentando arrecadar dinheiro para reconstruí-lo.

Os rostos delas se iluminam, todos ao mesmo tempo.

– Espero que dê para recuperar o centro islâmico. Não gosto de orar no centro Walker, não tem um lugar adequado nem pra fazer a ablução direito. Nós temos que usar aquelas pias minúsculas – acrescenta outra tia.

– Primeiro, o abaixo-assinado. Agora, essa venda de doces! Vou ter que contar pra sua ammi do trabalho incrível que você tem feito. Mashallah! – diz a primeira tia.

As tias ao redor dela murmuram em concordância, mas em vez de sentir qualquer tipo de orgulho, a raiva ferve em minhas veias. Algumas dessas tias tinham acabado de ser atendidas por Tiwa. Mas é como se nem a enxergassem.

– Na verdade, foi Tiwa que fez a maior parte das coisas. Ela comprou os ingredientes, fez os doces, organizou tudo.

O sorriso das tias se torna falso.

– Ah, que gentil da parte dela ajudar.

– Os Olatunji são os responsáveis pela festa do Eid desse ano, então nada disso seria possível sem Tiwa e a mãe dela.

– Os Olatunji? – A tia pisca para mim, como se parecesse confusa. – Nem tinha percebido que eles eram muçulmanos. Que legal ter mais uma família muçulmana na comunidade.

Não consigo deixar de notar que suas palavras não combinam com a rigidez de sua voz. Os Olatunji estão na comunidade há quase uma década, e Tiwa praticamente mora no centro islâmico. Sei que, se fossem árabes ou sul-asiáticos, ou de qualquer raça e etnia que não a negra, todos estariam clamando elogios a Tiwa por seu trabalho duro, e não a mim. Em todos esses anos, nunca tinha percebido como Tiwa e sua família são tratadas de um jeito diferente por serem pessoas negras. Ainda mais quando todos deveríamos fazer parte da mesma comunidade. Parte da mesma ummah. Acho que nunca precisei reparar nisso.

Não insisto no assunto. Em vez disso, continuo atendendo as tias e coletando suas doações com meu próprio sorriso falso. Depois de um tempinho, o pico da hora do almoço acaba, diminuindo para um pequeno número de pessoas, e depois para nenhuma.

– Tenho certeza de que aquelas tias vieram aqui mais pela fofoca do que pelos doces – diz Safiyah enquanto guarda as caixas vazias e Tiwa limpa as migalhas da mesa com alguns lenços de papel.

– Pelo menos compraram a maior parte dos doces – digo.

– Com sorte, deu pra levantar fundos o bastante pra festa do Eid – diz Tiwa, com um suspiro.

– Tenho certeza de que a gente juntou uma boa grana. E se precisar de um pouco mais, a gente… dá um jeito – diz Safiyah. Ela mostra um sorriso reconfortante para Tiwa. – Tá. Eu vou no banheiro do Walker. Se as tias voltarem, vocês vão ter que dar conta delas.

– Como a gente vai fazer isso sem você? – pergunto, revirando os olhos.

– É difícil, mas tenho certeza de que vocês vão conseguir – rebate Safiyah enquanto se afasta.

Sem Safiyah e sem a correria da hora do almoço, um silêncio constrangedor se instala entre Tiwa e eu.

Depois de alguns segundos, ela pigarreia.

– Obrigada por mais cedo.

– Mais cedo?

– Com as... tias? – diz Tiwa. Ela olha para seu colo em vez de olhar para mim. – Não estava a fim de lidar com elas de novo.

– Ah, tudo bem. Eu não ligo.

Sinto que deveria dizer mais alguma coisa. Tipo como ela não deveria se preocupar com o fato de não darem bola para ela, e o quanto eu me sinto mal por não ter percebido isso antes de ela me contar. Mas qualquer coisa que eu pudesse dizer pareceria superficial. Não seria o suficiente. Portanto, opto por não dizer nada.

– Talvez a gente devesse contar o quanto já arrecadamos até agora – sugiro, estendendo a mão para o pote de doações.

– Você espera que eu confie em um artista pra fazer contas? – pergunta Tiwa, com uma sobrancelha erguida.

Ignoro o arrepio que me percorre ao ser chamado de "artista" e reviro os olhos.

– E por acaso você é um gênio da Matemática? Se eu me lembro bem, você precisou da minha ajuda pra passar em Matemática no quarto ano.

– Só porque a srta. Miller não sabia explicar as coisas direito! – diz Tiwa. Ela agarra o pote de doações da minha mão e diz: – Vamos dividir as doações e contar juntos.

– Beleza – assinto.

Mas antes que Tiwa enfie a mão dentro do balde, vemos o imã Abdullah caminhar em nossa direção. Ele está usando a toga branca de sempre e um kufi com um padrão preto e dourado na cabeça.

– Assalam alaikum, Tiwa – diz ele, com um sorriso. – Said.

Não tenho certeza de como ele se lembra do meu nome depois de tantos anos, mas sorrio e retribuo o salam dele.

– Ainda não acabou a arrecadação, né? Meu vizinho, o sr. Quraishi, me contou sobre ela, e pensei em dar uma passada – diz ele, olhando para o pote de doações na mão de Tiwa. – Eu teria vindo antes, mas tinha uma reunião importante com o prefeito Williams, e também estava tentando reservar uma sala pra oração jummah no centro Walker… sem muita sorte. Infelizmente, só tinham a sala de informática disponível, então vou ter que tentar outro dia.

– Não, nós ainda temos algumas coisas pra vender – diz Tiwa.

Ela abre a caixa de doces e a desliza na direção dele.

– Ah… doce não é bom pra mim. Eu tenho diabetes – explica o imã Abdullah. – Mas queria fazer minha doação.

Ele enfia a mão no bolso da toga e tira um cheque. Olha para o papel e dá um aceno de cabeça, como se estivesse garantindo que está tudo em ordem, e coloca o cheque dentro do pote.

– Obrigada – diz Tiwa. – Mas o senhor não pode simplesmente doar sem levar nada. Que tal pegar uns doces pra tia? Ou para os seus filhos?

– Humm, talvez só uns brownies, então. Minha esposa ama – diz o imã Abdullah.

Pego os últimos brownies e os embrulho.

– É uma coisa muito boa o que vocês dois estão fazendo aqui. Andam fechando tantas mesquitas no estado inteiro. Queria que tivessem vendas de doces em todas as cidades de Vermont. Obrigado por isso – diz o imã Abdullah enquanto guarda os brownies embalados no bolso. – Jazakallah Khairan.

E, com isso, ele dá meia-volta, retornando ao lugar de onde veio.

– Quanto ele…?

Não tenho a chance de terminar minha frase antes de Tiwa pescar o cheque no pote de doações.

– Cinco mil dólares.

Pisco, perplexo.

– Cinco mil dólares?

O rosto de Tiwa se abre num sorriso enorme ao olhar para mim.

– Cinco mil dólares!

Antes que eu me dê conta, Tiwa joga os braços ao meu redor.

– Said, nós conseguimos, nós levantamos todo o dinheiro necessário. Mais do que a gente precisa! – diz ela. A alegria em sua voz é descontrolada.

– Conseguimos. – Suspiro, me deixando relaxar em seu toque.

É inesperado, é estranho estar tão perto de Tiwa novamente. Mas de um jeito bom.

E então, com a mesma rapidez com a qual me abraçou, Tiwa se afasta.

– Desculpa – murmura ela, olhando para qualquer lugar, menos para mim.

Corro as mãos pelo cabelo, tentando – e falhando miseravelmente em – não olhar para ela.

– O que foi? – A voz de Safiyah acaba com o constrangimento entre nós.

Não faço ideia de quando ela chegou aqui. Ficamos absortos com o imã Abdullah e o cheque.

– O imã Abdullah veio enquanto você estava fora. Ele deu pra gente cinco mil dólares.

– Uau – diz Safiyah. – Eu não fazia ideia de que o imã Abdullah era tão cheio da grana.

– Essa é a sua conclusão? – pergunta Tiwa. – Ele é tão generoso! O sustento dele foi afetado pelo que aconteceu com o centro islâmico, e ele ainda está doando todo esse dinheiro pra ajudar a gente na festa do Eid.

– Verdade, e a gente deveria honrar a generosidade dele comprando um lámen e celebrando essa grande vitória! – sugere Safiyah. – Tem um novo lugar que vende lámen na avenida Rosehill, e eu juro que a comida deles é de tirar o fôlego.

– Talvez outra hora – diz Tiwa, começando a arrumar suas coisas e evitando olhar para mim. – Eu tenho que contar isso pra minha mãe.

– A gente arruma tudo. Te ligo mais tarde? – fala Safiyah.

– Tá bem, obrigada, Saf. Obrigada, Said. – Ela olha para mim, mas só por um segundo. – A gente se vê.

E, com isso, ela segue em direção a seu carro.

Safiyah se vira para mim com um olhar de quem sabe das coisas.

– Que foi? – digo.

– O que foi aquilo entre você e Tiwa?

– Aquilo o quê? – pergunto, embora tenha uma leve suspeita de que sei do que ela está falando.

– O abraço? – diz Safiyah. – Eu não vejo vocês dois se abraçarem desde que eram crianças.

Dou de ombros.

– A gente só se abraçou por causa da boa notícia. Um abraço amigável.

– Hum, se você diz... Mas não é assim que *eu* abraço meus amigos – diz Safiyah.

Ela começa a arrumar tudo. E quando a ajudo a colocar tudo de volta dentro do porta-malas do nosso carro, me pergunto se Safiyah realmente tem a percepção correta sobre nós dois.

13

FETICHE POR MURAIS
Tiwa

O problema das férias de verão na casa dos Olatunji é que não existe isso de dormir até tarde.

– Tiwa! – Ouço minha mãe gritar de algum lugar distante (provavelmente da sala).

A princípio, não consigo ver nada. Laddoo parece estar empoleirado em cima da minha cara. Preciso afastá-lo apesar de seus miados de protesto, e então enfio a cabeça debaixo do travesseiro, querendo bloquear a luz do sol da manhã e o barulho. Não se passaram nem segundos quando ela grita mais uma vez.

– Tiwa!

Espio para fora do meu casulo de lençol, vendo as horas no relógio da mesa de cabeceira. São só nove e pouquinho. É claro que minha mãe considera este horário apropriado para me acordar. Deveriam aprovar uma lei dizendo que, durante as férias de verão, a manhã deveria ser estendida até pelo menos o meio-dia, de verdade.

Mas não tenho certeza de que isso a impediria.

– Já vou! – berro antes que ela possa gritar meu nome outra vez.

Me arrasto para fora da cama, quase tropeçando no cobertor pesado no processo.

Quando finalmente chego na sala de jantar, o cheiro de ovos ao estilo nigeriano atinge minhas narinas, e de repente não me sinto mais tão cansada assim.

Minha mãe está diante do fogão, mexendo a mistura de tomate e ovo.

– Bom dia, mãe – digo com um bocejo.

Ela olha para mim.

– Pelo visto você foi dormir tarde de novo – diz ela, não como uma pergunta, e sim como uma afirmação.

Assinto.

– Fiquei pensando em ideias para a festa do Eid até tarde ontem à noite. Agora que a gente tem o dinheiro e tudo o mais, podemos começar a fazer os pedidos e dar um jeito na logística das coisas.

Minha mãe sorri.

– Minha garota trabalhadora. Você tem que dormir cedo, isso não faz bem, principalmente todas as noites. Mas enfim, te chamei porque tem correspondência pra você, duas cartas. Deixei na mesa de jantar – diz ela, desligando o fogão e colocando os ovos em dois pratos separados.

Correspondência? Que estranho. Eu quase nunca recebo nada.

Vejo as duas cartas às quais minha mãe estava se referindo e reconheço imediatamente o logo azul, vermelho e cinza da Companhia LISA, isto é, a única empresa na qual eu me candidatei a fim de conseguir uma experiência de trabalho para minha inscrição na faculdade – também conhecida como a empresa que, se não me aprovar em uma vaga no estágio de verão de duas semanas, vai fazer com que eu dê adeus ao curso de Direito.

– Uma das cartas é da LISA – digo para minha mãe enquanto me esforço para abrir a carta.

– Quem é LISA? – questiona ela, com a voz abafada por causa do ovo e do pão agege que está comendo no balcão na cozinha.

– Laura Ingrid Sutherland e Anderson? A empresa de Direito só para mulheres onde eu queria fazer meu estágio de verão? – digo, esperando que isso refresque sua memória.

Contei para minha mãe sobre o estágio algumas vezes ao longo do último ano letivo, a primeira vez quando fizeram uma apresentação na nossa mostra de profissões, a segunda quando fiz uma visita ao escritório delas, e a terceira há algumas semanas, quando me inscrevi para o estágio de verão.

– Ah, sim, desculpa, é a idade – responde minha mãe. – O que diz?

– Ainda não sei, estou com medo de ver – digo, segurando a carta entreaberta.

– Bom, você nunca vai saber até ver – diz ela. – E se não conseguir, não vai ser o fim do mundo. Sempre vai ter outras oportunidades, inshallah.

Ela está certa. Sem um estágio, minhas inscrições para a faculdade poderiam ser um pouco inferiores às das pessoas com montanhas de trabalhos voluntários e estágios, mas provavelmente eu conseguiria arranjar alguma coisa.

Dar um jeito quando tudo vai por água abaixo é meio que minha especialidade.

Fecho os olhos, tirando a carta do envelope. Então, abro devagar outra vez.

Há um momento tenso antes de eu gritar:

– Eu passei! Consegui o estágio – exclamo.

Minha mãe bate palmas.

– Mashallah! Sabia que você conseguiria – diz ela, a voz abafada outra vez pela comida em sua boca. – Quando você começa?

Dou uma olhada rápida na carta.

– Vai ser nas duas últimas semanas do verão, então tenho tempo.

Sinto o alívio se espalhar por mim. É uma coisa a menos com que me preocupar.

Pego a segunda carta e, desta vez, não há nenhum logo nem endereço no envelope. É só branco, sem sinal de quem poderia ser o remetente. Abro com as sobrancelhas franzidas, lendo a primeira linha.

Cara srta. Tiwa Olatunji,
Seu crachá de organizadora do centro comunitário
Walker está pronto para ser retirado na prefeitura. Você

*precisará levar esta carta no dia do seu evento como prova da
sua permissão…*

É a carta de permissão para fazer a festa do Eid no centro Walker.

– Essa é sobre o quê? – pergunta minha mãe.

Seguro o papel, mostrando a ela.

– Tenho que pegar o crachá de organizadora do Walker – digo.

Minha mãe assente.

– Posso buscar, se quiser. Depois do trabalho. Você já fez tanto com a arrecadação. Eu quero ajudar – diz ela.

Balanço a cabeça.

– Não precisa, sério. Na verdade, preciso entregar o abaixo-assinado, de qualquer forma.

Também me daria a oportunidade de falar para o prefeito Williams sobre a arrecadação e o mural. Certamente, se ele perceber quanto apoio nós temos, vai mudar de ideia sobre o centro islâmico.

Por outro lado, me lembro de que ele parecia bastante determinado com os próprios planos da última vez… Talvez eu precise de reforços.

Embora eu não tenha certeza de que levar minha mãe vai fazer com que Williams me leve a sério. Preciso montar uma estratégia para isso.

Tenho uma ideia de repente.

– Já volto – digo para minha mãe antes de voltar correndo para o meu quarto.

Com pressa, pego o celular e vou até o nome de Safiyah na lista de contatos.

Demora alguns toques antes de Safiyah atender.

– Você sabe que horas são? – pergunta ela, parecendo grogue.

– Desculpa ligar tão cedo. Eu sei que você normalmente não acorda antes das onze, mas preciso fazer um pedido meio estranho.

– Fala logo, agora eu já estou acordada, eu acho – responde Safiyah, e em seguida dá um leve bocejo.

– Said está acordado? – pergunto, embora a pergunta seja mais retórica do que qualquer coisa.

O Said que eu conhecia sempre acordava de madrugada sabe lá deus por quê. Nas festas do pijama, ele sempre estava acordado, geralmente desenhando ou fazendo a oração fajr enquanto esperava todo mundo acordar.

– Provavelmente sim, por quê? – pergunta ela.

Fecho os olhos. Não acredito que estou prestes a fazer isso.

– Você pode... me passar o número dele? Preciso mandar uma mensagem sobre um negócio.

A princípio, ela fica em silêncio, e depois ouço um barulho de algo remexendo. Imagino Safiyah se sentando abruptamente.

– Quem é você e o que fez com a minha melhor amiga? – responde, por fim, aparentemente recuperada do meu pedido estranho.

Reviro os olhos.

– Eu a matei, bati os ossos e pretendo beber os restos mortais junto com os meus outros amigos alienígenas.

– Tá bom, nossa, isso foi sombrio demais, Titi – diz Saf. – Mas, sério, estou convencida de que você foi substituída por uma impostora. Ainda assim, vou te passar todos os dados pessoais do meu irmão. O que poderia dar errado?

Solto uma risada.

– Obrigada, Saf. Vou fazer questão de compartilhar o número da identidade dele com o mundo todo.

Ouço-a dar uns cliques antes de meu celular apitar com a notificação de uma mensagem.

– Prontinho, o número do meu irmão. Respeito a sua privacidade e não vou perguntar o que você está tramando com ele, a pessoa que eu presumi ser sua maior inimiga, e em vez disso vou desfrutar da felicidade da minha ignorância.

Toco no número destacado e o adiciono à minha lista de contatos, a contragosto.

Nunca tive o número de celular de Said, mesmo quando éramos amigos – principalmente porque só fui ganhar um celular depois que nossa amizade já tinha acabado.

– Relaxa, ele ainda é meu maior inimigo. Isso são só negócios – respondo.

– Tá bom, se você diz... – Safiyah começa a dizer, mas é interrompida por algum barulho de fundo. – Infelizmente, acho que vou ter que ir. Minha mãe me ouviu falando no celular e agora quer que eu desça lá e ajude a fazer umas coisas... essa é a consequência de acordar cedo. Eu *não vou* fazer isso de novo.

– Desculpa, Saf – digo, me sentindo mal.

– Não precisa se desculpar. Eu acordaria no nascer do sol por você, sempre.

Decido não comentar o fato de Safiyah geralmente ainda estar acordada no nascer do sol, graças à sua alergia a dormir na hora certa, e, em vez disso, foco o sentimento por trás de suas palavras.

Coloco a mão no peito de maneira dramática.

– Obrigada, Saf, significa muito pra mim.

Ouço a mãe dela chamar outra vez.

– Te mando mensagem depois, o dever me chama – ela diz e desliga, por fim.

Encaro o número de Said, hesitando por um instante antes de respirar fundo e digitar a mensagem.

Oi Said, é Tiwa. Você está livre em uma hora, mais ou menos? Quero ir na prefeitura entregar o abaixo-assinado e quem sabe conseguir a aprovação pro mural. Eu meio que preciso de reforços, já que o prefeito Williams é meio que um filho da puta, e acho que ele vai ficar muito mais aberto a isso se o artista estiver junto. Você consegue levar umas amostras do seu trabalho também?

Então, rapidamente acrescento Tudo bem se você não puder! Entendo totalmente! para não soar tão estranho quanto me parece. Embora isso provavelmente seja inevitável, dado o fato de que estou literalmente mandando mensagem de um número desconhecido.

Para a minha surpresa, os três pontinhos indicando que ele está digitando aparecem na tela.

Meu coração para por um instante ao som do alerta de meu telefone quando sua mensagem em resposta aparece na tela.

Claro, 10h30?

Isso foi muito mais fácil do que eu pensava... fácil demais.

Perfeito, te vejo lá, então!!! é o que digito, mas depois dou para trás, deletando todos os pontos de exclamação. Eu definitivamente não estou tão animada assim, e não quero que Said tenha a impressão errada de que estou ansiosa para vê-lo ou qualquer coisa do tipo.

E eu com certeza não estou. Estou normal. Nem um pouco afetada pela presença dele.

Aperto o botão de enviar, e quando estou prestes a guardar o celular no bolso e voltar para o café da manhã que me espera, o celular apita novamente.

Vou preparar minha cara de determinação, como é que o prefeito Willy vai dizer não pra isso?

Abaixo da mensagem, há uma foto de Said com o cabelo preto bagunçado e uma expressão séria.

Não consigo evitar o sorriso que surge em meu rosto. Fico olhando para a foto e a mensagem por tanto tempo que a tela fica escura, e sou confrontada pelo meu rosto sorridente no reflexo.

Rapidamente, faço minha boca voltar a formar uma linha, ignorando o calor que sinto no rosto.

Neutra. Completamente neutra.

Uma hora e pouco depois, estou na frente da prefeitura com Said, o abaixo-assinado em mãos, desta vez sem minhas confiáveis barrinhas de limão para me proteger.

Sinto o suor se acumular na minha testa quando chegamos na recepção. Donna está lá como sempre, digitando no teclado.

– O prefeito Williams vai atendê-los em breve – diz Donna com um sorriso tenso, e me pergunto se seu tom severo é resultado da falta de subornos desta vez.

Diferente de antes, não preciso convencer Donna a me deixar ter uma reunião de última hora com o prefeito. As permissões precisam ser carimbadas pelo Williams, de qualquer forma, então hoje as barrinhas de limão não serão necessárias.

Abro um sorriso para ela, que não retribui, antes de me sentar na sala de espera ao lado de Said, que está com uma aparência bastante pálida.

– Você está bem? Parece que está prestes a vomitar – pergunto, esperando que ele não passe mal de verdade.

Acho que Donna não ficaria muito feliz de ter de limpar tudo, ainda mais porque eu vomito quando vejo os outros vomitarem, o que seria duplamente horrível.

Me afasto de leve de Said.

– São. Tantas. Cores – responde ele, olhando ao redor, para as paredes vibrantes da sala de espera, que combinam com as paredes brilhantes do exterior do prédio. – Não é de admirar que quase não existam mais pássaros em Nova Crosshaven. Todas as cores desse prédio devem ter assustado eles. – Ele olha para a minha expressão despreocupada e depois para minha camiseta e acrescenta, murmurando: – Ou talvez tenham sido as suas roupas que fizeram eles se sentirem mal-recebidos.

Olho para minha camiseta e vejo que nela está escrito: *Patos São Chatos*.

– Na verdade, acho que o que assustou eles foi a sua personalidade encantadora – retruco.

– O que os coitados dos patos fizeram pra você, hein? – pergunta ele, com um sorrisinho perverso, ignorando minha resposta.

A camiseta não é sobre patos de verdade, é só o nome de uma fábrica de brinquedos para a qual eu me voluntariei esperando que causasse boa impressão nas minhas inscrições para faculdades. Mas não sei se a Universidade da Califórnia em Los Angeles consideraria a *Patos São Chatos Ltda* algo impressionante para uma aspirante ao curso de Direito.

– Os patos simplesmente são chatos, então eu matei eles – digo, dando de ombros.

– Que esclarecedor, srta. Olatunji – diz a voz familiar do prefeito Williams vinda do alto.

Nós dois olhamos para cima, e ele realmente está ali, pairando sobre nós com o sorriso plastificado que é assustador de olhar.

– Vamos para o meu escritório? Estava querendo almoçar mais cedo – diz Williams.

Assinto, me levantando rapidamente e segurando firme os papéis do abaixo-assinado. Said se levanta poucos segundos depois, parecendo novamente que está prestes a passar mal.

– Ótimo – diz Williams, juntando as mãos num bater de palmas. – Vamos resolver isso logo, que tal?

Alguns minutos depois, estamos no escritório dele mais uma vez, sentados na frente da mesa, observando-o carimbar a autorização para a festa do Eid com uma precisão cuidadosa.

Baixo o olhar para a petição, com o coração saindo pela boca enquanto repasso todas as coisas que quero dizer a ele. Todas as refutações que ensaiei.

– Certo, pronto. Um crachá de organização assinado e carimbado pronto para ser usado na sua festa do Eid na semana que vem. Precisam de mais alguma coisa? – pergunta o prefeito Williams.

Deslizo a petição na direção dele, posicionando-a bem na minha frente, antes de olhar para cima e pigarrear.

– Sim… Na verdade, tem mais uma coisa – começo a dizer, e as sobrancelhas dele se erguem com interesse.

– Vá em frente – diz ele, a boca se abrindo naquele sorriso assustador outra vez.

– Bom, ééé, eu queria apresentar esse abaixo-assinado comunitário a favor da reconstrução do centro islâmico – começo a dizer, observando o sorriso do prefeito vacilar.

Tento não deixar que a mudança sutil da expressão dele me detenha. Afinal, esta é uma boa maneira de praticar para o futuro, para quando for advogada e tiver de argumentar em um caso em salas cheias de completos estranhos. Pelo menos, o prefeito Williams eu conheço.

Continuo.

– Conseguimos mais de cem assinaturas e angariamos dinheiro por meio de uma venda de doces que originalmente se destinava a financiar nossa festa do Eid, mas como o montante que juntamos excedeu nossas expectativas, pensamos que poderíamos usar na reconstrução do centro islâmico... Sei que o senhor já disse que não vai reconstruir, mas o senhor precisa ver que a comunidade quer isso. O centro islâmico não é só um espaço comunitário para os muçulmanos de Nova Crosshaven, é também onde oramos, onde temos aulas de árabe, onde fazemos as festas da henna. Sem isso, muitas pessoas vão perder seu emprego e sua rede de apoio.

O rosto do prefeito Williams agora é uma linha, os olhos vazios e a expressão impassível.

Hora de usar as armas principais.

Me viro para Said, que parece um pouco rígido ao observar a conversa tensa.

– Trouxe até Said pra contar sobre o mural que ele planejou – digo, cutucando Said, que se inclina de leve para a frente.

Ele se senta com a postura ajustada e assente.

– É, hã, eu estou planejando um mural que representa o islã e a comunidade, e trouxe alguns esboços iniciais do que estive pensan... – Antes de Said terminar o que estava dizendo, o prefeito Williams o interrompe.

– Isso tudo parece maravilhoso e extremamente... bem-pensado. Agradeço o entusiasmo de vocês dois pela cidade e pelos cidadãos. Vou dar uma olhada no abaixo-assinado, mas infelizmente acho que os planos não vão mudar. De qualquer forma, espero que a festa do Eid mostre os ótimos recursos e instalações que já temos em nosso centro comunitário totalmente funcional – conclui ele, o sorriso de volta no rosto agora que esmagou ainda mais minhas esperanças. E então, acrescenta: – Isso é tudo?

Concordo com a cabeça, entorpecida, sentindo minha determinação definhar um pouco mais a cada segundo que passo aqui.

– Perfeito, pode me entregar esse abaixo-assinado que eu vou analisar e responder assim que possível – diz ele, me dando um último sorriso condescendente.

O que ele quer dizer na verdade é: *Já me decidi quanto a isso e você gastou seu tempo à toa.*

Assim que saímos do prédio da prefeitura, Said finalmente fala:

– Nossa, que desastre do caralho.

– Nem me fale – respondo baixinho enquanto caminhamos, sentindo minhas pálpebras ficarem mais pesadas a cada passo.

– Acho que a gente vai ver o que acontece quando o prefeito analisar a petição, e enquanto isso vou continuar trabalhando nos esboços do mural, só por garantia. Minha única certeza é de que hoje à noite eu vou ter uns pesadelos com o prefeito Willy. Ele parece um daqueles fantoches de *LazyTown*.

Se eu estivesse de bom humor, talvez tivesse rido disso. Ainda mais porque a descrição de Said é assustadoramente precisa. Mas não consigo pensar em nada além do fato de que, ao que tudo indica, o centro islâmico pode estar com os dias contados, e, consequentemente, o Eid, como o conhecemos, também.

Claro, ainda poderíamos realizar pequenas festas do Eid nas casas, ou até mesmo no centro Walker. Mas não podemos angariar fundos todos os anos, nem esperar que a comunidade muçulmana de Nova Crosshaven queira usar o Walker sendo que ele não está equipado para grandes eventos e grupos de oração. Todos provavelmente vão voltar a celebrar o Eid em grupos pequenos.

Não vamos mais ter encontros, nem encerrar juntos o último jejum durante o Eid al-Fitr. Não vamos mais ter aulas de árabe. Não vamos mais ter uma comunidade.

E com tudo acontecendo em casa, tenho certeza de que logo, logo a tradição do meu pai de vir para os Eids duas vezes por ano vai acabar também.

Quando não houver uma grande festa com a comunidade e ele precisar escolher entre ficar a sós com a minha mãe ou só ficar em Londres, tenho medo de que escolha Londres – dividindo nossa família ainda mais. E a rachadura vai acabar se tornando uma ruptura permanente e irrecuperável.

Não percebo que estou chorando até sentir uma rajada de vento soprar em meu rosto, fazendo minha pele enrijecer e a umidade das lágrimas secar de maneira desconfortável.

– Ei… Tiwa, acho melhor a gente sentar em algum lugar, tomar um ar – diz Said, olhando para mim, mais especificamente para meu rosto. Ele parece sentir pena, e eu odeio isso.

Não quero a pena dele.

Rapidamente, enxugo as lágrimas, me sentindo envergonhada por ele ter me visto desse jeito, para começo de conversa. Preciso me recompor.

– Aham, claro – digo, minha voz ficando mais fina do que de costume, traindo as mentiras que minha nova expressão conta.

– Que tal no parque? A gente pode sentar lá, tomar um ar… falar sobre os próximos passos. Acho que assim a gente descobre exatamente o que fazer com o mural. Como dá pra ver, é óbvio que o prefeito Willy tem um fetiche por murais, então podemos descobrir o que ele curte e tentar implementar isso – diz ele, olhando para uma pequena área do parque do outro lado da rua da prefeitura. Também está cheio de murais vibrantes e ofuscantes por toda parte.

– Na verdade, esse é um plano bem bom – digo, tentando não parecer muito impressionada. Principalmente porque não quero que Said pense que eu dou muita moral para ele. Mas ele está mais do que certo sobre uma coisa; o prefeito tem mesmo um fetiche por murais.

– Claro que é. Eu não sou só um rostinho bonito, sou inteligente também – diz ele, me cutucando enquanto descemos a rua e passamos pelo portão do parque.

Reviro os olhos, seguindo-o de perto.

Ele sobe na barra de equilíbrio e caminha por ela enquanto vou até a gangorra azul-escura nos fundos, onde posso me sentar e relaxar.

Penso em como o mural é tudo o que nos resta. Estamos sendo otimistas demais quanto ao fato de o mural poder salvar nossa comunidade da extinção causada pelo asteroide chamado prefeito Williams?

Talvez sim. Talvez isso tudo seja inútil.

Sinto os olhos de Said em mim, e olho para cima. Ele desvia o rosto como se eu o tivesse pegado em flagrante outra vez.

Observo-o pular da barra de equilíbrio e caminhar até a gangorra, parando na outra extremidade do brinquedo.

– Remoendo? – pergunta ele.

Assinto.

– Algo assim.

– É uma merda, mas acho que não acabou. Pelo menos ainda não. A gente só precisa de um bom mural. Andei pensando em diferentes direções pra seguir. Uma ideia que eu tive foi de pegar uma pintura clássica e dar um toque islâmico pra ela. Pensei que seria legal. Eu deixaria colorido o suficiente pra se adequar ao gosto do Willy... mas também sutil e introspectivo o suficiente pra chamar a atenção de todo mundo.

Fico olhando para ele enquanto fala animado sobre a ideia. O rosto dele se ilumina de um jeito que só acontece quando discute sua arte.

É bem legal.

– Isso seria incrível – digo, pensando em como tudo funcionaria. – Onde você pintaria?

– Eu estava pensando em pintar direto no terreno do centro islâmico, tipo na pedra que fica na frente do centro. Assim as pessoas veriam quando passassem em frente.

– Isso é mesmo... muito inteligente – digo, ainda observando o rosto dele se iluminar após cada palavra.

Ele abre um sorriso tímido, com um brilho travesso nos olhos.

– Como eu disse, sou bonito *e* inteligente.

Antes que eu possa dizer qualquer coisa sobre a afirmação, ele se senta do outro lado da gangorra, e sinto meu banco subir de repente, quase me lançando no ar.

– Said! – grito, e ele gargalha, como se quase me catapultar para o espaço fosse algo engraçado.

– Que foi? Eu não fiz nada – diz ele antes de repetir o processo.

Semicerro os olhos para ele.

– É bom você dormir com um olho fechado, Hossain – digo, tentando me equilibrar na gangorra.

– Você quer dizer com um olho aberto? – questiona ele.

– Cala a boca, você me entendeu.

Isso faz com que seu sorriso irritante fique ainda maior. Aproveito a oportunidade para plantar os pés no chão, observando seu lado subir. Antes que ele entenda meu plano, pulo do banco outra vez. Quando percebe o que está acontecendo, os olhos de Said se arregalam, e sua expressão se desfaz, mas já é tarde. Observo enquanto ele cai para trás e tropeça para fora da gangorra.

Abro um sorriso triunfante. Esta pode não ser a vitória que eu estava planejando para o dia de hoje, mas pelo menos é uma vitória.

14

QUANDO O INFERNO CONGELAR
SAID

– Acho desumano receber lição de casa nas férias de verão – reclama Julian pela enésima vez desde que iniciamos a videochamada.

Coloco o notebook na ponta da cama, ao lado da pilha de lições de casa, minha redação pessoal e meu caderno de desenhos, e ajusto minha postura para ficar verdadeiramente confortável.

– Não foi pra isso que a gente se matriculou na St. Francis? Pra passarem quantidades desumanas de trabalhos que em algum momento vão nos ajudar a ter sucesso na vida? – pergunto.

– Você está parecendo o sr. Thomas quando passa um milhão de redações pra escrever em todos os feriados – resmunga Julian.

Mas ele e eu sabemos que não estaríamos mais em St. Francis se não tivéssemos nos acostumado com a montanha de trabalhos que os professores jogam em cima da gente em cada oportunidade.

Volto para a minha redação pessoal para a Faculdade de Animação de Nova York quando as reclamações de Julian diminuem. Apesar de ter me empenhado nela na última hora, mal escrevi um parágrafo. E mesmo este parágrafo não parece finalizado.

Por que minha arte importa. Encaro o título outra vez, esperando que as palavras saltem na minha frente se eu olhar por tempo o bastante. Mas tudo o que tenho são as ideias mais básicas, que eu sei que milhares de outros candidatos provavelmente também vão ter, sobre como comecei a desenhar quando era muito novo e sempre foi uma das minhas paixões.

– Pronto, fiz o de Álgebra. Toma essa, sr. Dodgson! – diz Julian. Ergo o olhar da minha página meio vazia para encontrar o rosto sorridente de Julian na minha tela. – Quer comparar as respostas?

– Tipo, pra você roubar minhas respostas corretas? – pergunto.

Geralmente é assim que Julian e eu fazemos as lições de casa juntos. Eu ajudo ele com Matemática, e ele me ajuda com as minhas redações em aulas de Gramática, Literatura, Redação e afins.

– Não – zomba Julian. – Mas me mostra aí.

– Na verdade… eu estou tentando fazer a minha inscrição pra faculdade – admito.

Julian ergue uma sobrancelha.

– Sua obra de arte?

– Não, a redação. Eu sei que ainda tenho tempo pra entregar, mas pensei em começar a escrever logo.

Julian balança a cabeça em uma falsa desaprovação.

– O que o sr. Dodgson vai dizer quando o aluno preferido dele aparecer na escola sem ter feito a lição de Álgebra?

– Eu vou fazer, só que… depois – digo. – Acho que você vai ter que esperar pra pegar as respostas certas.

– Ou então, já que você está procrastinando pra fazer essas redações, talvez eu possa me tornar um supergênio da Matemática, e aí eu vou ser o aluno favorito do sr. Dodgson – diz Julian, com um sorrisinho.

– É, quando o inferno congelar – murmuro.

Não que o sr. Dodgson não goste de Julian, mas a necessidade dele de fazer referências inapropriadas a Pokémon sempre que pode irrita nosso professor mais do que qualquer coisa. E quanto mais o sr. Dodgson se irrita, mais Julian fala. É mesmo uma dinâmica encantadora.

– Pode ser antes do que você imagina, com o aquecimento global e tudo o mais – diz Julian. Ele deixa o trabalho de Álgebra de lado e pega a apostila de Física, dando um suspiro pesado. – Não dá pra acreditar que você está me abandonando e vou ter que fazer Álgebra e Física sozinho.

– Você vai superar, te garanto – digo, revirando os olhos para o drama dele.

Julian pega a caneta e o caderno, franzindo as sobrancelhas ao examinar os problemas que precisa resolver, e eu volto a encarar minha redação.

Pego a caneta e, em vez de acrescentar mais palavras à página, me vejo esboçando uma das ideias de mural, com a qual andei sonhando desde a minha conversa com Tiwa ontem.

Transformar uma obra de arte clássica em algo novo e relevante para o centro islâmico.

A princípio, tento copiar o estilo cubista de Picasso e aplicá-lo à minha lembrança do centro islâmico, mas alguma coisa não funciona. Com o olhar, procuro um lápis na minha mesa, mas em vez disso meus olhos encontram a miniatura do riquixá de Bangladesh que ammu me deu em algum ano. Eu a pego, manuseando as rodas do veículo em miniatura enquanto penso. Reparo nos padrões vibrantes espalhados pelo riquixá, com penas de pássaros e pavões por todos os lados, e palavras em bengali escritas no teto.

Faço uma pausa, outra ideia se formando em minha mente.

Faço um esboço rápido, imitando o estilo do interior do riquixá, me perdendo no processo, observando como todas as partes do centro islâmico começam a se sobrepor em uma confusão de diferentes tons e formas.

Abaixo do esboço, escrevo um parágrafo sobre o centro islâmico e meu mural. De repente, as palavras começam a sair de mim em uma corrente intensa. Escrevo sobre Nova Crosshaven e o quanto ela significa para mim, e o quanto o centro islâmico significa para toda a comunidade. Escrevo tão rápido que minha caligrafia mal é legível. É como se minha mão não conseguisse acompanhar o ritmo rápido de meu cérebro.

E não paro até chegar ao fim do meu fluxo de pensamento. Minhas mãos vão para o outro lado da página e começam um novo esboço. É quase como se meu cérebro estivesse em velocidade máxima.

Minha caneta se move depressa pela página, desenhando uma reinterpretação do quadro *A janela aberta*, de Henri Matisse, em que

a vista da janela dá para o centro islâmico, e algumas pessoas da comunidade estão participando da oração maghrib. Já consigo imaginar o mural, com cores suaves que retratam o entardecer. Na borda da mesquita, desenho uma árvore cheia de maçãs vermelhas brilhantes, prontas para serem colhidas. E não consigo deixar de pensar em Tiwa. Me pergunto o que ela vai achar desses esboços.

– Terra chamando Said! – A voz alta de Julian interrompe minha linha de raciocínio. Minha caneta paira sobre o sombreado inacabado do desenho, mas ergo os olhos.

– Desculpa – murmuro. Estava tão imerso no desenho que não devo tê-lo ouvido me chamar.

– Achei que você estivesse trabalhando na sua redação. Acho que não aceitam desenhos no lugar dela, mesmo que você esteja se inscrevendo na faculdade de Artes – diz Julian.

– Eu só... me distraí – respondo.

– Deu pra ver... O que exatamente você está desenhando pra ficar sorrindo desse jeito? – pergunta Julian, os olhos semicerrados.

Eu nem percebi que estava sorrindo, mas na mesma hora tiro o sorriso do rosto. Acho que foram as macieiras, e o mural e... Tiwa.

– Nada – digo. – Só estava pensando na faculdade de Artes... eu acho. Estou trabalhando em um mural pra minha inscrição. Foi ideia de Tiwa, na real, então a gente meio que está trabalhando juntos pra ter a ideia do mural, e depois eu vou pintar. Acho que a Faculdade de Animação de Nova York vai achar bem bacana.

Julian não comenta nada por um instante, apenas me encara com os lábios franzidos.

– Tiwa, tipo... a traidora de coração de gelo? – pergunta Julian.

Quase tinha me esquecido de que, nos meus primeiros dias em St. Francis, desabafei com Julian sobre Tiwa. Sobre as cartas não respondidas e as ligações não retornadas.

– Ela não tem coração de gelo. Nem é traidora. E está me ajudando. – Dou de ombros.

– Perdão, achei que você não gostasse dela. Você vivia me falando que ela era o motivo pra você não voltar mais tanto assim pra Nova Crosshaven... – fala Julian. – E você não tinha dito que estava morrendo de medo de esbarrar com ela durante o verão?

– Eu estava... mas as coisas mudaram – digo. Afinal, isso tudo foi antes de a sra. Barnes morrer, antes de o centro islâmico pegar fogo. Antes de Tiwa e eu começarmos a trabalhar juntos no abaixo-assinado e no mural. – Aliás, ela é melhor amiga da Safiyah. Não dava exatamente pra eu evitá-la. Elas vivem juntas.

A menção a Safiyah parece apagar completamente Tiwa do cérebro de Julian. Ele se endireita com um sorriso estranho nos lábios e diz:

– O que Safiyah está fazendo nessas férias, hein? Você acha que ela vai estar por perto quando eu for aí?

Solto um suspiro.

– Julian, Safiyah continua não estando a fim de você. Você sabe disso, né?

– Claro, eu sei que ela gosta de garotas! – diz Julian, na defensiva. – Eu sou um *aliado*.

– Aham – digo em um tom seco, porque o fato de Julian ser um aliado não diminui em nada a paixonite dele por Safiyah.

– Vamos ver no que você está pensando pra esse seu mural – diz Julian, mudando de assunto.

Olho para os esboços. Estava tão orgulhoso deles há pouco tempo, mas agora vejo todos os erros. As proporções da mesquita estão todas erradas. O sombreamento também. Tem maçãs demais naquela árvore. Em vez de mostrar para Julian, risco o desenho com a caneta.

– Eu tenho que começar tudo do zero, não está muito bom.

– Não era pra ser só um esboço?

– Sim, mas tem que ser bom – digo.

Ainda mais se vou mostrar pra Tiwa, mas não falo isso em voz alta.

– Você é muito crítico consigo mesmo. Provavelmente é por isso que vão adorar ter você naquela faculdade de Artes – comenta Julian.

– Antes disso, eu tenho que entrar nela – lembro, abrindo uma página em branco no caderno.

– Quer dizer, Nova Crosshaven não é cheia de artistas ou algo assim? Talvez você consiga encontrar, tipo… um mentor ou alguém pra dar uma olhada na sua inscrição. Provavelmente vão dizer só coisas boas.

– Eu não preciso de um mentor. O sr. Robinson já vai dar uma olhada em tudo – digo.

Mas Julian não está errado. Nova Crosshaven tem uma cultura bastante artística. Afinal, é a cidade dos murais. E talvez eu possa achar inspiração para meu próprio mural pela cidade.

– Vamos só voltar ao trabalho – sugiro.

Mas, na minha cabeça, já estou me preparando para amanhã. Vai ser meu dia de pesquisa por Nova Crosshaven.

15

SENTIR O CHEIRO DAS ROSAS
SAID

Ammu e abbu estão ocupados com a rotina matinal quando desço na manhã seguinte. Abbu está preparando a marmita para o almoço e tomando sua caneca de chá, enquanto ammu está sentada à mesa de jantar com um livro aberto à sua frente.

– Said! – diz abbu ao me ver. – Pra onde você vai tão cedo?

– Eu ia dar uma volta pela cidade. Queria dar uma olhada em alguns murais.

Já estou com minha mochila pronta, com meu caderno e alguns lápis.

Ammu larga o livro e me olha com um sorriso. A rotina matinal dela consiste em fazer a oração fajr, tomar café manhã e chá, e depois se sentar para ler pelo menos um capítulo do livro que anda lendo. Me sinto mal por interromper.

– O prefeito Williams encomendou um mural lindo na esquina da via Somerset com a rua Adelaide – diz ela, e abbu assente em concordância.

– Nós fomos dar uma volta lá uma noite e paramos pra ver o artista trabalhando. Mas ele não estava muito a fim de conversar – acrescenta abbu.

Fico imaginando o que abbu tentou conversar com ele. Não que abbu e ammu odeiem arte. Sempre foram capazes de apreciá-la. Eles são de Bangladesh, afinal, e o amor das pessoas bengali pela língua e pela literatura transcende quase qualquer coisa. Mas também sempre foram pessoas pragmáticas, e não há nada de pragmático em se dedicar à arte. Pelo menos, não para eles.

– Com certeza vou passar por lá – digo. – Também vou buscar Laddoo na casa de Tiwa depois, então talvez eu chegue em casa tarde.

Os olhos de ammu brilham quando digo isso.

– Ah, que bom! A casa não é a mesma sem Laddoo, sabe.

Não lembro ammu de que Laddoo passa longe de ser uma presença constante em nossa casa, considerando que só o recebemos de Clara na semana passada.

– Você quer que eu te dê uma carona? – pergunta abbu enquanto pega a chave na tigela da cozinha. – Vou para o outro lado, mas não me importo.

Esses dias, qualquer conversa com abbu parece inevitavelmente acabar em inscrições para a faculdade, e isso não está na minha lista de tópicos para discutir. Então, apenas balanço a cabeça.

– Vai ser melhor se eu for caminhando. Eu queria ver como a cidade mudou e tudo o mais, sabe?

– Sentir o cheiro das rosas… – Abbu sorri. – Bom. Aproveite, mas não demais. Você ainda tem muito trabalho a fazer nas férias. – E, com isso, ele sai pela porta da frente.

Estou prestes a segui-lo, mas a voz de ammu me faz parar.

– Said, você não se importaria de entregar uma coisa pra mim, né? – pergunta ela, como se fosse uma pergunta de sim ou não, mas ela já se levantou da mesa de jantar e pegou uma caixa na geladeira, então sei que não tenho escolha.

– Claro, tudo bem.

– Ah, que ótimo. É só que, lembra da sua tia Anjana?

– Hã…

Ammu não espera eu responder antes de prosseguir

– Bom, ela está pintando um mural no Jardim Almond. É pra ajudar a representar a comunidade sul-asiática da região, e achei que seria legal mostrarmos nosso apoio levando uns docinhos pra ela. Eu ia entregar na aula de árabe de hoje, mas o centro Walker estava lotado e não consegui reservar uma sala, e não tinha outro lugar para as aulas.

Ela estende uma caixa cheia de mishtis variados. Estava se esforçando para fazer sandesh, kalojam e laddoos ontem. Ammu é conhecida por seus mishtis na cidade, então parece que está sempre os fazendo para distribuir para todo mundo.

– Claro, posso passar lá. Ééé, não sabia que a tia Anjana era artista – digo.

– Quer dizer, o trabalho *de verdade* dela é como técnica de higiene dental na Clínica Odontológica Perls, mas ela faz umas artes quando tem tempo. Na verdade, foi o cirurgião-dentista da clínica que viu o caderno de desenho dela jogado e sugeriu que fizesse um mural na cidade – diz ammu.

Ela está radiante de orgulho, mas sei que, se o *único* trabalho da tia Anjana fosse ser artista, não estaria.

Pego a caixa de mishtis de ammu e enfio na mochila ao lado do caderno de desenho.

– Tá bom, então acho que eu vou...

– E pode passar no mercado? A gente precisa de leite, pão, ovos... – Ammu faz uma pausa, abrindo a geladeira para dar uma olhada. – E pepinos.

– Tá, mishtis pra tia Anjana. Leite, pão, ovos e pepinos pra gente. Beleza. Tchau, mãe.

Com isso, saio da cozinha e abro a porta da frente, correndo para fora antes que ammu possa acrescentar mais coisas à minha lista.

Apesar de todo o tempo que passei fora, Nova Crosshaven parece não ter mudado muito. Além de outros murais com os quais me deparo em diferentes parques e cruzamentos, há poucas novidades na cidade. As lojas da rua principal são as mesmas de sempre: boutiques locais, floriculturas, mercearias e cafés. E, é claro, a padaria de Abigail e os murais com tema de sobremesa que estiveram lá minha vida inteira. O que mudou é que não reconheço mais os rostos sorridentes dentro das lojas, diferente de quando Tiwa, Safiyah e eu éramos frequentadores assíduos da região.

Tento engolir a estranheza que se instala em meu estômago ao pensar em tudo o que está diferente e no que não está, e em vez disso foco em procurar murais pela rua principal. Avisto uma arte conhecida dentro de um beco entre o açougue e a pizzaria. É um aglomerado de girassóis amarelos-vivos contra um fundo azul desbotado, cada um deles retorcido de um jeito, como se estivessem tentando ouvir um ao outro falar.

Pego meu caderno de desenho e viro uma página nova. Encostado na parede do outro lado, crio um esboço rápido do mural, fazendo anotações ao longo da borda da página à medida que desenho. Assim que termino, pego meu celular do bolso e tiro uma foto dos girassóis.

Meus dedos pairam sobre meu celular por um minuto enquanto penso no que fazer em seguida. É um pouco estranho enviar fotos disso para Tiwa e dividir minhas ideias com ela. Faz muito tempo que ninguém participa do meu processo artístico. Geralmente, arte é uma coisa que eu faço sozinho e depois, talvez, compartilho com mais alguém. Contar minhas ideias para Tiwa antes mesmo de elas serem totalmente concebidas me deixa vulnerável, de certa forma.

Mas não é como se eu pudesse fazer este mural sem a ajuda de Tiwa, então envio a foto e digito uma mensagem logo depois:

talvez o mural possa ser algum tipo de representação islâmica da pintura de Van Gogh

A resposta de Tiwa vem surpreendentemente rápido: sim! mas como você deixaria o desenho islâmico?

ainda não sei... tenho muitos murais pra ver, digito em resposta.

vai me avisando, escreve Tiwa.

Guardo o celular no bolso, tentando reprimir um sorriso enquanto saio em busca do mural seguinte. Acho que meu dia pela cidade vai ser um pouco menos solitário do que eu pensava.

* * *

Uma dúzia de murais – e várias mensagens de texto – depois, um quarto das páginas do meu caderno de desenho está cheio, e finalmente me dirijo ao Jardim Almond para entregar a caixa de mishtis de ammu. Qualquer um que não seja de Nova Crosshaven acha que o Jardim Almond deve ser repleto de amendoeiras, mas, na verdade, é um pequeno parque com um jardim de flores no meio que pertencia a um homem chamado John Almond há muitos anos. Não há uma única amendoeira dentro dos portões de ferro forjado.

O parque está cheio de gente quando entro. Há algumas crianças tentando escalar um carvalho ao longe, e um grupo de mulheres usando vestidos de verão está fazendo um piquenique perto dos jardins de flores. Por fim, avisto a mulher que deve ser a tia Anjana do outro lado do parque. Ela está analisando cuidadosamente um mural inacabado na cerca murada, enquanto outra tia está deitada em uma espreguiçadeira ao lado dela. Me aproximo delas a passos lentos, sem saber ao certo o que esperar. Embora ammu agisse como se a tia Anjana fosse alguém que eu deveria conhecer, ela não me parece nada familiar.

– Hã, licença, tia Anjana? – pergunto.

A tia Anjana se vira, semicerrando os olhos para mim, como se procurasse algum sinal de familiaridade. Deve encontrar, porque seus olhos brilham.

– Said! Sua mãe disse que você voltaria nas férias – diz a tia Anjana.

A mulher na espreguiçadeira também olha para mim, tirando os óculos escuros e me analisando com curiosidade.

– Assalam alaikum – diz ela.

– Walaikum salam – retribuo. – Ééé, minha mãe mandou uns docinhos. Como apoio enquanto você trabalha no mural.

Tiro a caixa da mochila e a estendo para a tia Anjana. Ela a pega da minha mão e olha para a outra tia.

– Esse é Said, filho de Nabiha bhabi – diz a tia Anjana. – Essa é a sua tia Noor. Ela se mudou para Nova Crosshaven no ano passado.

– Então... esses são os mishtis da Nabiha bhabi? – De repente, a tia Noor só quer saber da caixa nas mãos da tia Anjana e nada mais.

– Você acha mesmo que merece mithai depois de ter ficado tomando banho de sol enquanto eu faço todo o trabalho duro? – pergunta a tia Anjana com uma sobrancelha erguida.

Olho para a tia Noor. Ela está usando um vestido maxi de manga comprida, vermelho com bolinhas, e um hijab vermelho combinando. Não é bem o tipo de roupa que se usa em um banho de sol.

– Estou aqui pra te dar apoio moral, Anjana – diz a tia Noor. – Agora vai, você tem que dividir.

A tia Anjana revira os olhos, mas entrega a caixa. A tia Noor imediatamente a abre, pega um kalojam e o morde.

– Said, me diz... o que está achando do mural até agora? – quer saber a tia Anjana.

Me viro para observar o mural com atenção. Ele está apenas começando a tomar forma. Há letras de diferentes alfabetos sul-asiáticos: bengali, hindi, urdu, guzerate, tâmil, malaiala, nepalês... cada uma está repleta de coisas diferentes. A letra bengali é verde e vermelha, com um tigre-de-bengala saindo dela.

– Uau... – digo. – Minha ammu disse que você estava fazendo alguma coisa pra representar as culturas sul-asiáticas, mas eu não fazia ideia do que seria. Está incrível.

– Ah, obrigada, Said – fala a tia Anjana, dispensando meu elogio com um gesto, como se não estivesse fazendo grande coisa. – Pelo menos Noor está me ajudando com o bengali, quer dizer, quando ela não está ocupada demais tomando sol e comendo todo o mithai da sua mãe. E estou recebendo ajuda da comunidade com os outros alfabetos também. Ainda tem mais alguns para acrescentar, mas estou tentando correr para terminar uma boa parte antes da chuva.

Olho para o céu azul-claro e para o sol batendo em nós. Está um dia de verão perfeito.

– Acho que não vai chover hoje – digo.

A tia Anjana sorri para mim.

– Pode acreditar, eu consigo sentir, e vai chover logo. Então melhor eu botar a mão na massa. – Ela pega os pincéis do chão antes de se virar para mim mais uma vez. – Fala pra sua mãe que a Noor e eu agradecemos pelos mithai e que ela está convidada para vir ver o mural quando quiser.

Assinto.

– Pode deixar. Acho que ela vai amar.

Levanto a mão para dar um aceno de tchau, me viro para ir embora e então paro no meio do caminho quando um pensamento me vem à mente.

– Na verdade, tia Anjana, tudo bem se eu fizer uma pergunta sobre a sua arte?

Ela faz que sim, mas continua pintando no muro.

– Claro, pode falar.

– Fiquei curioso pra saber como você planeja um mural… parece dar um trabalhão.

A tia Anjana se vira para mim agora, uma sobrancelha erguida.

– Você também é artista?

Ela está olhando para mim como se conseguisse ler todos os meus pensamentos – é assustador.

– Meio que sim.

Meio que sim querendo dizer: *é tudo o que eu faço no meu tempo livre.*

Ela balança a cabeça.

– Bom, na verdade não é tão difícil quanto parece. Eu sempre faço um esboço do desenho antes, e aí encontro as tintas certas e depois só vou lá e faço. Sinceramente, acho que não é algo em que você devesse pensar muito. Não vou mentir: estava nervosa por ter que terminar esse mural gigante antes do festival começar no fim do verão, mas sempre tento me lembrar de que murais não foram feitos para serem perfeitos.

Perdi o festival de murais do ano passado por causa da escola, mas sempre foi uma das minhas épocas favoritas do ano. Me lembro de como, quando era mais novo, a cidade se enchia de turistas vindos do país inteiro, e sempre parecia estranhamente silenciosa quando todos iam embora. Tipo agora.

– Obrigado, tia, vou me lembrar disso – digo. – É muito legal te ver fazendo isso… arte, no caso. Não tem muitos artistas sul-asiáticos por aqui.

Ela sorri.

– Tem mais do que você imagina. Temos até um grupo de artistas do sul da Ásia que moram em Vermont. Tentamos nos reunir algumas vezes por ano pra pintar e reclamar sobre o estado da indústria juntos, se quiser participar. É bem legal, e costuma ter biryani suficiente pra todo mundo.

Nunca conheci outros artistas sul-asiáticos antes. Mal consigo imaginar um grupo inteiro no meu estado.

– Parece incrível. Eu adoraria participar qualquer hora – digo, retribuindo o sorriso.

– Perfeito! Vamos inaugurar esse mural durante o festival no fim do verão. Você pode me mostrar sua arte lá, e aí eu te dou os detalhes sobre o próximo encontro.

Assinto, sentindo minhas esperanças serem renovadas.

– Obrigado, tia Anjana – digo.

Dou tchau para as tias Anjana e Noor e volto para o portão na frente do parque. Então, paro por um instante, observando a tia Anjana trabalhar. Os olhos dela vão rapidamente do caderno de desenho no chão, onde deve ter o desenho completo do mural, para a parede em que está trabalhando. As pinceladas dela são confiantes e ousadas.

Enquanto a observo, não consigo deixar de pensar nos meus pais. Se ammu e abbu podem apoiar a tia Anjana com sua arte, então talvez, de alguma forma, eu consiga fazer com que deem o braço a torcer para mim também.

A tia Anjana deve ser uma bruxa, porque, quando estou no meio do caminho para a casa de Tiwa, começa a chover. Não tenho onde me abrigar, então corro, tentando ignorar a água gelada que encharca as minhas roupas.

Subo os degraus da porta da frente de Tiwa, que, por sorte, estão protegidos da chuva, e toco o interfone.

É a tia quem atende.

– Olá? – diz ela.

– Oi, tia. É Said. Só estou passando pra pegar Laddoo – digo entredentes.

– Ah, você não precisava vir até aqui nessa chuva. A gente podia ter deixado ele na sua casa. Pode subir.

O porteiro eletrônico dispara para indicar que a porta da frente foi aberta. Hesito por um instante. Esperava que Tiwa simplesmente viesse me entregar Laddoo e eu fosse embora. Abro a porta, entro no prédio e subo a escada até o apartamento de Tiwa.

A tia abre a porta assim que chego na frente do apartamento, quase como se estivesse esperando para me receber.

– Said, você está ensopado! – exclama ela assim que me vê. – Entra, senta aí. Vou pegar uma toalha pra você se secar.

– Não, tia, tudo bem, eu me seco quando chegar em casa.

– Se eu te deixar ir pra casa nesse estado, sua mãe nunca mais vai me chamar pra jantar. E eu não poderia culpá-la – diz. – Pode entrar.

Não parece que tenho muita escolha, então entro na casa enquanto a tia fecha a porta.

– Vou chamar Tiwa e pegar uma toalha pra você. Pode se sentar.

Com isso, ela vai para outro cômodo e desaparece de vista.

Me sento em uma das cadeiras à mesa de jantar, onde coloco as sacolas de compra, e olho ao redor da cozinha de Tiwa, observando tudo. Esse apartamento é tão diferente da casa em que ela morava, do outro lado da minha rua. A cozinha tem metade do tamanho, para começo de conversa, e dá para ouvir a tia e Tiwa andando pela casa e conversando através das paredes. É como se esse apartamento inteiro coubesse na sala de estar da antiga casa delas.

Me levanto da cadeira e olho para a parede da sala, decorada com porta-retratos. A maioria das fotos são de Tiwa e da mãe, com algumas de Timi. Me demoro um pouco mais nas últimas fotos dele, sentindo um vazio se instalar. Com dificuldade, desvio o olhar, observando as outras fotos: de aniversários, Eids, da formatura do ensino fundamental de Tiwa, do baile da escola. Ao lado das fotos, há um certificado emoldurado de Tiwa, elogiando-a pelo trabalho voluntário no centro islâmico. Todos esses momentos importantes emoldurados, e eu os perdi. Momentos que Tiwa perdeu em minha vida também. É estranho pensar nisso.

– O que você está fazendo?

Eu me viro e encontro Tiwa com Laddoo nos braços.

– Só estava olhando, ééé, seu certificado de voluntária no centro islâmico – digo rapidamente, sentindo meu rosto corar.

Tiwa olha para o certificado, como se tivesse se esquecido de que ele estava lá, e se volta para mim com uma sobrancelha erguida.

– Você estava xeretando?

– Não, claro que não! – me defendo. – Eu só estava passando os olhos, não estava vendo nada.

– Mas você não acabou de dizer que estava olhando meu certificado de voluntária? – pergunta Tiwa, inclinando a cabeça para o lado.

– É... quando eu parei de passar os olhos, percebi seu certificado de voluntária e... reparei no fato de você ter se... voluntariado – digo, tentando ignorar o fato de que usei a palavra *voluntária* vezes demais nos últimos minutos, o suficiente pra se tornar estranha.

Tiwa abre um sorrisinho.

– Eu estava zoando, pode ver meu certificado de voluntária o quanto quiser. É uma grande conquista. Não ficam entregando pra qualquer um. – Tiwa olha para baixo antes de acrescentar: – Você sabe que está molhando o tapete, né?

Olho para o tapete roxo debaixo dos meus pés e para as gotas de água que estão deixando ele mais escuro ao meu redor.

– Desculpa, estava chovendo lá fora, e sua mãe disse pra eu entrar e sentar, e... – Estou divagando e, por algum motivo, não consigo parar. – Só vim pegar Laddoo.

Tiwa se move em minha direção, estendendo Laddoo. Mas em vez de pular nos meus braços, ele se enterra nos ombros de Tiwa, como se a última coisa que quisesse fosse ficar comigo.

— Menos de uma semana aqui e você já fez ele começar a me odiar – digo.

Tiwa revira os olhos.

— Ele só é hidrofóbico.

— Nada a ver. Tenho certeza de que ele ama Safiyah.

— Que engraçado – diz Tiwa, impassível. – Se quiser levar Laddoo, vai ter que se secar. Acho que minha mãe foi pegar uma toalha limpa pra você.

Como se tivesse ouvido Tiwa falar dela, a tia aparece pela porta com uma pilha de toalhas tão alta que quase cobre sua cabeça, impedindo-a de enxergar.

— Eu estava tentando achar uma muda de roupas pra você, mas acho que não temos nada do seu tamanho, Said – diz ela enquanto coloca a pilha de toalhas na mesa de jantar.

— Tudo bem, tia. Eu me troco quando chegar em casa. Não é… – As palavras *não é assim tão longe* quase escapam da ponta da minha língua, mas são pelo menos uns vinte minutos a pé.

Estou acostumado a simplesmente atravessar a rua da casa de Tiwa para a minha.

— Não é nada demais – termino de dizer, tentando ignorar a estranheza em meu peito.

Arrasto os pés até a cozinha e pego a toalha no topo da pilha, usando-a para me secar da melhor maneira possível. Não adianta muita coisa, por causa da camiseta e da calça jeans, que grudam em meu corpo como uma segunda pele, mas pelo menos não estou mais estragando o tapete da casa das Olatunji.

— Obrigada por me mandar todos aqueles esboços e fotos hoje – diz Tiwa quando termino de me secar. – Foi tipo dar uma volta na cidade, mas pelos murais.

— Acho que eu tenho algumas ideias do que a gente pode fazer para o mural. Se quiser, pode vir comigo e dar uma olhada neles amanhã.

Tiwa pisca para mim por um momento antes de assentir.

– Claro. Vamos, sim.

Assinto também e estendo a mão na direção de Laddoo. Dessa vez, ele pula nos meus braços sem hesitar. Pego minhas compras em uma mão e carrego Laddoo na outra, pronto para caminhar de volta para casa.

– Não deixa ele fugir – diz Tiwa, olhando com desconfiança meu ato precário de equilíbrio.

– Não vou deixar. Não é minha primeira vez com o gato, sabe – digo.

– Ele tem a tendência de escapar antes de você perceber – comenta Tiwa.

– Você não perdeu ele, né? – pergunto, erguendo uma sobrancelha.

– Não, claro que…

– Ele só se esgueirou até o apartamento do nosso vizinho de baixo e ficou lá por uma tarde inteira. A gente encontrou ele tirando uma soneca na varanda. Bate muito sol – interrompe a tia.

Tiwa lança um olhar irritado para ela, e abro um sorrisinho.

– Não se preocupa, tia, eu seguro ele bem firme. Nem ferrando ele vai escapar de mim.

Ela assente e diz:

– Dá um salam para os seus pais por mim, e você definitivamente vai ter que ficar por mais tempo da próxima. Inshallah que a gente te veja mais daqui pra frente.

Não consigo deixar de olhar para Tiwa, que está olhando para a mãe.

– Hã, aham, inshallah – digo.

Mas a tia não faz ideia do motivo pelo qual não nos vemos mais tanto assim.

16

EU MORRERIA SEM VOCÊ
Tiwa

Estou cara a cara com uma aranha gigante usando um chapéu e dando um sorriso largo e ameaçador há alguns minutos, e é um tanto quanto perturbador.

– Achou ruim? – pergunta Said, me observando folhear seus esboços para o mural em silêncio.

Levanto o olhar para ele.

– Não, não, estão ótimos, é só que... – Mostro o desenho da aranha esquisita e semicerro os olhos para ele. – Por que a aranha está com um chapéu e um sorriso bizarro? É o Willy Wonka ou o quê? E por que uma aranha?

As sobrancelhas de Said se juntam quando ele franze o cenho.

– Primeiro de tudo, sra. Lula Molusco, o sorriso não é bizarro... é só o jeito que as pessoas normais sorriem – ele começa a dizer, e então se aproxima de mim, apontando para o chapéu. – E o chapéu é um kufi. Achei que ficaria legal, sabe, por ser uma referência a como as aranhas protegeram o profeta Maomé.

– Ah – digo, porque não esperava que ele dissesse isso. Tinha me esquecido da história. – É uma ideia legal. Quer dizer, tirando o sorriso, é um desenho bem bacana, impressionante – concluo, observando a quantidade de detalhes nos esboços.

Said me disse que os tinha feito às pressas e que não estavam exatamente do jeito que queria que estivessem antes de começar o esboço do mural. E, ainda assim, parecem ilustrações que pertencem a algum museu de arte mais ousado de Nova York.

Ele dá um sorrisinho pelo elogio e sinto meu estômago me trair, um frio na barriga por causa da expressão dele.

Parece que não consigo deixar de gostar do sorriso dele. Todo mundo tem suas fraquezas, eu acho, e o sorriso de Said é a minha.

– Valeu, só me lembrei de quando era criança e minha mãe nunca deixava a gente matar aranhas por causa disso. Queria incorporar a ideia de alguma forma, junto com a acácia da mesma história. Também tenho feito muitas pesquisas sobre a arte folk de Bangladesh e acabei topando com um artista incrível chamado Abdus Shakoor Shah, aí tentei incorporar o estilo dele nesses desenhos. Ainda não sei bem como tudo se encaixaria... – A voz dele fenece, e seu rosto se contorce em uma expressão pensativa.

Olho para os esboços outra vez, pensando também. Passo para o próximo, que é o da árvore, e depois para o próximo, de um menino observando as estrelas. Cada obra parece inacabada, o que é de se esperar, já que são apenas esboços iniciais, mas parece que cada esboço é uma peça solta de um quebra-cabeça.

De repente, tenho uma ideia, e meus olhos se arregalam.

– Ai meu deus, Said! – digo, me virando para ele.

– O quê? – ele responde, parecendo e soando meio alarmado.

– O quanto esses esboços são valiosos pra você, e você se importaria se eu colocasse eles no chão? – pergunto.

Said balança a cabeça devagar.

– Quase nada, pode colocar.

Não perco tempo e rapidamente começo a espalhar os desenhos no chão, um ao lado do outro. O ar do ventilador de teto balança as páginas, então Said começa a prendê-las conforme vou colocando. Antes que eu perceba, o chão está coberto de esboços dele.

– Pronto, perfeito – digo.

Said ainda parece confuso.

– O que era pra eu estar vendo mesmo?

Olho para ele.

– O mural. Todos esses elementos representam uma faceta legal da comunidade, e juntas funcionam muito melhor, viu?

Said examina o chão devagar, e então assente.

– Talvez você tenha razão. Não tinha pensado nisso.

– Claro que não. Eu sou mais inteligente que você, então faz sentido – digo, e seus olhos se semicerram para mim.

– Você é mais inteligente que eu? Talvez nos seus sonhos, Titi – diz ele.

Cruzo os braços.

– Infelizmente, eu não sonho com você, então com certeza *não* nos meus sonhos.

Ele ergue uma sobrancelha e sorri.

– Você está triste por não sonhar comigo? – questiona.

– Você sabe que não foi isso o que eu quis dizer – retruco, contendo um sorrisinho.

Ele dá de ombros.

– Será, Titi, será? – diz ele em um tom brincalhão enquanto se aproxima.

Tento mostrar a ele minha expressão menos impressionada, e ele se limita a responder com um olhar presunçoso. Continuamos nos encarando por alguns segundos sem piscar, e temo ter entrado, sem querer, em uma competição para ver quem fica mais tempo sem piscar.

Said finalmente pisca, e eu enfim sorrio, triunfante.

Me volto para a colagem de esboços no chão.

– Parece que tem alguma coisa faltando… – Meus olhos percorrem os esboços novamente. – O que aconteceu com o desenho dos girassóis que você me mostrou ontem?

– Acho que está lá em cima. Eu não estava mais curtindo ele – explica.

– Lá em cima onde?

– No meu quarto, provavelmente no chão ou na gaveta da minha escrivaninha, sei lá.

– Tá, continua juntando as páginas, eu vou lá em cima procurar. Acho que tenho uma ideia...

– Ah, não, mais da sua genialidade... – diz ele.

– Ah, sim, *mais* da minha genialidade. Sinceramente, não sei o que você faria sem mim – digo enquanto começo a me guiar ao redor dos esboços.

Há um silêncio, e então ele diz:

– Tenho certeza de que eu morreria sem você, Tiwa.

Mesmo que definitivamente seja uma piada, sinto aquele frio na barriga outra vez. Ao que tudo indica, meu cérebro não consegue diferenciar frases ditas de coração e em tom de brincadeira.

– O internato deve ter sido mesmo difícil pra você, então! – digo sem pensar, parando depois disso.

O arrependimento toma conta. Fecho os olhos, praguejando baixinho.

Antes que eu possa me livrar dessa, Said está falando.

– E foi. Eu vivia pensando, *O que eu vou fazer sem Tiwa?*, e aí eu só morri. Essa é a minha forma fantasma falando com você agora.

Me viro para ele e acabo com meu pânico repentino revirando os olhos. Só que ele está me encarando com uma expressão estranha e indecifrável.

Como se talvez nada disso tenha sido piada, afinal.

– Eu já volto – digo apressadamente, forçando um sorriso enquanto subo e me afasto da estranheza no andar de baixo.

O quarto de Said fica do lado direito do corredor do andar de cima, poucos passos depois do quarto de Safiyah.

Embora Said saiba que estou aqui, não me sinto à vontade para abrir a porta do quarto dele e entrar. Parece uma violação. Ainda mais quando tropeço sem querer em um vaso de planta que foi inconvenientemente deixado bem ao lado da porta.

Por sorte, o vaso balança de leve, e a planta permanece intacta.

Aperto o interruptor, e o quarto todo se ilumina. As paredes azuis e brancas familiares, os mesmos pôsteres dos filmes do Studio Ghibli espalhados por elas – o maior deles obviamente é o de *Castelo animado*. Até a cama de carro de corrida continua a mesma, e a miniatura de riquixá que ele tem há anos continua em sua mesa. A única coisa que parece ter mudado é sua roupa de cama. Antes, eram exclusivamente de *Thomas e seus amigos*, mas agora são de um tom azul-escuro mais maduro e elegante.

É como se o quarto estivesse congelado no tempo, o que faz sentido, porque basicamente está.

Paro de analisar a decoração e vou até o cesto de lixo no canto, que está praticamente vazio. Nenhum sinal do esboço por aqui.

Ando até a mesa de madeira marrom-escura no canto do quarto, que está repleta de apostilas e canetas. No quadro de cortiça em frente a ela, há desenhos aleatórios que ele pregou e, ao lado deles, fotos aleatórias. Algumas sei que são da escola, já que não reconheço as pessoas nelas, mas também porque em outras ele está usando aquele uniforme detestável.

Um menino parece estar presente na maioria das fotos: um cara de pele marrom, cabelo cacheado e um sorriso largo. Em uma foto, ele até está dando um beijo na testa de Said, que também está com um sorriso largo.

Imagino que *esse* seja o novo melhor amigo dele. Ou pelo menos o amigo mais próximo que tem na St. Francis.

Tento não sentir nada em relação a isso, embora seja difícil olhar para a foto e racionalizar o fato de que algumas pessoas seguem em frente e superam os outros, enquanto outras parecem permanecer no mesmo lugar.

Não é algo que eu admitiria para Said, nunca. Mas às vezes me pergunto se parte do motivo de eu detestar tanto ele é exatamente isso. Eu sabia que ele me superaria, assim como superaria a cidade, e eu não suportaria testemunhar isso. É claro que meus medos se provaram verdadeiros quando ele meio que me mostrou que sua vida aqui, as pessoas daqui, não importam para ele. Não quando tem uma vida nova pela frente.

Desvio o olhar das fotos e volto a me concentrar no que vim fazer aqui. Dou uma olhada na mesa e também não vejo nenhum esboço.

Ele disse que poderia estar em uma gaveta da escrivaninha, então abro as duas, sentindo alívio ao ver o desenho familiar dos girassóis.

Assim que o retiro, noto um desenho amassado no fundo da gaveta. Eu o pego, desamassando-o devagar. *A noite estrelada*, de Van Gogh, com um toque de Said Hossain.

Estou prestes a fechar a gaveta quando mais uma coisa chama minha atenção.

Rascunho nº 5 da Carta para a Faculdade de Animação de Nova York

Ergo o papel. Minhas sobrancelhas se franzem. Said vai se inscrever na faculdade de Animação? Eu não sabia disso. Mas, de novo, eu não sei mais de muita coisa sobre ele.

Fico feliz por ele estar fazendo isso, seguindo seus sonhos. O mundo precisa de mais obras de arte de Said.

Me pego lendo. Isso agora definitivamente parece uma violação, mas não consigo desviar os olhos.

O projeto de arte que enviarei para avaliação é um mural no qual trabalhei no verão passado. Por ser muçulmano, minha fé significa muito para mim, então, quando o centro islâmico da minha cidade pegou fogo, tive a ideia de criar uma obra de arte inspirada nele...

Me detenho e releio as primeiras linhas, com uma sensação de aperto no estômago.

Arranco a carta da gaveta, lendo mais de perto, e sinto algo começar a murchar lá no fundo de meu ser.

Ele teve a ideia?

Sinto uma mistura de emoções. Traição, raiva, confusão. Tudo de uma vez, o que faz minha cabeça girar e meu peito doer.

Não paro para processar a informação antes de sair marchando do quarto dele.

Não estou pensando em muita coisa, apenas em uma.

Eu vou matá-lo.

Desço a escada e sou imediatamente recebida pelo rosto resplandecente e traidor de Said. Parece que ele está prestes a sorrir para mim, mas pensa duas vezes, provavelmente observando minha expressão.

– Você achou o esboço? – pergunta de maneira inocente, como se tudo isso não fosse um esquema muito bem bolado. Como se não estivesse planejando virar as costas e puxar o tapete sob meus pés. Como estava apenas fingindo se importar quando nunca se importou, para começo de conversa.

Me sinto muito ingênua por ter acreditado nele.

– Achei, e algumas outras coisas também – digo, segurando a carta.

Os olhos de Said se voltam para a minha mão e a carta nela. A princípio, parece confuso, então decido ajudá-lo a refrescar a memória um pouquinho.

– Encontrei a sua carta, em que você diz para aquela faculdade chique como *você* criou todo esse mural e como elaborou o plano de salvar o centro islâmico sozinho. Uau, eu não sabia que você era tão criativo e habilidoso – digo, a voz trêmula, acompanhando o ritmo das minhas mãos, ao passo que minha visão começa a ficar embaçada.

Pisco para afastar as lágrimas que querem cair e vejo seu rosto se transformar em uma expressão de culpa, a pele ficando pálida.

– Não é o que parece. Eu não… – ele começa a dizer, e eu o interrompo com uma risada.

– Claro que não é, nunca é o que parece, né? Achei que parecia que você se importava mesmo. Achei que parecia que você era a porra de um ser humano decente.

Ele me encara, a dor estampada no rosto.

– Tiwa, se você me deixar explicar…

– Vai em frente, explica aí, essa não é a sua letra? Alguém te sequestrou e te obrigou a escrever isso? – digo, esperando ouvir que porcaria de desculpa ele vai dar desta vez.

Ele olha para mim, e vejo algo murchar dentro dele.

– É a minha letra – diz.

E eu assinto, jogando a carta e o desenho no chão, junto com o resto das coisas. Eu o odeio, decido. Odeio muito, e me odeio por ter acreditado nele e passado todo esse tempo do meu verão com alguém que me mostrou quem ele era anos atrás.

– Vou embora – digo, juntando minhas coisas.

Não quero que ele me veja chorando, e tenho certeza de que estou prestes a ter um colapso generalizado.

Não olho para Said quando me viro e abro a porta da frente. Não quero esperar para ver se ele está arrependido. Apenas saio na garoa fria e fina. Mesmo no verão, ainda chove em Vermont.

Já passei pela entrada da casa quando ouço uma voz me chamar.

– Tiwa! Espera. – Ouço Said dizer, a voz seguida pelo som de seus passos batendo na calçada enquanto corre em minha direção.

Eu o ignoro, andando mais rápido, mas ele é ligeiro: me alcança e, em seguida, me ultrapassa. Ele bloqueia minha passagem, me impedindo de seguir em frente.

Sou forçada a olhar para ele. A expressão em seu rosto é de remorso.

Fungo, meu próprio rosto molhado tanto pelas lágrimas como pela chuva leve. Com sorte, ele não vai conseguir diferenciar uma coisa da outra.

– Por favor… eu me importo. A carta não significa nada – diz Said tremendo, ao passo que a chuva começa a ensopar sua camiseta.

Pelo canto do olho, acho que vejo o carro da mãe dele estacionando na garagem. Preciso ir embora antes que ela me pergunte por que estou chorando, ou pior, se quero ficar para o jantar.

– Escuta aqui, você não precisa se explicar. Acho que essa coisa toda foi um erro, de qualquer forma, a gente fingindo se gostar. Você fingindo se importar. Acho que é melhor a gente voltar a como as coisas eram antes. Nós provavelmente estávamos nos enganando com esse mural mesmo. – Ouço a porta do carro destravar e olho para ele uma última vez, o distante frio na barriga ainda presente quando o faço. – Tchau, Said – digo, antes de passar por ele e deixá-lo sozinho na rua.

Conforme a distância entre nós aumenta, não consigo deixar de pensar novamente em como nunca deveria ter confiado em Said, para começo de conversa.

17

DICA DE OURO
SAID

Ligo para Tiwa uma dúzia de vezes, mas ela não atende nem responde a nenhuma das minhas mensagens pedindo uma chance de me explicar. Sem mais ideias de como consertar meu erro, vou até a cozinha, em direção ao armário de canto onde Safiyah esconde seu estoque secreto de cookies dentro de uma caixa de granola com passas e canela. Mal percebo ammu no fogão, fazendo o jantar.

Isto é, até ela me impedir de fugir com meus cookies de consolo.

– Said! – chama ammu enquanto vasculho a caixa de granola. – Se você comer isso agora, que horas vai jantar?

– Quando eu ficar com fome mais tarde? – respondo.

– Não – diz ammu em um tom firme, agitando a colher de madeira perigosamente. Está respingando daal pela cozinha inteira. – Safiyah foi sei lá onde e vai chegar já, já, e seu abbu só está terminando de orar. A gente vai comer daqui a pouco, então não estraga seu jantar.

Suspiro e coloco a caixa de granola de volta no armário.

– Está bem, ammu.

Em vez de parar por aí, ela repousa a colher de madeira no balcão e se aproxima de mim, o rosto preocupado.

– O que aconteceu?

– Nada – digo rapidamente.

Não sei como ammu sempre consegue saber quando há algo de errado, mas é esquisito.

– Tem algo a ver com a Tiwa ter ido embora correndo, mais cedo? – pergunta, com um olhar simpático.

Sinto um calor subir até minhas faces. Eu não fazia ideia de que ammu tinha visto nada daquilo quando voltei para casa e a encontrei. Ela não disse nada, só pediu para eu ajudar com as compras.

Quando não respondo à pergunta, ammu apenas assente, como se entendesse.

– Sabe, eu tinha uma amiga quando era da sua idade. O nome dela era Madhuri – diz ammu. – E uma vez a gente teve uma briga terrível porque nós duas estávamos concorrendo à vaga de oradora da nossa turma do ensino médio. Ela era muito competitiva, e acho que eu também. E aí, durante todo o último ano da escola, uma ficava tentando superar a outra o tempo todo. Nós viramos inimigas, de verdade. Foi horrível. No fim, eu virei oradora e escrevi um discurso incrível. Fui até aplaudida de pé, e as pessoas me dizem que até hoje falam desse discurso. Foi um daqueles que ressoa na gente. Tipo os discursos de Abraham Lincoln ou de Martin Luther King Jr., sabe? Talvez um dia eu dê uma olhada pra ver se não consigo encontrar o discurso… deve estar em algum lugar em uma das caixas no porão.

– Hã… o que isso tem a ver com Tiwa? – pergunto quando ammu finalmente termina de contar a história sem pé nem cabeça.

Ela pisca para mim por um instante, como se tivesse se esquecido completamente de Tiwa. Eu meio que gostaria de não ter perguntado e deixado as coisas para lá no fim daquela história nada a ver.

– Bom… nada… eu acho. Mas a questão é que eu e Madhuri fizemos as pazes no final, e o lance de quem ia ser a oradora foi besteira. Amigos sempre encontram um jeito de voltarem um para o outro, então tenho certeza de que vai ser assim com você e com Tiwa também.

Ammu sorri como se tivesse me dado uma dica de ouro.

– Mas Tiwa e eu não somos amigos há um tempão. Há muito mais tempo do que você e Madhuri ficaram competindo pra serem oradoras – digo.

– Bom, me conta por que você e Tiwa pararam de se falar. Talvez eu possa ajudar – diz ammu, pegando a colher de pau e voltando para mexer a panela de curry de legumes no fogão.

Não sei se quero entrar nos pormenores do que aconteceu. Nunca falei com ninguém sobre isso, não a fundo, e considerando que minha mãe já não vai me deixar estragar o jantar, não quero chegar longe demais na conversa a ponto de querer ainda mais aqueles cookies. Então, decido manter a explicação simples, direta ao ponto, como sempre fiz.

– Eu não sei qual é o lado dela da história – digo, me sentando em uma das cadeiras da mesa de jantar. – Mas... ela deixou claro que não queria ser minha amiga quando não respondeu a nenhuma das minhas cartas.

Ammu para de mexer a panela para me lançar outro olhar simpático.

– Said, naquela época vocês eram crianças – diz. – Tudo isso foi há um bom tempo, e se toda essa história com Madhuri me ensinou alguma coisa foi que a vida é curta demais. Você não sabe se alguém de quem você gosta ainda vai estar aqui no dia seguinte, então precisa garantir que vai falar isso para a pessoa quando estiver na sua frente. Quando tiver a oportunidade. Eu ainda me arrependo de não ter falado isso pra Madhuri quando ainda dava.

– Madhuri... morreu? – pergunto, confuso.

– Ah, não. – Ammu solta uma risadinha. – Mas ela se mudou pra Vancouver.

– Mas a gente foi pra Vancouver no ano passado, e você não falou nada de uma amiga chamada Madhuri – digo.

– Ah... é. Eu sabia que tinha que ter ligado pra alguém antes daquela viagem – diz Ammu. Ela desliga o fogão, vem até a mesa de jantar e se senta em uma das cadeiras na minha frente. – Olha, Said. Amizades são difíceis, eu sei disso. E não existe um regulamento pra elas, o que torna tudo ainda mais difícil. Mas você e Tiwa vão dar um jeito, eu sei disso também.

Ammu parece bem confiante, só que, considerando seu próprio fracasso na amizade com essa tal de Madhuri, não sei exatamente o porquê.

Mas algo em suas palavras faz com que elas ressoem em mim. Não existe um regulamento para amizades, mas há regulamentos para outras coisas. Como jogos de cartas, apesar da insistência de ammu de que dá para jogar Uno sem nenhum tipo de regra. Ou cidadezinhas de Vermont obcecadas por murais.

– Obrigado, ammu – digo. – Isso me ajudou bastante, mas preciso resolver um negócio.

Me levanto e subo a escada correndo.

– E o jantar? – grita ammu atrás de mim.

– Já vou descer, relaxa! – grito de volta antes de entrar no meu quarto e abrir o notebook.

Clico rapidamente para ir até o site oficial de Nova Crosshaven, procurando o documento com todos os estatutos da cidade. Quando finalmente encontro, faço o download no meu computador. Tem centenas de páginas, e definitivamente não tenho tempo para ler todas as leis a fim de encontrar as que me interessam.

Me recosto, tentando pensar no que poderia pesquisar para encontrar a cláusula certa.

Digito *edifício*, mas isso me dá mais de cem resultados para ver. Tento *abaixo-assinado* e apenas dez resultados aparecem. E, por fim, encontro exatamente o que estou procurando.

18

MEIO ZÉ-MANÉ
Tiwa

– Sem ofensas, mas eu odeio o seu irmão. Não sei como é possível vocês terem o mesmo DNA. Ele é tão irritante e cheio de si. Aparentemente, ir pra um internato particular te torna um completo zé-mané. Aposto que eles sofrem uma lavagem cerebral ou algo do tipo… enfim, odeio ele. E odeio muito – digo, finalmente respirando fundo e olhando para Safiyah, que está sentada na minha cama com uma expressão meio confusa, meio assustada.

É aí que percebo que ela tinha me perguntado alguma coisa e eu perdi totalmente a noção do que era.

– Desculpa, o que você tinha perguntado mesmo?

Safiyah pisca para mim.

– Zé-mané? – ela diz, por fim.

– É, ele é um zé-mané – defendo minha escolha de palavras.

– Justo, dá pra entender – responde Saf, dando de ombros. – Eu tinha perguntado se a sua roupa de cama era nova. Não me lembrava de você ter algo tão… brilhante. – Ela olha para os meus lençóis no estilo *tie-dye*, que contrastam muito com a decoração preta, cinza e azul-marinho do restante do meu quarto.

– Ah, é. Minha mãe comprou pra mim por algum motivo no ano passado, disse que deixaria o quarto mais vivo, que traria uma energia melhor, eu acho. Não precisei usar até esse fim de semana, quando sem querer eu derrubei suco de laranja no lençol que eu costumo usar, e eu não teria feito isso se não tivesse sido pega completamente de surpresa por Said e a trairagem dele e precisasse de um suco de laranja pra me motivar enquanto passava a noite acordada depois da traição dele planejando como não acabar com o Eid e de alguma forma ainda salvar o centro islâmico. Nada disso teria acontecido se Said não fosse um zé-mané. Não teria derrubado suco nem teria que colocar esse lençol fosforescente que chega a ser blasfêmia, e também não teria dor de cabeça por ficar acordada até tão tarde tendo várias crises existenciais. Eu odeio o seu irmão, Safiyah. Odeio muito, muito mesmo – digo, percebendo agora como aquela pergunta simples tinha me levado até ali.

O suco de laranja.

– Acho que agora eu entendi que você odeia ele – diz Saf. – E entendo por que você está chateada...

– Eu estou muito mais do que chateada. Estou pronta pra cometer vários crimes contra a humanidade, mas não vou, porque isso seria halam, e eu não vou correr o risco de ir para o inferno por causa dele. Sabe, eu nunca deveria ter acreditado nele, pra começo de conversa. É realmente minha culpa por ter sido tão ingênua a ponto de pensar que ele mudaria em uma questão de dias. Ele estava me usando esse tempo todo para as inscrições da faculdade... Nunca se importou. Não se importou comigo quando foi para aquela escola também, parou de atender minhas ligações, parou de se importar com a cidade. Eu deveria saber que o Said de antes estava morto e nunca mais iria voltar.

Me deixo cair na cama ao lado de Safiyah, deito de costas e fecho os olhos. Ignorando tudo. Não quero pensar mais nisso.

Sinto um movimento na cama quando Safiyah se deita ao meu lado.

Há uma longo silêncio, preenchido pelo peso do futuro e pelos pensamentos de Safiyah.

Consigo literalmente senti-la pensando no que dizer em seguida.

– Titi – ela chama, por fim, e eu me viro em sua direção, com os olhos abertos novamente. Ela está olhando para mim, claramente preocupada.

– Você tem razão, meu irmão é meio zé-mané... Ele é um monte de coisas, na verdade. Mas não é mau. Você sabe que eu estou sempre do seu lado, e acho que você deveria levar em consideração que, às vezes, as coisas simplesmente não são o que parecem... Às vezes, as pessoas cometem erros. Nem tudo sempre é o que parece ser.

– Tanto faz – murmuro, e então olho para Safiyah, agora assimilando sua aparência.

Ela parece... diferente. Mas não são as roupas, é outra coisa...

– Você cacheou o cabelo? – pergunto, percebendo como é óbvio que ela está arrumada.

Vejo que também passou gloss nos lábios e delineador nos olhos.

– Sim. Na verdade, falando nisso, preciso de um conselho. Me ajuda a descobrir que roupas eu posso roubar do seu guarda-roupa. Estou precisando desesperadamente de um vestidinho. – Safiyah se levanta e vai até meu guarda-roupa.

– Um vestidinho? Por quê?

Safiyah olha por cima do ombro com um sorriso malicioso, interrompendo momentaneamente o ataque repentino ao meu armário.

Na mesma hora, sei que aquele olhar é por causa de Ishra. Juro, ser amiga de alguém há tantos anos faz a gente aprender a linguagem dos pensamentos não ditos.

– Você vai sair com Ishra? – pergunto, os olhos arregalados.

Me sento tão rápido que sinto um repuxar dos meus membros.

– Aham – responde ela.

– Um encontro, tipo, um *encontro*?

– Sim – diz ela, simplesmente, e se volta para as minhas roupas.

– O quê? Como? Onde? E como foi que escondeu isso de mim?

– Foi bem aleatório. Depois da venda de doces, a gente começou a mandar mensagens esporádicas, e aí eu esbarrei com a mãe dela no mercado... Posso pegar esse emprestado? – diz Safiyah, se interrompendo ao segurar um dos vestidinhos amarelos que ganhei da minha tia no meu aniversário do ano passado. Claro, é mais uma coisa de cor berrante que nunca usei.

– Óbvio. Voltando pro mercado. O que você ter esbarrado com a mãe dela tem a ver com vocês terem um *encontro*?

– Ah, sim, verdade. Então, aí eu conversei com a mãe dela. Acontece que Ishra entrou na faculdade ano passado, mas adiou a entrada pra poder ficar aqui e ajudar a família, economizar e tals... e esse sapato? – pergunta Safiyah, mais uma vez interrompendo a história, segurando meu Mary Jane favorito.

– Pode, agora para de interromper a história. Eu quero todos os detalhes!

– Tá bom, tá bom, desculpa! Onde eu estava...? Faculdade, Ishra passou em Matemática na Universidade de Nova York. Não é incrível? Ela é tão inteligente... Acho que vou pegar essa bolsa também, ela é uma gracinha – diz Safiyah.

– Saf! – repreendo-a, jogando uma almofada na cabeça dela.

Ela se abaixa, e erro por pouco.

– Desculpa! Tá, então. Resumindo, ela passou na faculdade ano passado, então não vai se inscrever esse ano. Eu andei ajudando ela pra nada, e com essa revelação chocante da mãe dela, fui até o Walker, onde eu sabia que ela estaria trabalhando naquela hora, e falei pra ela que eu sabia a verdade, e ela me disse que queria uma desculpa pra passar o tempo comigo. Concluindo, eu tenho dois encontros com Ishra. A gente vai ver um filme hoje, e outro dia dessa semana a gente vai comer lámen, por isso eu estou roubando suas roupas.

Ergo uma sobrancelha para ela. Antes que eu possa fazer mais perguntas sobre a saga toda, o barulho estridente das minhas notificações me impede.

Olho para a tela, franzindo as sobrancelhas ao ver o ícone do e-mail aparecer nas minhas notificações. Dá para ver a prévia do e-mail antes de apagá-lo. Ao perceber que é de Donna, da prefeitura, clico com pressa e observo a página carregar devagar. *Eu realmente preciso de um celular novo*. O e-mail aparece, e endireito a coluna.

Leio em silêncio, a princípio esperando que seja alguma notícia milagrosa sobre o centro islâmico e os planos de demolição terem sido revogados, mas é algo completamente diferente.

– Você ficou muito quieta do nada, está tudo bem? – pergunta Saf.

Continuo lendo o e-mail, sem piscar. Sinto que estou em algum tipo de choque.

Levanto os olhos para ela.

– É sobre a apelação para Timi. O prefeito ficou feliz em aprovar. Vai submeter à assembleia da prefeitura no fim dessa semana... digo, relendo várias vezes só por garantia.

Fiz essa apelação há meses, e sabia que os apelos às vezes demoravam até um ano para serem levados em consideração e lidos, e que uma apelação relacionada à reforma de uma lei local era ainda mais improvável de ser aprovada.

Com todas as notícias ruins, acho que esperava que o pior acontecesse em relação a isso.

Sinto o nó permanente na minha garganta começar a relaxar, e minha visão fica levemente embaçada.

– Nem dá pra acreditar – digo baixinho.

Ouço os passos de Safiyah e sinto seus braços ao redor de meus ombros.

Fungo, enxugando os olhos antes que qualquer lágrima possa cair.

– Vou até a prefeitura. Donna disse que eu preciso escolher um horário de reunião pessoalmente.

– Tem certeza de que você está bem pra ir agora? Por que não podem agendar por e-mail se acabaram de mandar um? – questiona ela.

– Esse é o e-mail pessoal de Donna. Ela disse que a carta de aprovação oficial foi enviada por correio, mas que já queria me avisar.

Safiyah assente.

– Parece que as barrinhas de limão funcionaram.

– Pior que sim – digo, me levantando de maneira abrupta. – Você pode ficar aqui se quiser, tá? Não vou demorar muito, só vou pegar um horário e já te ajudo com mais opções de roupa.

– Tem certeza de que não quer que eu vá junto? – pergunta Safiyah, o vestido amarelo ainda junto a seu corpo.

Assinto, me sentindo estranha, como se meus pulmões fossem vasos de vidro prestes a quebrar, os cacos me deixando cicatrizes e me arranhando de dentro para fora.

– Fica tranquila. De qualquer forma, preciso tomar um ar. Já volto – digo, vestindo meu suéter e depois calçando o tênis, sem me preocupar em trocar a calça do pijama.

Não estou indo lá para causar uma boa impressão mesmo.

Logo chego à prefeitura, me sentindo tão estranha que tenho dificuldade para respirar. Tudo parece estar em câmera lenta.

Devo ter lido o e-mail umas cem vezes no caminho até aqui.

Tiwa,

Aqui é Donna, da prefeitura. Desculpe por estar mandando e-mail no sábado. Eu não deveria estar te mandando isso, mas dadas as circunstâncias, pensei que seria justo te informar assim que a aprovação saísse.

...

A apelação para a mudança no estatuto local de Nova Crosshaven deve ser aprovada na próxima assembleia da prefeitura, no fim da semana. A assembleia é dividida em diferentes horários, um para cada assunto. Por favor, venha até aqui e escolha seu horário o mais rápido possível.

Atenciosamente,

Donna

Eu conseguiria recitar palavra por palavra agora. Do início ao fim.

O prédio feio e brilhante que costuma saltar à vista, machucando e cansando meus olhos, não me afeta muito hoje. Estou extremamente focada. Só consigo pensar em uma coisa.

Vou até a recepção do gabinete do prefeito e me aproximo às pressas da mesa de Donna.

Minha empolgação diminui quando chego perto da mesa e não encontro ninguém.

Olho para o relógio. Está na hora do almoço de Donna. Eu deveria ter pensado nisso.

A confirmação vem pela plaquinha ao lado da tela do computador dela, que diz: *Em horário de almoço por trinta minutos*. O que significa que ela está na sala ao lado, atrás da mesa.

Solto um suspiro. Penso em tocar a campainha mesmo assim e atrapalhar o almoço dela. Afinal, só preciso escolher meu horário e dar o fora. Não deve demorar muito, né? Mas, em vez disso, meu foco é desviado pelo som de uma voz familiar aumentando.

– Você precisa se acalmar, sr. Hossain – responde outra voz familiar, e viro a cabeça bruscamente na direção do escritório do prefeito e das duas silhuetas paradas no corredor, em frente à porta.

Said e o prefeito Williams.

– Eu *estou* calmo. Só estou dizendo algo de que o senhor não gosta. E como eu disse antes, prefeito, o senhor precisa considerar a petição de maneira adequada. Nós reunimos mais assinaturas do que o necessário, e, por causa disso, o senhor deveria levar o assunto para discussão em um painel na assembleia da prefeitura para que uma decisão seja tomada. Com todo o respeito, prefeito Williams, isso está no código de conduta que o senhor assinou. Então claramente o senhor concorda que o processo tem que ser feito desse jeito.

Mal consigo ver o rosto do prefeito Williams quando Said diz isso. A silhueta alta de Said cobre a maior parte do rosto do prefeito, mas o silêncio de Williams é o que fala mais alto.

Sinto meu coração disparar no peito enquanto espero o prefeito dizer alguma coisa.

Said está segurando o que parecem ser pedaços de papel com algo impresso.

– Regras são regras, prefeito, como o senhor disse uma vez. Então faça a coisa certa… por favor – diz Said.

Quase não consigo acreditar no que estou vendo. Said está aqui…

lutando pelo centro islâmico, ou talvez por si mesmo novamente, porque precisa do mural e, portanto, precisa do centro islâmico. Mas talvez Safiyah esteja certa e ele seja só um zé-mané, não um gênio manipulador.

Ouço o prefeito suspirar alto, a cabeça pendendo para o lado, e percebo que ele olha diretamente para mim.

– Estou vendo que trouxe reforços. Vocês dois vivem acampando no meu escritório... – responde o prefeito.

O sorriso plastificado de quando o vi pela última vez desapareceu por completo, substituído por uma expressão de aborrecimento puro.

Said se vira para olhar para mim, tão surpreso por me ver aqui quanto eu estou por vê-lo.

Nos encaramos por alguns segundos, mas parece que ficamos assim por eras. Sinto a mesma coisa dentro de mim, mas não consigo decifrar o que é.

Ódio, mágoa ou uma terceira coisa que também faz minha pele esquentar e meu estômago se contorcer em um nó.

Ele acena com a cabeça para mim, como que em um oi, e o sentimento apenas se intensifica.

Said se vira de volta para o prefeito e diz:

– Não ligo de ficar acampando aqui em protesto. Fico feliz em passar uns dias sem tomar banho e tomei um café da manhã reforçado que poderia me manter aqui por um tempo, junto com os salgadinhos da máquina de vendas e o café da máqui...

– Tudo bem! Eu vou levar o abaixo-assinado para a assembleia da prefeitura essa semana – diz o prefeito Williams, finalmente cedendo. Ele esfrega os olhos com força e gesticula para a mesa vazia onde Donna costuma ficar. – Agende um horário com Donna e deixe eu aproveitar meu almoço em paz. *Por favor.*

Said abre um sorriso largo.

– Valeu – diz ele, animado, o que parece irritar Williams ainda mais.

Assim, sem dizer mais uma palavra sequer, o prefeito Williams olha na minha direção, se vira rapidamente e se retira para o escritório, longe de seus *acossadores.*

A princípio, Said não olha para mim de novo. Como se estivesse com medo. Mas então, hesitante, ele se vira rapidamente, quase como se estivesse arrancando um curativo.

– Oi – diz ele.

Pisco para ele, meu cérebro cheio de tanta coisa que poderia explodir em um milhão de pedacinhos.

Meu estômago revira.

– Oi – respondo.

Odeio o quanto é difícil odiar Said de verdade quando está bem na minha frente.

Ele caminha em minha direção, com as páginas amassadas do que parece ser o código de conduta da cidade em uma das mãos grandes.

É claro que ele não sabe o que dizer, e, sendo sincera, eu também não. Ainda estou com raiva, e sinto que não posso confiar nada nele.

Mas quando o vejo, tudo isso desaparece, e quero desesperadamente fazê-lo sorrir. É a coisa mais irritante de todas.

Não consigo me livrar do impulso de ser a melhor amiga dele ou de vê-lo como nada além do meu.

– Parabéns, você conseguiu o que queria fazendo bullying com o prefeito. Foi impressionante – digo, porque não consigo me segurar.

As sobrancelhas dele se erguem, e ele dá de ombros.

– Valeu, foi assustador pra caralho. – Ele engole em seco e não para de olhar para mim. Percebo que os cantos de sua boca começam a relaxar, deixando de ser uma linha estreita e rígida. – Espero que eu tenha parecido mais durão do que estava me sentindo.

Assinto.

– Pareceu, sim. Bastante.

Dá para ver que ele está tentando segurar o sorriso. Dá para ver que não tem certeza de como se portar nesta conversa.

É confuso para mim também. Até trinta minutos atrás, eu estava superdecidida a odiá-lo pelo resto da vida... de novo.

Mas aí eu o vi aqui e fiquei irritada por Safiyah provavelmente estar certa.

– Desculpa – diz ele. Depois, continua: – Eu nunca enviaria aquela carta pra minha escola. É um dos meus primeiros rascunhos, escrevi no meio da noite, e como você sabe das nossas festas do pijama, meu QI diminui à noite.

Era verdade que ele não era tão inteligente à noite. Eu me lembro de que uma vez nós jogamos Uno debaixo das cobertas na barraca que ele havia feito com lençóis, e ele achou que a carta de reverso do Uno significava que a carta que ele colocou junto com ela tinha a função oposta. Então um seis seria um nove, e um compre duas cartas viraria um jogue duas cartas.

– Me desculpa mesmo. Você tem todo o direito de me odiar. Eu só quero que saiba que não estou fingindo me importar com o centro islâmico, nem com você, eu me importo muito, eu sou só…

– Um zé-mané? – termino sua frase, e ele finalmente quebra a expressão de determinação, que se transforma em um misto de surpresa e diversão.

– Acho que sim. Vou só escolher um horário pra falar do abaixo--assinado, então… – Ele dá uma olhada na mesa da recepção, procurando por Donna. – … quando ela voltar.

– Estou esperando ela também. Podemos esperar juntos – sugiro.

Em silêncio, fazemos mais uma competição para ver quem fica mais tempo sem piscar, e ela provavelmente só dura dois segundos, mas parece infinita.

– Perfeito – diz ele, por fim.

19

O ESTEREÓTIPO PERFEITO
SAID

Estou tão envolvido com meu esboço atual de uma versão da placa de boas-vindas a Nova Crosshaven que não ouço abbu chamar meu nome até vê-lo acenar com a mão bem na frente da minha cara.

Depressa, tiro o fone de ouvido e fecho o caderno de desenho.

– O que aconteceu? – pergunto.

– Não aconteceu nada – diz abbu, os olhos vagando para meu caderno de desenho agora fechado. – Era a entrada de Nova Crosshaven?

Dou de ombros.

– Aham, só estava… fazendo uns rabiscos.

Abbu assente devagar.

– Está bom. Muito bom mesmo.

– Obrigado – murmuro, esperando ele desembuchar.

Sei que ele não estava me chamando só para elogiar meu desenho.

– Então, estou indo pra casa do imã Abdullah pra jummah. O centro Walker estava lotado de novo, aí vamos fazer a oração na sala dele. Pensei que talvez pudesse ir comigo, se não estiver muito ocupado – diz abbu.

Confuso, pisco para ele devagar. Não consigo me lembrar da última vez que participei da oração jummah. Acho que já faz meses, se não anos. Não é como se a Academia St. Francis tivesse um imã, e a mesquita mais próxima da escola fica a uma hora de carro.

– Hã, não sei, não – digo.

– Tenho certeza de que o imã Abdullah iria gostar da sua presença. Ele falou da venda de doces quando fui lá fazer a oração maghrib esses dias – comenta abbu.

Baixo o olhar para o desenho por um momento.

– Ah, claro. Acho que vou pra jummah, sim. Deixa só eu me trocar rapidão.

Abbu abre um sorriso maior do que qualquer outro que o vi dar neste verão.

– Está bem, vou te esperar no carro. Te vejo em cinco minutos.

A viagem de carro até a casa do imã Abdullah é curta e muito menos dolorosa do que tinha imaginado. Felizmente, abbu não puxa o assunto das inscrições para a faculdade nem uma vez. Em vez disso, fala sobre como aprendeu jardinagem no verão e espera poder servir tomates recém-cultivados no dawat que está por vir.

– Desde quando você planta tomate? – quero saber.

Abbu sorri.

– É um hobby que comecei. O imã Abdullah deu pra sua ammu umas cenouras do jardim dele, e pensei em tentar plantar também.

Andei tão distraído nessas férias que não tinha notado que agora abbu é um agricultor totalmente capacitado. Ele fala um pouco mais sobre seus vegetais e, de alguma forma, isso faz com que pergunte sobre a venda de doces e o abaixo-assinado para o centro islâmico.

Quando conto sobre a assembleia da prefeitura que vai acontecer mais tarde, ele parece orgulhoso de verdade.

– Eu e a sua ammu deveríamos ir? – pergunta ele, estacionando o carro perto da casa do imã Abdullah. – É mais seguro se formos em peso, sabe.

Por um momento, fico me perguntando se ele acha que o prefeito Williams e os outros políticos da câmara municipal acabariam incitando algum tipo de briga por causa da audiência a respeito do centro islâmico.

– Acho que não vai precisar – digo.

– Está bem, então. Liga pra gente se o prefeito Williams te causar mais problemas. Sua ammu e eu já tivemos mal-entendidos com ele. Sabemos como resolver – diz abbu em um tom severo.

Não sei ao certo quais os métodos de ammu e abbu para lidar com o prefeito Williams, mas posso imaginar. Minha ammu provavelmente lançaria o olhar mortal que fazia Safiyah e eu termos pesadelos quando éramos crianças, enquanto abbu provavelmente tentaria suborná-lo com mishtis.

– Pode deixar, abbu.

Saímos do carro, passamos pelas roseiras de cores vivas e pelas dezenas de outros carros emparelhados ao redor da casa do imã Abdullah e tocamos a campainha.

A porta se abre um segundo depois, e o imã Abdullah está parado na porta, o sorriso visível atrás da longa barba grisalha.

– Ah, Said. Hossain bhai. Vocês chegaram bem na hora! – diz ele, nos conduzindo para dentro.

Tiramos os sapatos e nos juntamos ao resto do grupo na sala de estar. O local foi arrumado com um tapete bem grande no chão. Há algumas cadeiras aninhadas contra a parede, mas não há sofás, nem TV. Nada que indique que estamos em uma sala de estar.

– Tivemos que tirar umas coisas do caminho para acomodar todo mundo, principalmente para a jummah – comenta o imã Abdullah quando me vê olhando em volta. – Acho que vocês são os últimos que eu estava esperando. Um dos benefícios de liderar a oração da minha sala de estar. Posso esperar quem eu quiser, sem horários definidos.

Ele abre um sorrisinho para mim antes de ir para a frente da sala.

Abbu e eu nos sentamos no tapete, lado a lado, perto de um tio e seus dois filhos, que reconheço. Damos os salams, mas não conseguimos dizer muito mais antes de o imã Abdullah começar o khutbah.

Ele começa em árabe, a sonoridade das palavras familiar aos meus ouvidos, embora não entenda nada. Imagino que vou cair no sono, mas de alguma forma me pego ouvindo com muita atenção. Alguma coisa no jeito que o imã Abdullah fala – mesmo que em outra língua

– faz com que eu fique concentrado. Chama atenção, mas não de um jeito ruim. É quase convidativo.

Por fim, ele começa a traduzir.

– Como todos na cidade sabem, recentemente nossa comunidade enfrentou uma grande adversidade. Nosso centro islâmico pegou fogo em um trágico acidente. Ao refletir sobre o acidente, me lembrei de uma época em que Nova Crosshaven não tinha centro islâmico algum. Sim, houve um tempo em que a cidade não tinha um centro islâmico, e a população muçulmana era escassa. Era uma época triste, e muitos se sentiam afastados da religião. Não tinham para onde ir, ninguém a quem recorrer. Tinham dificuldade em continuar com sua fé na ausência de uma comunidade. Questionaram o islamismo, se era a religião certa para eles. Tinham dificuldade de orar, de jejuar, de cumprir suas obrigações como muçulmanos. Muitos diziam que se afastaram demais do islamismo, mas não acredito nisso. Alá é o mais gracioso de todos e entende nossas dificuldades. E ele espera para receber cada um de nós assim que estivermos prontos.

Olho para o imã Abdullah, me perguntando como ele conseguiu preparar um khutbah que parecia ter sido feito sob medida para mim. Como parecia que ele tinha olhado bem no fundo da minha alma e visto exatamente os pensamentos e os conflitos que estão acontecendo dentro de mim neste exato momento. Mas o imã Abdullah não olha para mim. Ele sorri para todos e se levanta para iniciar a oração jummah.

Me levanto também, erguendo as mãos para as orelhas quando o imã Abdullah diz *Allahu Akbar*. De alguma maneira, meus lábios formam as palavras das orações junto com o imã Abdullah, minhas mãos e pés seguem os movimentos. É quase como se nenhum tempo tivesse se passado desde a última vez que fiz a oração jummah.

Quando viro a cabeça para terminar a oração, murmurando "assalam alaikum wa rahmatullah" baixinho, sinto como se tivesse voltado a quando era mais novo, sempre indo na mesquita com abbu, orando em jamat com meus amigos e com os pais deles, geralmente encontrando os Olatunji depois.

E percebo que senti mais saudade disso do que tinha imaginado: de estar perto de Alá, de passar tempo com meu abbu, de ir à mesquita. E talvez o imã Abdullah esteja certo; talvez eu esteja pronto para ser recebido de volta.

Verifico o relógio novamente enquanto abbu para o carro na frente da prefeitura.

— Você não está atrasado, Said — diz abbu.

— Mas faltam só cinco minutos pro começo da hora marcada pra assembleia. Leva cinco minutos só pra entrar e encontrar a sala onde está tendo a reunião — digo, minha perna balançando freneticamente.

Abbu suspira, estacionando junto à calçada. Às vezes, fico pensando em como ammu, abbu e Safiyah são o estereótipo perfeito das pessoas marrons, porque vivem atrasados, enquanto eu sou pontual em absolutamente tudo. É como se os genes do atraso tivessem pulado a minha geração.

— Tem certeza de que não quer que eu vá junto? Posso ligar para o trabalho e dizer que fiquei empacado com alguma coisa — diz abbu.

— Não precisa, eu te aviso do que acontecer — digo, já abrindo a porta do carro e saindo.

Subo os degraus da prefeitura correndo em direção à recepção.

— Oi, eu vim pra assembleia da prefeitura — digo, procurando por qualquer sinal de Tiwa.

Ela não está em nenhum lugar à vista. Espero que não esteja atrasada. Conhecendo o prefeito Williams, ele usaria isso como desculpa para convencer todo mundo de que não precisamos de um centro islâmico.

— Sim, a assembleia já começou. É no corredor à sua esquerda — diz a recepcionista, mal tirando os olhos do computador.

Ai, merda.

— Valeu! — grito, apressado, enquanto disparo pelo corredor.

É isso o que ganho por ficar enrolando depois da oração jummah para falar com o imã Abdullah e com os tios, e por deixar abbu me trazer até a prefeitura. Ele teve de parar no caminho para encher o tanque, e depois para fazer algumas coisas para ammu. O que aparentemente me atrasou de verdade.

Quando finalmente encontro a porta da sala de reuniões, giro a maçaneta silenciosamente e abro. A primeira coisa que vejo é o prefeito Williams na frente da sala, atrás de um pódio elevado. Há dois homens, um de cada lado dele, todos brancos.

Há fileiras de cadeiras vermelhas de frente para o pódio, mas poucas pessoas sentadas nelas, o que torna fácil encontrar Tiwa e Safiyah mais à frente.

Penso em me juntar a elas, mas deslizo para um dos assentos de trás para não causar nenhum tipo de interrupção.

– Já estamos nos estendendo, sr. Howard. Vamos fazer a votação. Ainda precisamos lidar com a questão do centro islâmico – diz o prefeito Williams, cortando o homem à sua direita, que decerto é o sr. Howard.

Me endireito, sentindo o alívio percorrer meu corpo.

– Tudo bem, acho que todos já apresentamos nossos argumentos muito bem – diz Howard. Todos a favor da aprovação do estatuto de sinalização de segurança no trânsito, digam sim.

Todos, menos o prefeito Williams, dizem sim, sendo ele a única oposição.

– Sendo assim, o estatuto de sinalização de segurança no trânsito foi aprovado. Entrará em vigor assim que resolvermos toda a papelada – diz o sr. Howard. – Vamos fazer uma pausa de cinco minutos, então voltamos para tratar da questão do centro islâmico.

A maioria das pessoas sai da sala quase no mesmo instante, mas Tiwa e Safiyah se levantam, se abraçando com força, como se tivessem ganhado na loteria ou algo do tipo. Dado o histórico delas, deveria ter percebido que não tinham chegado cedo apenas para a reunião sobre o centro islâmico.

Só agora entendo o que está acontecendo. Ainda me lembro do dia em que ammu me ligou para contar o que havia acontecido.

O atropelamento seguido de fuga. O sinal de trânsito que poderia estar lá para evitar que isso acontecesse. Timi.

Esse estatuto deve ser por causa dele. Deve ter sido coisa de Tiwa. Eu me levanto e me aproximo delas.

– E aí?

– Oi, Said – diz Safiyah, se afastando de Tiwa. Os olhos de minha irmã estão marejados, como se estivesse segurando as lágrimas, e os de Tiwa estão vermelhos, como se estivesse chorando. Mas também está sorrindo, então imagino que seja um choro no bom sentido. De comemoração. – É claro que você chegaria aqui em cima da hora.

– E aí? – diz Tiwa, a voz estranhamente baixa.

– Tá, eu tenho que ir. Já estou atrasada para o meu encontro com Ishra, e existem dois tipos de atraso: se for pouco tempo, dá pra chegar chegando, o que é fofo; mas se for muito, é do tipo eu-nunca-mais--vou-num-encontro-com-você, então vou indo – diz Safiyah. – Boa sorte e me avisa de tudo o que acontecer.

Ela lança um olhar cheio de significado para Tiwa antes de sair correndo da sala.

Tiwa e eu nos sentamos lado a lado, o silêncio pairando sobre nós por um instante. Tenho certeza de que Tiwa está pensando em Timi. *Eu* estou pensando nele, e tudo o que fiz foi pegar o fim da reunião.

– Foi uma coisa boa – comento, quebrando o silêncio, por fim.

Tiwa se vira para mim com um olhar questionador.

– O quê?

– Todo mundo discordar do prefeito Williams – digo. – Talvez discordem dele de novo. Claramente, ele não é o sr. Popular por aqui.

– Talvez, mas nenhum dos membros do comitê da prefeitura é muçulmano. Acho que eles não vão entender – diz Tiwa, com os olhos baixos.

– Eles não precisam *entender*, mas têm que nos ouvir, né? Tanta gente assinou nossa petição, não podem só ignorar todo mundo. Eles supostamente nos representam, e também nossas vozes, então… precisam nos ouvir.

Tiwa assente, embora não haja nem um pingo de confiança no

gesto. Abro a boca para dizer algo mais tranquilizador, mas na mesma hora as portas se abrem e os membros do comitê voltam, junto com o prefeito Williams e um pequeno grupo de outras pessoas da cidade – muitos rostos que reconheço, alguns de quando estava coletando assinaturas, outros de dawats, e muitos de outras festas do Eid ao longo dos anos em que participei. Encontro até o imã Abdullah entrando pelos fundos, ainda usando o panjabi da oração jummah.

– Agora, vamos começar – diz o prefeito Williams assim que se senta no pódio mais uma vez.

Os olhos dele pousam em mim e em Tiwa por alguns segundos, e ele franze o cenho antes de desviar o olhar. Claramente não está muito feliz por estar realizando esta assembleia.

– Foi apresentada uma moção para a reconstrução do centro islâmico, que sofreu um incêndio recentemente. Alguns cidadãos apresentaram um abaixo-assinado... – Com isso, o prefeito Williams ergue o documento e passa cópias aos membros da câmara municipal. – E o abaixo-assinado atingiu a quantidade necessária de assinaturas.

Mais do que a quantidade necessária, quero dizer, mas me mantenho calado. Tenho certeza de que ninguém aceitaria muito bem se eu corrigisse o prefeito em um fórum público como este.

– A questão é que revisei o abaixo-assinado e também dei uma olhada no censo mais recente de nossa cidade. A população de cidadãos muçulmanos simplesmente não justifica a reconstrução do centro islâmico. Sinceramente, é um milagre o fato de termos tido um – diz o prefeito Williams com uma risadinha.

Ao meu lado, Tiwa semicerra os olhos, mostrando um olhar tão intenso que fico surpreso pelo prefeito Williams não cair morto ali mesmo.

– Andei falado com uma construtora que está disposta a nos oferecer um acordo fantástico para demolir o que restou do centro islâmico e, no lugar, construir um condomínio de apartamentos. Estão disponíveis para começar na próxima semana. Esses apartamentos vão servir a população da cidade muito melhor do que o centro islâmico conseguiria, porque serve a população inteira *igualmente* – conclui o prefeito Williams.

203

Ele está sorrindo de orelha a orelha, como se estivesse orgulhoso de seu discurso ridículo.

– Imagino que o problema seja... onde os cidadãos muçulmanos de Nova Crosshaven vão orar e se reunir? – pergunta o sr. Howard, um dos membros do painel.

– Bom, a resposta é simples: no centro comunitário Walker. Ele deve servir a toda a comunidade indiscriminadamente. Nossos cidadãos muçulmanos podem reservar quando for necessário, assim como os cristãos, judeus, hindus... e todos os outros. É um espaço compartilhado que deve ser usado exatamente dessa maneira – diz o prefeito Williams.

O sr. Howard assente, como se o argumento fosse, de alguma forma, aceitável.

– Alguma outra pergunta? – diz o prefeito Williams.

Olho ao redor e vejo a mão erguida do imã Abdullah. O prefeito Williams também o vê, e o rosto forma uma leve careta.

– Me desculpe, senhor...? – começa a dizer o prefeito Williams.

– Abdullah – completa o imã Abdullah.

Williams assente.

– Sr. Abdullah, não acredito que o seu nome esteja na lista de oradores pré-aprovados da assembleia.

Claro que ele não está na lista de pré-aprovados; ninguém está. O prefeito Williams garantiu que não houvesse tempo para isso – não que ele fosse nos avisar, de qualquer forma.

– Fiquei sabendo sobre essa assembleia ontem, como poderia entrar na lista de pré-aprovados? – diz o imã Abdullah, soando estranhamente irritado.

Em todos os anos desde que nossa família começou a frequentar a mesquita, acho que nunca vi o imã Abdullah bravo.

– Sinto muito, sr. Abdullah, mas regras são regras. Alguém que está na lista, além dos proponentes da petição, tem alguma última palavra ou pergunta? – Quando ninguém diz nada, o prefeito Williams sorri e continua: – Se não, vamos votar. Todos que são a favor da demolição do centro islâmico e da construção dos apartamentos no local, digam sim.

Ao meu lado, os ombros de Tiwa se tensionam. Até eu sinto minha garganta secar.

Eles mal apresentaram o caso. Mal olharam o abaixo-assinado.

O prefeito Williams e todos os colegas dizem que sim.

– E aqueles que são a favor da reconstrução do centro islâmico, digam sim... – Williams abre um sorriso que parece quase triunfante, já que nenhuma mão se levanta.

A decisão é unânime: o centro islâmico será demolido.

Um murmúrio de dissidência se espalha pela sala, mas é rapidamente encerrado pelo prefeito Williams, que bate um martelo na mesa, calando as reclamações.

Tudo parece desacelerar, e meu peito dói. Todo aquele trabalho. O abaixo-assinado, todos os meus esboços, nosso plano para o mural... para não dar em nada. Em um piscar de olhos, em uma reunião que mal durou quinze minutos, esses homens que não entendem nada sobre a nossa religião tiraram nosso espaço seguro. Nossa comunidade.

– Você está bem? – pergunta Tiwa.

De alguma forma, ela parece menos abalada do que eu.

– Eu só... não consigo acreditar – digo. – Eu realmente achei que... eles fossem ouvir. Quer dizer, a gente conseguiu tantas assinaturas. Até mais do que o necessário para o abaixo-assinado. E o mural? Era uma ideia muito boa.

– Eu sei – diz Tiwa, com um suspiro. Ela se recosta na cadeira, parecendo mais cansada do que nunca. – Nós tentamos, Said. Pelo menos ninguém pode dizer que não tentamos. E pelo menos ainda vai ter a festa do Eid. Isso já é alguma coisa, né?

– Acho que sim. O imã Abdullah vai ter que conduzir as orações da sala de estar da casa dele pra sempre agora – digo, pensando no espaço minúsculo. – Como ele vai receber os convidados quando não for a hora da oração? Ele não tem mais uma sala.

– E as mulheres vão ter que achar outro lugar pra orar. Acho que a sala do imã Abdullah não é grande o bastante pra todas nós – diz Tiwa.

– E o que a gente vai fazer na oração do Eid? – pergunto.

– Talvez a gente devesse usar a casa do prefeito Williams pra isso.

– Aí ele reconsideraria.

Tiwa dá uma risadinha, mas não há alegria nenhuma nisso.

– É, talvez sim.

– Com licença? – Olho para cima e encontro a mulher da recepção olhando para mim e Tiwa com uma expressão especialmente irritada no rosto. – As reuniões do dia acabaram, e agora vamos fechar o espaço, então...

Ela faz um gesto, como se estivesse nos enxotando.

– Já estamos indo embora, Donna, não se preocupe. – Tiwa revira os olhos.

Saímos da sala de reuniões e atravessamos os corredores da prefeitura. Ainda estou com dificuldade de acreditar que vamos mesmo perder o centro islâmico.

– Então... acho que você pode parar de trabalhar no mural – diz Tiwa quando chegamos na entrada do prédio. Ela está olhando para o chão, não para mim. – Quer dizer, a gente não vai mais precisar dele.

– Pois é – murmuro.

Estou começando a perceber que o fim do centro islâmico significa que Tiwa e eu não temos mais que trabalhar juntos. No comecinho do verão, esse pensamento teria me enchido de alegria. Mas agora ele abre um buraco na boca do meu estômago.

– Ei, quer jantar ou algo do tipo? – pergunto para ela.

Tiwa se vira para mim com uma expressão questionadora, e percebo o que deve ter parecido. O sangue corre para o meu rosto, e no mesmo instante tento me explicar. – Quer dizer, a Safiyah vive falando daquele restaurante novo de lámen, e fiquei as férias todas querendo ir experimentar. Mas aquele lance do mural estava me deixando ocupado, e aí minha mãe sempre me faz ficar correndo por aí, e não almocei porque fui na oração jummah com...

– Tudo bem – Tiwa interrompe minha linha de raciocínio desconexa. Ela olha para mim com um quase sorriso nos lábios.

Sustento seu olhar por tempo demais. Então, digo:

– Tudo bem. Vamos lá, então.

20

MODOS À MESA
SAID

O restaurante de lámen fica a poucos minutos a pé da prefeitura.

– Parece que está bem cheio – comenta Tiwa quando entramos pela porta coberta de caracteres japoneses coloridos.

É um restaurante pequeno, com iluminação suave e um J-pop calmo tocando ao fundo. Na parte de trás, há uma miniatura de fonte, o que significa que a música é acompanhada de um leve barulho de água corrente.

Tiwa está certa; o restaurante está cheio, embora não dê para perceber à primeira vista. As pessoas não conversam alto, e não há o barulho de talheres tilintando. É tranquilo e agradável.

– Estamos só em dois, tenho certeza de que vão conseguir encaixar a gente em algum lugar – digo, me aproximando do recepcionista.

– Mesa pra dois? – pergunta ele. O homem de terno preto elegante sorri.

– Isso – respondo.

Ele assente, pega dois cardápios do balcão e indica com a cabeça para o seguirmos. Tiwa e eu caminhamos atrás dele conforme ele atravessa o restaurante. Olho ao redor, para as cabines isoladas separadas por divisórias. Para os casais de mãos dadas, sorrindo um para o outro por cima de suas tigelas de lámen. Não posso deixar de notar que não há grupos maiores do que de duas pessoas no restaurante inteiro.

Uma sensação estranha toma conta do meu estômago. Safiyah ficou me recomendando um restaurante para casais esse tempo todo?

– Podem se sentar – diz o recepcionista, parando em uma mesa bem no fundo do restaurante.

– Ééé, obrigado – digo.

Tiwa e eu deslizamos em nossos assentos, um de frente para o outro, e o recepcionista nos entrega os cardápios. Ele coloca uma vela aromática no castiçal de vidro no meio da mesa, e o cheiro de baunilha preenche nosso cantinho do restaurante. Tento com muita força ignorar a rosa solitária entre nós, em um vaso na mesa, e decido abrir o cardápio. Finjo que estou lendo quando, na verdade, estou tentando esconder o fato de meu rosto estar vermelho de vergonha disso tudo. Eu vou matar Safiyah quando encontrá-la.

Tiwa também pega o cardápio, e nós dois o folheamos em silêncio, enquanto os sons ambiente do restaurante continuam ao nosso redor. À distância, porém, ouço uma voz familiar. Inclino a cadeira para trás, espiando para além da divisória, e quase caio no chão quando vejo minha irmã.

– Você está bem? – pergunta Tiwa quando agarro a mesa, tentando recuperar o equilíbrio.

– Estou – digo, sem saber se devo avisar que Safiyah também está aqui.

Decido que não. Definitivamente, não precisamos da minha irmã para tornar as coisas ainda mais desconcertantes. Então, voltamos a ficar em silêncio.

– Hã, gostei do seu corte de cabelo novo – diz Tiwa, quebrando o silêncio após alguns minutos.

– Achei que, com o Eid chegando, seria bom. Estava ficando meio bagunçado – digo, sem mencionar que ammu praticamente me forçou a cortar o cabelo.

– Bom, ficou legal – diz Tiwa.

Ela está olhando para mim com expectativa, e sinto que deveria elogiar algo nela também. Analiso-a com atenção, tentando e falhando em evitar olhar para seu rosto. Talvez eu devesse elogiar o cabelo dela? Mas está do jeito de sempre… Eu elogiaria a camiseta, mas ela está usando as cores mórbidas e lisas de sempre. Talvez ela pensasse que eu estou zoando com ela, sendo que definitivamente não estou.

Ela ainda está olhando para mim, e percebo que passei tempo demais olhando para ela em silêncio.

– Gostei da sua postura – deixo escapar, em pânico. – Ela é… boa, reta. Sem corcundas.

Tiwa dá uma risada com isso.

– Obrigada, eu acho…

Antes que eu possa dizer qualquer outra coisa ridícula, o garçom chega para anotar nossos pedidos. Sinto uma onda de alívio. Pelo menos nada pode dar errado quando fazemos nossos pedidos. Ou pelo menos é o que eu acho. Mas, no minuto seguinte, nosso garçom oferece uma lista de itens específicos para casais.

– Temos uma série de pratos perfeitos para compartilhar. Nosso mais famoso seria o sushi em formato de coração, feito com arroz e salmão. O especial do nosso chef é a tigela de lámen para dividir entre duas pessoas – diz o garçom, olhando de mim para ela com um olhar astuto.

Não sei para onde olhar: se para o garçom, que continua tagarelando sobre os diferentes itens do cardápio para casais; ou se para Tiwa, que está analisando o menu como se fosse a coisa mais interessante que já leu em toda a sua vida. Só sei que preciso acabar com essa loucura.

– Vou querer um lámen de frango – digo, interrompendo o garçom. – Individual – acrescento rapidamente, caso ele tenha entendido errado.

– E eu quero um lámen de camarão, também individual – diz Tiwa, seguindo meu exemplo.

– Tudo bem… – diz o garçom, anotando nossos pedidos no tablet. Ele parece um pouco decepcionado por não termos escolhido nenhum dos pratos que sugeriu. – Vou trazer os morangos com chocolate de cortesia para compartilhar em um minutinho e…

– Não, obrigado! – interrompo.

O garçom pisca para mim.

– Senhor?

– Eu sou alérgico a morangos, então não vai ser necessário – digo.

– Bom, nós também temos uma opção alternativa. Marshmallows mergulhados no chocolate? – diz o garçom, olhando de mim para Tiwa como se esperasse que ela tivesse uma reação mais sensata.

– Marshmallows não são halal, então vamos ter que recusar esse também – diz Tiwa.

O garçom assente.

– Vou só retirar seus cardápios, então.

Ele estende a mão, e Tiwa lhe passa o cardápio. Porém, eu agarro o meu. Como vamos passar o jantar inteiro sem nos esconder atrás dos cardápios?

– Talvez eu queira sobremesa – insisto. – Vou ficar com ele.

– As sobremesas ficam em um cardápio diferente, senhor, devo insistir… – diz o garçom, dando um jeito de arrancar o cardápio das minhas mãos.

Olho para ele de maneira saudosa enquanto o garçom sai com os dois cardápios.

– Eu não sabia que você era alérgico a morango – diz Tiwa quando me viro para ela.

– Na verdade, eu não sou…

Tiwa ergue uma sobrancelha, e sinto o calor se espalhar pelas minhas faces.

– Então por que você disse que era?

– Não sei, ele estava falando tanto, aí eu entrei em pânico – explico.

Tiwa sorri, e tento ignorar como o gesto faz meu coração parar por um segundo. A luz da vela tremula entre nós, lançando um brilho dourado na pele de Tiwa. Sei que deveria dizer alguma coisa para quebrar o silêncio entre nós, até porque estamos olhando um para o outro por tempo demais, mas minha boca está seca, e meu estômago, se revirando.

Vir a este restaurante foi definitivamente uma ideia terrível. Olho para o rosto de Tiwa e vejo como estamos próximos. Ou talvez essa tenha sido a melhor ideia de todas.

Então, o garçom volta, carregando uma tigela de lámen em cada mão, e fico aliviado pela rapidez do serviço.

Ele coloca uma na minha frente e a outra na frente de Tiwa.

– Me chamem se precisarem de mais alguma coisa – diz ele antes de sair.

Tiwa e eu começamos a comer imediatamente.

– O lámen está uma delícia – disse Tiwa depois do primeiro bocado. – A recomendação de Safiyah foi boa mesmo.

– Você achou que não seria? – quero saber.

– Bom, o gosto de Safiyah às vezes é meio esquisito. Lembra aquela vez em que ela falou pra gente ir naquela sorveteria na praça da cidade? E disse pra experimentar o sorvete de mostarda?

Torço o nariz ao me lembrar.

– Parece que ainda dá pra sentir o gosto.

– Mas nesse aqui vamos ter que dar os devidos créditos a ela – diz Tiwa.

– Acho que ela pesquisou mais sobre esse do que sobre o sorvete de mostarda – comento. Quando Tiwa me lança um olhar questionador, me inclino para a frente e sussurro: – Safiyah está aqui.

– Agora? – pergunta Tiwa.

Assinto.

– Acho que do outro lado da divisória.

Ficamos em silêncio novamente, mas não por causa de qualquer constrangimento. É porque Tiwa está inclinada para a esquerda, tentando ouvir a voz de Safiyah do outro lado da divisória. Seus olhos se arregalam quando ouve a risada de Safiyah, seguida pela voz de Ishra murmurando algo indecifrável.

– Ela está no encontro com Ishra? – diz Tiwa em um sussurro alto, os olhos arregalados.

– *Por isso* a recomendação dela é boa dessa vez. Tenho quase certeza de que ela assustaria Ishra com as recomendações *de sempre* dela.

– Também acho. Ela não podia arriscar ter um incidente com sorvete de mostarda no encontro. Eu mesma ainda não perdoei ela por isso.

– Você acha que Safiyah vai convidar ela pra festa do Eid na nossa casa esse ano? – pergunto.

– Espero que sim – diz Tiwa, dando um suspiro. – E talvez ela possa até convidá-la pra ajudar minha mãe e eu com toda a preparação pra festa no centro Walker, já que ela trabalha lá. A gente vai precisar do máximo de ajuda possível.

– É, né, porque a gente sabe que pra Safiyah ajudar significa ficar sentada mandando nos outros – digo, revirando os olhos. – Mas eu posso ajudar, viu, se você quiser.

Olho para minha tigela de lámen pela metade em vez de olhar para Tiwa quando me ofereço. Tenho medo de ela recusar minha ajuda. Porque e se esse verão foi só uma obra do acaso e, agora que não vamos mais trabalhar juntos no mural, as coisas acabarem voltando a ser como eram antes?

– Minha mãe ia amar – diz Tiwa. – Desde que você passou lá em casa aquele dia pra pegar Laddoo, ela não para de perguntar quando você vai voltar pra visitar a gente.

– Eu posso ir lá ajudar com o que precisar. E posso levar Laddoo de volta pra você também.

– Contanto que ele não coma toda a comida do Eid – diz Tiwa, com severidade.

– Vou ter que falar com ele sobre isso – respondo. – Já está na hora de ele aprender a ter modos à mesa.

– Pra sua informação, Laddoo tem muitos modos à mesa. Eu mesma treinei ele – responde Tiwa.

– Tá explicado – murmuro, e em resposta ela joga um macarrão em mim.

O macarrão fica pendurado na minha cabeça, diante do meu rosto, e fico em estado de choque.

Tiwa explode em uma risada com isso, e ergo uma sobrancelha.

– Você acha isso engraçado?

– Eu acho hilário – ela responde, comendo o lámen de camarão com um enorme sorriso no rosto.

– É bom você dormir com um olho aberto, Tiwa – digo, tirando o macarrão da cabeça.

Ela ainda está rindo de mim, e não posso deixar de sorrir de volta para ela. Há uma mudança notável entre nós, e me sinto mais leve agora do que me senti o verão inteiro.

De alguma forma, mesmo com a rosa, com a vela e com Safiyah em um encontro do outro lado da divisória, o constrangimento entre nós desaparece. É quase como se fôssemos amigos. Do jeito que éramos antes.

21

EMBRULHO NO ESTÔMAGO

Tiwa

– Que tal esse? – pergunta minha mãe, segurando um macacão amarelo-canário brilhante.

Tento não fazer careta com a sugestão.

– Que dia eu usei amarelo? – pergunto de maneira retórica, porque nós duas sabemos a resposta.

Minha mãe revira os olhos.

– Tiwa, é o Eid, não um funeral. Você não pode usar preto em todas as ocasiões, muito menos em datas comemorativas e principalmente quando somos nós que estamos organizando. Queremos que nossos convidados sintam a energia calorosa e animada dos Olatunji! – declara minha mãe, segurando a abominação amarela na minha direção como que para provar seu argumento. – Só experimenta, nunca se sabe. Você pode acabar gostando.

Olho para o macacão com cautela. Parece uma versão minúscula e disforme do sol, e quando relutantemente pego o cabide em que ele está pendurado, me sinto como Ícaro.

Minha mãe sorri, mas o gesto não se reflete em seus olhos.

– Por favor, experimenta por mim? A gente sempre pode escolher outra coisa se esse não der certo – diz ela.

Solto um suspiro e murmuro um *tá*. Não é como se usar amarelo fosse me matar. Além disso, sei que o motivo para minha mãe estar sendo insistente a respeito disso é o nervosismo. Ela sabe que algumas das tias da comunidade a desprezam, não só por ser mãe solteira, mas também por não se parecer com elas, e ela acha que, de alguma forma, esta festa do Eid pode mudar a opinião delas a nosso respeito.

Não tenho certeza de que me importo com o que pensam.

Minha mãe pega a lista de compras e assente.

– Certo, o próximo item da lista: precisamos pegar uma cesta para os presentes de paaro secreto e também as toalhas de mesa, os descartáveis e as decorações. Algumas crianças queridas da vizinhança se ofereceram como voluntárias para organizar, e precisariam começar a fazer isso no centro Walker hoje à noite. Não acredito que só faltam três dias… – diz minha mãe enquanto passamos da seção de roupas da loja para a de casa, cozinha e ferramentas.

– Saf e Said se ofereceram pra ajudar também – digo.

Ela empurra o carrinho de compras até a estante com pratos de papelão e talheres.

– Que maravilha, vocês têm sido tão prestativos com tudo… ah, quase esqueci que ainda preciso comprar o presente de paaro secreto pra tia Tope. É tão difícil comprar coisas pra ela. Aquela mulher não gosta de nada.

Isso me lembra de que preciso comprar meu presente de paaro secreto para a mãe de Safiyah antes do Eid.

Talvez ela curta alguma coisa de cozinha. Olho ao redor da seção, procurando algo que possa ser um presente para ela, mas em vez disso meus olhos se concentram na prateleira de materiais de arte. Especificamente no conjunto de pincéis de madeira esculpida.

Olho para minha mãe, que está preocupada em contar os talheres descartáveis, e vou em direção aos pincéis.

Os pincéis têm cabos em diferentes tons de roxo e azul-petróleo, todos de alturas diferentes e servem para finalidades diferentes, imagino eu. Não sei muito sobre as diferenças entre um pincel chato e um mais grosso, mas já vi Said usar de tudo em algum momento.

Algo me diz que ele adoraria esse conjunto – ainda mais por causa das cores.

Seria trapaça dar dois presentes de paaro secreto? Provavelmente, mas acho que não há nada de inerentemente errado nisso.

– Tiwa – ouço minha mãe gritar atrás de mim. Dou meia-volta, e ela está segurando uma concha de cozinha azul em formato de dinossauro. – Você acha que a tia Tope vai gostar disso?

– Não sei – digo, sem saber por que minha mãe acha que eu sou uma especialista no que a tia Tope gosta.

– Acho que ela vai gostar, e, se não gostar, vou fazer o quê? Não tenho tempo para o wahala dela. – Minha mãe murmura a última parte baixinho.

Parece que o universo está zoando com a cara dela por ter tirado a tia Tope no paaro secreto, já que as duas mal conseguem tolerar a presença uma da outra.

Encaro o lugar onde minha mãe pegou a concha. Parece ser uma prateleira toda dedicada a utensílios de cozinha em formato de dinossauro, o que é bem específico, mas também muito cativante. Sinto um peso no peito quando penso no por que de isso ser cativante para começo de conversa.

– Timi teria amado isso – diz minha mãe, segurando um pano de prato com um padrão feito de pequenos velocirraptores espalhados.

– Teria mesmo – concordo, assentindo.

O quarto de Timi era cheio de decorações de dinossauro. Pôsteres de fósseis, miniaturas e o *T. rex* de pelúcia sem o qual ele nunca ia a lugar algum.

Quando Timi morreu, minha mãe não suportou a ideia de jogar tudo fora, mas também não aguentava ficar com aquilo. Então as coisas dele ficam entocadas no sótão do meu pai, em Londres. Esperando pelo dia em que minha mãe estará pronta para reconhecer a coisa terrível que aconteceu, que destruiu nossa família e acabou com o nosso mundo para sempre.

Estou até surpresa por minha mãe ter falado dele agora. Timi é um assunto proibido em casa. Ela não sabe o que está acontecendo com a minha petição pela aprovação do estatuto, nem que ele finalmente foi aprovado pela prefeitura, e, se sabe, não fui eu quem contou para ela e nunca conversamos a respeito. Para ser sincera, também não gosto muito de falar sobre Timi. Traz apenas lembranças que preferiria esquecer. Não posso trazê-lo de volta, mas pelo menos com esse estatuto sinto que estou fazendo algo de bom.

– Timi sempre amou essa época do ano, lembra? Principalmente o paaro secreto. Ele sempre fazia aqueles vale-presentes caseiros pra trocar por um abraço ou uma massagem grátis. Era uma graça – digo, baixinho.

Me sinto quase desesperada para falar sobre isso, falar sobre ele, agora que minha mãe abriu essa brecha tão rara.

Minha mãe não diz nada em resposta, apenas balança a cabeça em silêncio, os olhos marejados e distantes.

Depois de alguns momentos de silêncio, ela finalmente desvia os olhos dos dinossauros, abre um sorriso e diz:

– Vamos lá. Ainda temos muitas coisas pra riscar dessa lista hoje.

Sinto um embrulho no estômago, mas assinto mesmo assim.

Ela ainda não está pronta para falar sobre o que aconteceu dois anos atrás; dá para ver que ela ainda se culpa por tudo. Se culpa por ter deixado ele ir jogar futebol com o amigo na frente de casa. Por não ter falado para ele tomar mais cuidado. Por não ter ouvido os primeiros gritos assim que o motorista desviou para a calçada.

Por não ter tido poder o bastante para voltar no tempo e impedir que tudo isso sequer acontecesse.

Não foi culpa de ninguém além do motorista, e ainda assim minha mãe não se perdoa. Espero que algum dia ela consiga.

– Claro, eu te alcanço. Vou só pegar um presente para o meu paaro secreto – digo.

Minha mãe assente e empurra o carrinho sem dizer mais nada.

O peso de antes não diminui, nem se desloca, nem vai embora. Ele teima em permanecer parado, tornando um pouco difícil respirar.

Me pergunto se talvez o peso tenha estado aqui esse tempo todo, mas só percebi agora que minha mãe falou de Timi... talvez sim.

Pego um lindo avental florido para a tia e depois olho para os pincéis na minha mão. Coloco os dois na minha cesta.

O PRIMEIRO EID DE SAID E TIWA SOZINHOS

DOIS ANOS ATRÁS

Foi o pior dos tempos. Foi o pior dos tempos.

Nem mesmo o próprio Dickens poderia ter escrito uma série de eventos tão devastadora, nem ninguém poderia ter previsto o que aconteceria ao longo de um ano.

Todos tinham ouvido falar da tragédia infeliz que aconteceu na família Olatunji naquele verão. O luto se espalhou como um incêndio pela cidade de Nova Crosshaven e para além dela conforme a notícia do acidente e do falecimento de Timi se espalhava.

Estava claro que nada mais seria como antes.

O som estridente do telefone da sala soa pela enésima vez, e Tiwa decide que já chega.

– Para com isso – diz Tiwa para o telefone tocando.

Quando isso não funciona, ela joga uma das almofadas do sofá no aparelho inanimado. Ele cai no chão com um estrondo, puxando junto o fio que o liga à parede. O barulho finalmente para.

– Bem melhor – murmura ela, e então volta para a posição fetal em que ficou no sofá a manhã toda.

Está assim desde o *acontecimento* há duas semanas. As ligações incessantes têm sido intermináveis, membros da família e amigos tentando constantemente saber como estão.

Ela acha que a situação só vai piorar com a festa do Eid, mais tarde.

Ao longe, ela consegue distinguir o som familiar da mãe gritando com o pai sobre como ele é inútil, e o pai dela gritando de volta sobre como está infeliz.

O som do telefone agora foi substituído pela briga deles.

Tiwa enterra a cabeça nas almofadas do sofá. Não é como se pudesse jogar uma almofada nos pais para fazê-los parar também. Com base nas experiências anteriores, com o tempo vão se cansar de ficar gritando um com o outro e, em vez disso, vão voltar a passar pelo luto em silêncio, sem se falar e sem olhar um para o outro. A casa em breve voltará a mergulhar no silêncio, mas ele nunca dura; em algum momento, a tensão vai aumentar e preencher a casa inteira mais uma vez.

Ela não tem certeza do que odeia mais: o barulho ou o silêncio completo.

De repente, a casa fica quieta, e Tiwa espera que a discussão finalmente tenha acabado. Mas em vez do silêncio habitual que espera depois dessas brigas, ouve o som da porta se abrindo e de passos descendo a escada.

– Tiwa, querida, você precisa se levantar e começar a se arrumar. A gente precisa chegar no centro islâmico em uma hora para a festa do Eid dos Khan. – Ouve a mãe dizer de algum lugar no cômodo.

Tiwa se desenterra, se virando para olhar para ela. A mãe está na frente dela, completamente vestida com suas roupas do Eid, os braços cruzados, o rosto pálido e a aparência cansada.

– Já vou – murmura Tiwa.

– Ótimo, e vai logo, a gente já está atrasado por causa do seu pai. Ele fica insistindo que precisa levar mais arroz sendo que a gente sabe que vai ter arroz o bastante na festa – diz a mãe, revirando os olhos, e então sai da sala murmurando para si mesma sobre como tudo isso é inútil.

Tiwa não sabe dizer se a mãe está falando do arroz ou do pai.

Levantar parece impossível, ir até o quarto dela ainda mais. Seus ossos parecem feitos de chumbo, e a cabeça parece pesada demais para o corpo conseguir sustentar. Ela se sente uma parte do sofá agora. De couro, velha, desgastada e incapaz de se mover.

Tiwa se pergunta se essa é a sensação de estar morta. Incapaz de sentir qualquer coisa, de fazer qualquer coisa. Mas sabe que não está morta. Timi está. Ele é quem não está mais aqui.

Ele se foi, enquanto ela e a família estão presas nesta realidade distorcida.

Tiwa fecha os olhos, sussurrando uma oração, e pede que Alá dê forças para todos eles.

Tiwa consegue ouvir a risada e a alegria jorrando do centro islâmico mesmo antes de chegar à porta da frente. Os gritos alegres de "Eid Mubarak" preenchem o ambiente.

Ela e os pais atravessam a entrada, observando as celebrações do canto da sala. A princípio, ninguém percebe que uma nova família se juntou a eles. Isso até uma das tias mais próximas se virar, os olhos se arregalando ao reconhecê-los. Devagar, mais e mais pessoas se viram na direção deles. As risadas cessam. A alegria chega ao fim. Os gritos de "Eid Mubarak" desaparecem no ar, deixando para trás um vazio que Tiwa não sabe como preencher.

– Tiwa! – A voz estridente de Safiyah ressoa na multidão.

Tiwa olha ao redor até encontrar o rosto familiar passando entre tias e tios e correndo na direção dela.

– Oi, tia e tio – diz Safiyah, parando na frente deles. – Eid Mubarak!

Ela joga os braços ao redor de Tiwa, e é o primeiro momento de conforto que Tiwa sente em muito tempo.

– Oi, querida, Eid Mubarak – diz a mãe de Tiwa, sorrindo para Safiyah. – Espero que você e sua família estejam bem. A sua mãe...?

Antes que ela tenha a chance de terminar a pergunta, uma das tias se aproxima deles com um sorriso tenso.

– Eid Mubarak – diz ela. – Fiquei sabendo do que aconteceu. Sinto muito pela sua perda.

O rosto da mãe de Tiwa murcha.

– Eid Mubarak, Amina – ela murmura.

A tia Amina coloca a mão no coração, uma expressão exagerada de pesar no rosto.

– É horrível perder um filho, ainda mais um menino. A comunidade inteira sente a sua perda. Mas lembre-se de que pelo menos ele se foi durante o mês sagrado do Ramadã. Alá vai cuidar dele, então não precisa se preocupar.

Todos mostram expressões idênticas de descrença. O rosto da mãe de Tiwa muda de abatido para bravo, seu maxilar retesado, e os olhos semicerrados.

Safiyah lança um olhar para Tiwa e percebe como a amiga parece estar enjoada. Safiyah se vira para a tia Amina com um sorriso forçado.

– Tia Amina, perder *qualquer* filho é horrível, e é claro que Alá vai cuidar dele, assim como vai cuidar de todos nós, mas isso não muda o quanto a perda é devastadora – diz Safiyah.

A tia Amina parece chocada e horrorizada pelas palavras de Safiyah. Sua boca se abre para dar uma resposta, mas a mãe de Tiwa a interrompe.

– Vou lá fora tomar um ar – murmura.

Ela dá meia-volta e sai a passos rápidos. O pai de Tiwa olha para trás por um segundo antes de também sair pela porta.

A tia Amina balança a cabeça com desgosto e depois se vira para o grupo de tias, sem dúvidas a fim de relatar todo o caso. Deixando Tiwa e Safiyah para lidar com as consequências de suas palavras.

– Eu odeio aquela mulher. É por isso que todos os filhos dela se mudaram pra Europa e não falam mais com ela – diz Safiyah, olhando para a expressão e a postura abatida da melhor amiga. – Tem um biryani muito bom aqui. Vou pegar um pouco pra você.

Ela puxa Tiwa para mais um abraço antes de se afastar.

Tiwa fica parada ali por um momento, observando as tias e os tios fofocarem e as crianças correrem pelo lugar, brincando. Ela se sente uma forasteira observando.

Ela dá meia-volta e sai, caminhando para o ar quente da noite. Os pais não estão em lugar nenhum à vista; ninguém está.

Tiwa se arrasta até um banco vazio e se senta. Os sons da festa parecem distantes demais agora, como se estivessem vindo de outro mundo.

Ela pensa em Timi e no funeral, em como ainda não derramou uma única lágrima. Em como era um monstro por não chorar pelo próprio irmão.

Em como os pais têm estado ocupados demais com o próprio luto para perceber sua dor.

Em como foi deixada sozinha para juntar os cacos de sua família.

Ela se lembra dos Eids de *antes*, quando comemoravam com o resto da cidade. Eids em que não eram as ovelhas negras da cidade por conta do luto. Quando não tinham preocupações. Ou pelo menos não como têm agora.

Eids de quando Tiwa ainda falava com Said, quando eram melhores amigos.

Ela queria que ele estivesse ali agora, que ainda fossem amigos. Said saberia a coisa certa a dizer. Sempre soube.

– Te achei! Fiquei te procurando em todos os cantos – diz Safiyah, emergindo da lateral do centro islâmico com uma tigela fumegante de biryani em mãos, o salwar kameez roxo balançando com o vento enquanto ela se aproxima de Tiwa.

– Preciso ir embora – diz Tiwa, olhando para o centro Walker do outro lado da rua, onde um gato laranja muito familiar vagueia sem rumo.

– Não te culpo – diz Safiyah, se sentando ao lado dela no banco. – Eu odeio pelo menos um quarto das pessoas lá dentro. Aqui o seu biryani.

Tiwa aceita a tigela, mas nem toca na comida; anda sem apetite ultimamente.

– Acho que eu não odeio eles; só não quero ficar por perto. Não quero acabar com o clima. O Eid é pra ser uma grande celebração, e acho que estou estragando tudo pra todo mundo – comenta Tiwa.

Safiyah pega a mão dela e a aperta.

– Você não está estragando nada.

Tiwa acha difícil de acreditar. Viu como o clima da sala mudou imediatamente assim que chegaram. O luto aderiu à sua família como um perfume de aroma penetrante, deixando todos ao redor deles desconfortáveis.

Ela observa o familiar gato laranja voltar para o Walker.

– Você acha que seria uma grosseria se eu pulasse as celebrações do Eid e fosse ver a sra. Barnes na biblioteca?

Safiyah balança a cabeça.

– Eu não vou contar seu segredo a ninguém. A gente pode fazer um juramento de sangue?

– Jurar juradinho de dedinho é melhor ainda. Você sabe que, se quebrar, vai ter treze anos de azar – diz Tiwa.

– Quando foi que eu quebrei um juramento de dedinho? – pergunta Safiyah.

Safiyah *nunca* quebrou uma promessa em todos esses anos de amizade; nesse sentido, as duas eram como irmãs.

– Eu sei, só estava repassando os termos e condições – diz Tiwa.

Safiyah se endireita, estendendo o mindinho para Tiwa.

– Juro juradinho de dedinho – diz ela, sendo sincera.

Seus mindinhos se juntam, selando o acordo.

Enquanto isso, em uma terra não tão distante (também conhecida como Academia St. Francis para Rapazes, localizada no estado da Virgínia), Said está assistindo à aula preparatória para a prova de inglês, fingindo ouvir o professor, o sr. Peters, falar de Shakespeare enquanto sombreia um desenho em um cartão no qual esteve trabalhando nos últimos dias: um dinossauro em uma piscina de mishtis.

O sinal toca, e o sr. Peters grita alguma coisa sobre lição de casa, teste surpresa ou algo em que Said não consegue prestar atenção na hora. Ele só quer voltar para seu quarto e dormir. Dobra o cartão e o coloca no bolso.

– Sr. Hossain. – Ouve alguém dizer quando tenta sair da sala.

Said se volta para o sr. Peters, sem paciência.

– Está tudo bem? Você parecia distraído durante a aula – diz ele.

– Está, sim. Só estou preocupado com a minha prova de Artes de amanhã – mente Said.

O sr. Peters o observa atentamente por um instante antes de assentir.

– Tenho certeza de que você vai se sair bem. Afinal, você não ganhou o prêmio de Artes da escola no semestre passado? Eu passo pela sua obra na sala dos professores o tempo todo, e todos nós amamos, então tente não se estressar muito com isso – aconselha.

Said não tem planos de se estressar com a prova de Artes. Ele tem outras coisas na cabeça.

O garoto assente para o sr. Peters, sorrindo firmemente antes de sair correndo da sala de aula, ir para a Casa Trinity e subir até o dormitório que divide com Julian. Quando entra, fica aliviado por encontrar o quarto vazio.

Ele se lembra de Julian ter mencionado algo sobre um exercício para as provas que iria até tarde, o que significa que vai ter pelo menos o quarto e o silêncio para si por mais algumas horas.

Ele joga as coisas no chão, perto da porta, sem se importar em tirar o uniforme. Então, se deixa cair na cadeira da escrivaninha, sentindo o peso das últimas semanas se acumulando sobre ele.

Tira o cartão agora um pouco amassado do bolso e olha a mensagem que começou a escrever.

Sinto muito pela sua perda. Farei minha dua pensando em você

Tudo parece tão vazio. Ele quase não ora mais, embora tenha feito isso alguns dias depois de receber a notícia. Quando todo o resto parecia perdido, ele pensou que não faria mal tentar orar outra vez.

Said olha para a tela preta do celular. Também não faria mal simplesmente ligar para *ela*.

Mas o que ele diria? *Eu sei que o último Eid foi terrível por causa do incidente do bolo e tudo o mais, e sei que não somos amigos há anos, mas sinto muito pelo seu irmão ter morrido?*

Era pior não dizer nada ou ter de enfrentar Tiwa novamente depois de tudo?

Provavelmente a primeira opção, decide.

Com um suspiro, ele desce pela tela até um número para o qual não liga há anos. É o telefone da casa de Tiwa, já que ela não tinha celular quando ainda conversavam.

Ele fecha os olhos e aperta o botão de chamada, esperando o toque e o som inevitável da voz familiar na linha. Mas, em vez disso, escuta um som diferente.

O número que você discou está incorreto, por favor verifique e tente novamente.

Suas sobrancelhas se franzem, confusas. Ele tenta outra vez, mas obtém a mesma resposta.

O número para o qual está ligando não funciona mais. *Será que mudaram o número de telefone?*

Ele decide ligar para a mãe, porque ela com certeza saberia qual é o número deles, e também porque ainda não ligou para ela neste Eid.

– Said? – diz a mãe.

– Oi, ammu. Eid Mubarak.

– Eid Mubarak, shona – diz ela. – Como andam as provas? Estamos morrendo de saudade de você. Seu abbu fez um cachecol pra você e mandou pelo correio. Não esquece de ver se chegou.

– Ele *fez* um cachecol pra mim? – pergunta Said. Ele não consegue se lembrar do pai fazendo qualquer coisa.

– Fez, eu não te disse? Ele decidiu começar a tricotar durante o Ramadã. Ficou tricotando e lendo o Alcorão. Você conhece seu abbu, vive escolhendo hobbies aleatórios – diz a mãe de Said.

– Ah, sim. Vou dar uma olhada nas correspondências mais tarde – diz Said. – Mas… posso te pedir uma coisa?

– Diga.

– Eu queria ligar para os Olatunji, mas não tenho mais o número deles. Pode mandar pra mim? – pede Said, hesitante.

– É claro – diz sua mãe, a voz suave. – Estou orando por eles todos os dias nesse Ramadã.

– Eu também – diz Said. – Obrigado, mãe. Vou ligar agora, falo com você mais tarde.

– Não esquece de acender o incenso que a gente mandou. Vai fazer seu dormitório ficar com cheirinho de casa – diz a mãe de Said.

– Pode deixar. Tchau, ammu.

Ele encontra o novo número dos Olatunji nas mensagens da mãe e disca no celular.

Espera o telefone tocar mais uma vez, tamborilando os dedos na mesa, o coração batendo mais rápido a cada segundo.

– Alô – diz uma voz familiar. Said se senta, segurando o celular com mais força. Ele está prestes a responder quando a voz da mãe de Tiwa continua: – Você ligou para a casa dos Olatunji. Não podemos atender agora, mas, por favor, deixe uma mensagem após o bipe.

O telefone emite um bipe alto, e Said fica sentado em silêncio, sem saber o que fazer ou dizer. Ele encerra a ligação e joga o celular na cama.

Pega o pacote de incensos que está na mesa e os fósforos que a mãe conseguiu passar pela segurança do correio da escola e os acende, se concentrando na fumaça que preenche o quarto em vez da sensação cada vez mais pesada dentro de si.

Embora estivessem em estados diferentes, Said e Tiwa passaram o Eid compartilhando o mesmo sentimento de solidão, mesmo estando cercados por outras pessoas.

Dickens descreveu de uma forma melhor: "Uma multidão e, ainda assim, a solidão".

Said e Tiwa estavam sozinhos juntos.

22

PROBLEMA SEU
SAID

– De quantas peças de roupa você precisa pra uma semana? – pergunta Safiyah quando me vê carregando uma mochila cheia de coisas.

Coloco-a no colchão que deixei no chão e arrastei até aqui hoje de manhã.

– Eu queria estar preparado – digo, meio na defensiva. – E não quero incomodar chacha e chachi depois que eles chegarem.

Safiyah ainda não parece muito impressionada com o fato de que, contando o colchão e as coisas que arrastei para cá, metade do quarto dela está sob minha posse. Não que desse para ver, já que o quarto dela vive uma bagunça.

– Achei que ammu tinha te falado pra arrumar aqui – comento, pegando um vestido no parapeito da janela e o jogando para Safiyah. – Ele não vai ficar nada feliz quando chegar e ver o estado desse quarto.

– *Está* arrumado – diz Safiyah. – É uma bagunça organizada.

Olho para a cama desfeita, as roupas jogadas em cantos aleatórios do quarto, a pilha de livros prestes a cair da mesinha de cabeceira, e balanço a cabeça.

– Problema seu. – Dou de ombros.

Safiyah solta um suspiro, dobrando o vestido nas mãos. Mas não tem tempo para arrumar muita coisa, porque a campainha toca estridente. No segundo seguinte, ammu grita:

– Safiyah, Said, eles chegaram!

Nós dois saímos do quarto de Safiyah e descemos a escada até onde o primo de abbu, Munir chacha, e a esposa dele, Shazia chachi, estão abraçando nossos pais. Seus olhos brilham ao nos avistarem.

– Said! – diz chacha, me dando um tapa tão forte nas costas que cambaleio para frente.

Munir chacha sempre faz isso quando me vê, mas de alguma maneira sempre apago da cabeça. Provavelmente como algum tipo de resposta ao trauma.

– Eu juro, você está maior a cada vez que te vejo – exclama Shazia chachi, me puxando para um abraço.

Não digo que eu tenho certeza de que é assim que a puberdade funciona.

Abro um sorrisinho e digo:

– Assalam alaikum, chacha e chachi. Que bom ver vocês de novo. Como foi a viagem?

– Ah, você sabe, longa e cansativa como sempre – diz chacha, com um suspiro. – Safiyah.

Ele dá um tapinha nas costas de Safiyah e beija o topo de sua cabeça como cumprimento, enquanto ammu os conduz para a cozinha.

– Podem se sentar. Vou pegar alguma coisa pra vocês beberem – diz ela. –Said vai levar as malas lá pra cima.

Chacha e chachi seguem ammu e abbu até a cozinha. Olho as duas malas que chacha e chachi trouxeram e então para Safiyah, ainda parada ao pé da escada.

– Vai, Said – diz ela. – Leva as malas lá pra cima.

– Você bem que poderia ajudar – digo, pegando a primeira mala com um grunhido.

Chacha e chachi definitivamente não economizaram na bagagem.

– Vou te dar apoio moral – diz Safiyah, alegre.

Reviro os olhos e subo a escada enquanto fragmentos da conversa da cozinha me seguem até o quarto. Chacha conta para todo mundo sobre seu carro novinho em folha e a mudança para Ohio antes de rapidamente interrogar Safiyah sobre a faculdade. Ignoro a maior parte, mas enquanto carrego a última mala na minha segunda viagem lá para cima, meus ouvidos se aguçam ao ouvir meu nome.

– ... e se Said entrar na John Hopkins, com certeza Amir poderia mostrar o lugar pra ele. Apesar de eu ter quase certeza de que Said está pensando em fazer um curso diferente do dele – diz chacha.

Sinto meu estômago embrulhar. Até Munir chacha está fazendo planos para o meu futuro, parece, sonhando em me juntar ao seu filho quando eu for para a faculdade.

A sensação de aperto no estômago rapidamente dá lugar à raiva que venho reprimindo. Meus pais e eu nunca sentamos para discutir minha carreira futura; nunca falamos nada a respeito de Harvard ou Johns Hopkins. Eles só fizeram suposições. E agora estão saindo por aí falando isso para todo mundo. Se Munir chacha sabe sobre meus supostos planos de entrar na Johns Hopkins a ponto de preparar o filho para a minha chegada, fico pensando em quem mais deve saber. Acho que os irmãos dos meus pais, meus avós e todos os meus parentes mais distantes.

Jogo as mochilas de chacha e chachi no chão do meu quarto com um baque. Queria poder só fechar a porta do quarto e desenhar, mas o dawat está prestes a começar, e nem a pau ammu e abbu vão me deixar escapar.

Em vez disso, vou ter de colocar um sorriso no rosto e fingir que está tudo bem. Agir como se eu estivesse prestes a fazer as malas e ir para uma das universidades que meus pais sonham há anos que eu frequente.

Paro no topo da escada, ouvindo, mas o tópico da conversa muda de pato para ganso, de mim indo para a Johns Hopkins para o incêndio do centro islâmico. Respiro fundo e desço a escada, exibindo um sorriso educado quando volto para a cozinha.

Abbu e Munir chacha estão arrumando a casa, colocando as cadeiras de plástico pela cozinha e pela sala de jantar enquanto ammu faz chachi provar cada um dos pratos que ela preparou para o dawat.

– Said, você pode ajudar sua irmã lá na sala? – pede ammu.

– Claro, vou lá – digo.

Vou até a sala de jantar, onde Safiyah está limpando as canecas sujas de hoje de manhã e afofando as almofadas até ficarem perfeitas.

– Ammu mandou eu vir te ajudar – digo.

Safiyah mal olha para cima ao me entregar as canecas sujas.

– É só limpar tudo.

Não demora muito para a campainha tocar e os primeiros convidados chegarem. Depois disso, deixamos a porta da frente destrancada, como sempre fazemos, e famílias bengali de Nova Crosshaven e dos arredores começam a chegar e ocupar todos os cantos da casa. Em pouco tempo, todos os cômodos ficam repletos de tios e tias discutindo tudo, desde política até o preço dos imóveis e as últimas fofocas da comunidade bengali de Vermont.

Abbu me reapresenta a todas as famílias com um sorriso orgulhoso e um tapinha nas minhas costas. E embora nunca diga em voz alta, quase consigo ouvir o que se passa em sua cabeça: que eu vou para Harvard, Johns Hopkins ou qualquer uma dessas outras universidades que ele sonha para mim. Que vou ser médico no futuro e que neste momento, no ano que vem, quando as faculdades já tiverem me aceitado, serei o assunto da cidade. Mal sabe ele que vai ser por outro motivo...

Finalmente, depois do que parecem horas que passo sorrindo, assentindo e dizendo salam, ammu chama todo mundo para comer na sala de jantar. Solto um suspiro, me recostando no corrimão da escada, cansado de tanto socializar.

De onde estou, consigo ver os tios pairando sobre a mesa de jantar cheia de comida, elogiando os dons culinários de ammu, embora ainda não tenham comido nem um bocadinho. Depois, serão as tias e seus filhinhos, e só então Safiyah e eu poderemos nos servir.

Considerando que roubei uns petiscos desde que minha ammu começou a cozinhar de manhã, não estou com tanta fome assim.

Decido tirar vantagem do fato de todos estarem ocupados para subir a escada correndo e entrar no quarto de Safiyah. Talvez a oportunidade de trabalhar nos meus esboços acabe ajudando a me acalmar.

Quando entro no quarto dela, tudo parece diferente. A cama está feita, e todas as roupas e livros que estavam espalhados por todos os cantos há apenas algumas horas sumiram. Incluindo minha mochila, que tinha deixado em cima da cama improvisada.

É claro que a primeira vez que Safiyah arrumaria o quarto depois de tanto tempo tinha de ser hoje. E é claro que isso significa que ela mudou minha mochila de lugar, e é lá que estão todas as minhas roupas, meu caderno de desenho… basicamente tudo com que me importo.

Meus dentes se cerram quando começo a abrir as gavetas, procurando o caderno de desenho. Eu não ficaria surpreso se Safiyah tivesse tirado as coisas da minha mochila. Não encontro nada dentro de nenhuma gaveta das mesas de cabeceira. Vou em direção ao guarda-roupa no fundo do quarto e abro as portas. Lá dentro está mais bagunçado do que todo o quarto de Safiyah estava antes. Obviamente ela enfiou tudo aqui em sua tentativa de arrumação.

Minha respiração fica desregulada só de ver. Não sei se vale a pena vasculhar tudo sabendo que ammu vai me chamar lá de baixo a qualquer minuto. Mas não é como se Safiyah não fosse me fazer procurar mais tarde, de qualquer forma.

Então, começo a vasculhar a bagunça, passando pelas roupas, livros e bugigangas de Safiyah. Sei que minha mochila tem de estar em algum lugar aqui. Bem no fundo do guarda-roupa, sinto uma caixa de papelão que está cheia até a borda. Eu a puxo, tentando garantir que nenhuma das roupas de dentro do guarda-roupa caia. Por fim, encontro minha mochila. Pego e confiro se está tudo dentro, mas então percebo que debaixo dela há uma pilha de envelopes de aparência familiar, amarrados com um elástico.

Eu os pego, folheando, e acabo me deparando com o antigo endereço de Tiwa neles. Com a minha letra. Há outros com a caligrafia familiar de Tiwa, endereçados a mim na escola.

Cartas que enviamos um para o outro. Fechadas. Juntando poeira no guarda-roupa de Safiyah.

Por um momento, só consigo piscar diante deles. Há um milhão de pensamentos passando pela minha cabeça enquanto corro os dedos pela caligrafia de Tiwa atrás de cada um deles. Tantos anos atrás, ela escreveu para mim. Mas de alguma forma as cartas acabaram aqui – tanto as dela como as minhas.

A resposta para o motivo de estarem aqui é óbvia, mas é como se minha mente estivesse tentando suprimi-la. Tentando viver em negação.

Mas há apenas uma coisa que essas cartas podem significar.

Como se agissem por conta própria, meus pés me levam para fora do quarto de Safiyah até o quarto de ammu e abbu logo ao lado, onde as crianças estão reunidas. Algumas estão jogando em um tablet, enquanto outras estão vendo um show de fantoches que Safiyah está apresentando para elas na frente do quarto.

– Safiyah – chamo.

Minha garganta está seca. As crianças mal me notam, mas Safiyah olha para cima com uma expressão irritada.

– Estou meio ocupada aqui, Said. – Ela levanta o dedinho com o fantoche de meia de elefante e diz, em uma voz grave: – Eu sei exatamente como salvar todo mundo. Vou usar minha tromba poderosa!

As crianças assistem com expressões admiradas, como se fosse a melhor apresentação que já viram na vida.

– Safiyah, eu preciso mesmo falar com você. É importante – digo com os dentes cerrados.

Safiyah deve perceber que há algo de errado, porque rapidamente volta a olhar para mim, a preocupação tomando conta de seu rosto.

– Certo, criançada, agora é a vez de vocês com os fantoches de dedo – diz ela, tirando os fantoches de cada dedo e entregando-os a várias crianças. – Vejam se conseguem encontrar um fim legal pra história.

Ela me segue para fora do quarto, fechando a porta atrás de si.

– O que foi? – pergunta.

Não respondo. Em vez disso, seguro a pilha de envelopes, apertando-os com tanta força que os nós dos meus dedos ficam pálidos.

– Por que todas essas cartas estão com você? – indago, embora uma palavra pareça mais difícil de dizer do que a outra.

Os olhos de Safiyah se arregalam, passando das cartas para mim.

– Said, não é o que você está pensando.

– Então você não escondeu essas cartas no seu guarda-roupa por quatro anos? – pergunto, levantando a voz. – Você não destruiu minha amizade com Tiwa? Não mentiu pra mim?

– Não, eu posso expli… – A voz de Safiyah está trêmula, mas a interrompo antes que possa terminar de falar.

– Quatro anos. Você mentiu pra mim por quatro anos. Viu o que aconteceu comigo e com Tiwa e continuou mentindo sem parar.

– Said, eu juro que não foi… Eu não estava… Eu estava tentando ajudar. Eu fiz isso porque…

Mas as palavras de Safiyah me atingem como uma onda. O calor faz minha pele pinicar, e parece que todo o ar está sendo sugado dos meus pulmões. O sangue está bombeando tão rápido em meus ouvidos que parece que estou correndo uma maratona.

– Não consigo ficar te ouvindo – digo, dando as costas a ela.

– Said, espera! – grita Safiyah, mas não espero para ouvir suas explicações.

Ela basicamente admitiu ter escondido as cartas. Era tudo de que eu precisava. A única verdade que me interessa.

– Said, você está bem? – Ammu está na porta da frente, guardando um casaco no nosso armário.

Ela me olha de perto, e eu me afasto, procurando uma maneira de me livrar de seu olhar aguçado. Ammu me conhece bem demais, e não estou a fim de ter uma conversa com ela sobre Safiyah ou sobre as cartas.

– Estou. – Quando vejo o rabo laranja de Laddoo aparecendo debaixo de uma das poltronas próximas, digo: – Só tenho que levar Laddoo pra passear.

Eu o seguro em meus braços, ignorando os miados de protesto.

– Não sabia que gatos saíam pra passear – diz ammu, pensativa.

– Sim, Laddoo... ama. Até mais tarde – digo.

Pego minha mochila depressa no armário e saio antes que ammu possa fazer mais perguntas. Como por que, se Laddoo gosta tanto de passear, ninguém o levou desde que eu o trouxe para casa.

Respiro o ar fresco do lado de fora, e a onda de pensamentos raivosos que me vem à mente parece perder força. De todas as coisas que esperava, nunca teria pensado que Safiyah me trairia dessa forma. Pior, que me trairia dessa maneira e passaria anos mentindo na minha cara.

Caminho até longe o suficiente para não conseguir mais ver minha casa. Sei que eu deveria voltar, mas o pensamento de entrar naquela casa e sorrir e rir com as tias e os tios parece tortura.

Então, tiro o celular do bolso do meu jeans e ligo para Julian. Ele é a única pessoa com quem posso falar sobre isso.

A ligação chama duas vezes antes de a voz familiar e reconfortante dele soar do outro lado da linha.

– Said! – exclama Julian em um cumprimento, como costuma fazer quando eu ligo.

Mas a empolgação de sua voz não me faz sentir melhor desta vez.

– E aí? – digo.

– Tudo certo? – pergunta Julian. – Achei que hoje você ia ter seu troço bengali, não? Ah, não me fala. Um dos seus tios ficou muito bravo por causa de política e seus pais tiveram que acabar com a festa.

– Não. – Solto um suspiro, desejando que esse fosse o caso. – É... Safiyah.

Hesito por um instante. Se eu contar para Julian, as cartas e a traição de Safiyah se tornam reais. Preciso lidar com a situação.

– Ela jogou todas as suas coisas em um cantinho do quarto? Quer dizer, o quarto realmente é *dela*, então não dava pra você esperar que...

– Eu encontrei as cartas no guarda-roupa dela – cuspo. – As cartas que tentei mandar pra Tiwa. Eu nem sei como Safiyah pegou elas. Esse tempo todo, achei que Tiwa estava ignorando minhas cartas, me ignorando. Que ela tinha se esquecido de mim assim que fui embora pra escola. Que ela não queria nada comigo. Mas agora eu sei o que foi: Safiyah. De alguma forma, ela conseguiu pegar as cartas e ficou assistindo a Tiwa e eu deixarmos de ser amigos por causa disso. Ela mentiu pra mim por anos, Julian! Por quatro anos!

Julian fica em silêncio por um instante.

– O que Safiyah disse? – pergunta ele, a voz estoica de repente.

– Sei lá, ficou falando que jurava que tinha um motivo e podia explicar. Mas ela basicamente admitiu que roubou as cartas. Esse tempo todo, pensei que Tiwa fosse a culpada, mas na verdade foi minha própria irmã – digo, a voz vacilando.

Foi minha própria irmã que me traiu. Minha própria irmã.

– Said, eu... sinto muito. Talvez você devesse deixar Safiyah explicar. Ela pode ter um bom motivo pra ter feito isso – diz Julian.

– Você tá falando sério? – pergunto, irritado. – Você está mesmo defendendo ela?

– Eu só estou dizendo que... quer dizer, é uma merda. E eu sinto muito, Said – diz Julian, devagar. – Eu sinto muito. Achei que você odiasse Tiwa e que ela não te fizesse bem. Que Safiyah estava tentando te proteger. Ela *estava* tentando te proteger. Foi por isso que ela me pediu pra pegar as cartas e entregar pra ela. Eu não sabia que isso se tornaria essa coisa toda, nem que...

Julian. Foi Julian também. É claro que foi Julian. De que outra forma Safiyah teria pegado as cartas? Alguém precisava roubá-las da minha caixa postal da escola, e Julian era a única pessoa que tinha acesso a ela, já que dividimos o quarto. Julian sempre se voluntariava para levar as cartas para a sala de correspondências. Safiyah precisava de ajuda, e Julian estava lá para ajudar. Para me trair.

– Você podia ter falado comigo! – digo. – Por que só ouviu Safiyah? Ela não é sua amiga, eu que sou!

– Eu sei, Said. Eu só... eu achei que estava te protegendo.

– Me traindo? – cuspo.

– Eu não estava tentando...

Não deixo Julian terminar sua explicação de merda. Desligo a ligação e também o celular, colocando-o no bolso. Minha cabeça está latejando, e meus pensamentos são puro caos. Só uma coisa fica registrada em minha mente: Julian e Safiyah me traíram. Os dois mentiram para mim. As duas pessoas em quem mais confiei no mundo.

Parece que, debaixo de mim, o chão está instável agora que sei disso. Seguro Laddoo bem perto de mim e deixo minhas pernas me levarem para ainda mais longe de casa. Não sei direito aonde estou indo nem o que vou fazer. Só sei que talvez Laddoo seja o único amigo que me resta neste mundo.

Quando vejo, me encontro na frente do centro islâmico, encarando o local onde imaginei que meu mural ficaria. O mural que nunca mais vai existir, graças ao prefeito Willy. Ainda assim, largo minha mochila e me sento no chão, olhando para a parede vazia que poderia ter sido minha tela.

E de repente tenho uma ideia. O prefeito Williams pode ter feito com que todos concordassem com seu plano de construir o condomínio chique de apartamentos, mas talvez… se o mural existisse, se eu o tornasse realidade… as pessoas finalmente vissem como o centro islâmico é importante e tentassem com mais empenho impedir a demolição. Não era por isso que Tiwa queria que eu pintasse o mural, no fim das contas?

Olho ao redor, mas a rua está silenciosa. Não há carros, nem pessoas. Ninguém para me impedir.

Então, coloco Laddoo no chão, procuro materiais de pintura em minha mochila e começo.

Depois de três horas, meio mural pronto e uma torta de limão da padaria de Abigail, parte da minha raiva se dissipou. Sei que não vou poder ficar fora de casa por muito mais tempo, ainda mais com o celular desligado. Já está anoitecendo, e minha sorte é que nem carros nem pedestres passaram por aqui enquanto eu vandalizava o local.

A casa está mais silenciosa do que na hora em que saí. A maioria dos carros das tias e dos tios que tinham se acumulado na frente de nossa casa agora não está mais aqui.

Entro e coloco Laddoo no chão. No mesmo instante, ele sai correndo escada acima, como se já estivesse de saco cheio de mim por hoje. Não posso culpá-lo, até porque o usei como meu gato de suporte emocional nas últimas horas.

— Said! — Abbu surge, vindo da sala de estar, com um leve sorriso no rosto. — Onde você estava? Por que suas roupas estão sujas de tinta? Várias tias e tios estão perguntando de você.

— Desculpa, abbu. Tive que ir fazer uma coisa — digo, imaginando que a desculpa de *levar o gato para passear* pudesse se desfazer caso decidissem investigar mais a fundo.

— Tudo bem. Só queria que você visse Ziyad, mas não tem problema. Peguei o contato dele pra você.

Abbu me entrega um pedaço de papel com um e-mail e um telefone rabiscados depressa.

— Ééé, quem é Ziyad? — pergunto, hesitante.

Abbu e ammu conhecem tanta gente da comunidade bengali que às vezes é difícil me lembrar de todas elas.

— Você conhece Ziyad. — A voz de ammu vem primeiro da cozinha, e depois ela aparece na soleira da porta mostrando um sorriso. — Vocês passavam o tempo todo juntos quando eram crianças e iam para os dawats juntos. Ele é dois anos mais velho que você, filho de Akhter bhai, sabe?

Isso faz eu me lembrar, mas não entendo por que meus pais de repente estão me passando o celular dele.

— Bom, não importa. Você vai se lembrar dele quando vocês se virem em algumas semanas — diz abbu.

— E por que eu vou…?

— Falei com Akhter bhai sobre o seu sonho de cursar Medicina em Harvard. Ziyad está estudando lá e disse que, quando você estivesse livre nesse verão, ele te levaria lá e te mostraria como é. Um ponto de vista que você definitivamente não veria em qualquer tour pelo campus — diz abbu.

Ele me olha como se esperasse que eu o agradecesse por isso, mas tudo o que sinto é uma raiva ardente arranhando meu peito.

– Eu não pedi pra você fazer isso – digo, tentando manter a raiva longe da minha voz.

– Você não tem que pedir, Said – diz ammu, o sorriso se alargando.

– Não, eu não... eu *não quero* isso – digo. Amasso o pedaço de papel que está na minha mão, e meus pais observam como se estivesse profanando algo sagrado. – *Não quero* fazer um tour pelo campus com Ziyad, não quero ir pra Harvard, eu nem quero estudar Medicina. – Minha voz fica mais alta a cada palavra. – Tudo isso é o que *vocês* querem, porque vocês acham que sabem tudo sobre mim, mas não sabem. Queria que pelo menos uma vez vocês me perguntassem o que *eu* quero!

Quando ergo o olhar, meus pais estão me olhando de um jeito que nunca tinha visto antes: com decepção. De alguma forma, parecem menores também, como se minhas palavras tivessem feito com que fossem reduzidos a versões diferentes de quem são.

Me afasto deles, como se isso de alguma forma fosse protegê-los da decepção.

– Me desculpa – digo. – Eu não queria gritar. Eu só... estou cansado. Vou descansar um pouco.

Me viro e subo a escada correndo. Meus pais não me chamam de volta nem tentam me impedir. Não tenho certeza de se fico feliz ou triste por isso.

No andar de cima, a porta do quarto de Safiyah está fechada. Paro diante dela por um momento, mas a última coisa que quero é ver ou ouvir minha irmã. Sei que isso só vai me encher de raiva de novo. Então, dou meia-volta e me dirijo ao escritório. Fecho a porta, me deito no sofazinho e fecho os olhos, pensando em como este pode ser o pior dia da minha vida toda.

23

FALANDO NO DIABO
Tiwa

Fica claro no meio da minha henna que eu provavelmente deveria ter visto um tutorial antes.

As linhas que desenhei na minha mão são tortas e irregulares, e todas as minhas flores até agora parecem múltiplos diagramas de Venn.

– Era pra isso ser uma aranha? – pergunta minha mãe, desabando no sofá ao meu lado.

Nós duas estamos exaustas após uma longa manhã arrumando a maior parte do salão central para a festa do Eid de amanhã, e ainda assim ela tem energia para julgar minha arte. Faço uma careta, olhando para ela enquanto julga meu trabalho, comendo batatinhas como se não tivesse acabado de me insultar.

– *Não*. São flores.

– Ah... acho que faz sentido – diz, com um franzido nada sutil na testa. É evidente que está mentindo.

Olho para a bagunça nas minhas mãos. Parece que alguém que me odeia secretamente decidiu vandalizar minha pele. Queria que fosse fácil recomeçar a henna; mas, por causa da minha lerdeza, uma boa parte já secou. O estrago está feito.

– Geralmente, meu pai já chegou a uma hora dessas e faz isso pra mim. Acho que não herdei o gene artístico dele – digo, dando de ombros, voltando a desenhar minha *aranha* deformada.

– Pois é, você herdou toda essa falta de talento de mim – diz minha mãe, com um sorriso largo.

Reviro os olhos, e o celular dela toca alto entre nós.

– Falando no diabo... – murmura minha mãe, largando as batatinhas e pegando o celular. – Hafiz, kilonshele? Estou ocupada.

– Pai? – pergunto, me atentando.

Ela assente, parecendo meio aborrecida, como sempre fica quando ele liga.

– Coloca no viva-voz – sussurro.

Minha mãe coloca o celular na mesinha de centro e aperta o botão de viva-voz.

– Oi, pai – digo.

– Oi, Tiwa, como você está? Desculpa por ter perdido nossa ligação ontem à noite – diz meu pai, e há algo de errado em sua voz.

Ele parece para baixo, e não preciso perguntar para saber o motivo.

Mesmo com as comemorações e tudo o mais, meu pai sempre fica estranho pelo Eid por causa do significado dele para nossa família.

A morte de Timi.

– Tudo bem. No momento, estou tentando fazer minha própria henna e *falhando miseravelmente*, pra ser sincera. Não está parecendo nada com a foto que estou usando de referência. Minha mãe achou que eu estava desenhando aranhas.

Meu pai ri.

– Bom, aranhas dão boa sorte no islã.

Minha mãe faz careta, já que não é a maior fã de aranhas nem de insetos. Quer eles deem sorte ou não.

Antes que possa falar mais alguma coisa, meu pai volta a dizer:

– Aisha, tira do viva-voz rapidinho? Preciso falar com você em particular.

Minha mãe pega o celular da mesa e se levanta do sofá, colocando o celular no ouvido enquanto tira as migalhas e pedacinhos da batatinha da legging.

– Pronto – diz ela, em voz baixa.

Olho para cima conforme ela caminha até a mesa de jantar, mexendo na correspondência em silêncio, o zumbido da voz de meu pai ressoando na linha.

O que será que devem estar falando para ter que ser uma conversa tão particular?

– É claro, Hafiz. Tenho certeza de que ela vai entender...

Estou achando que *ela* nessa situação sou eu. O que eu preciso entender?

Meu celular vibra com uma notificação de mensagem, desviando meu foco por um instante.

Saf: A gente pode conversar mais tarde?

– Tá – diz minha mãe enquanto faço uma anotação mental para responder Saf quando tiver tempo. – Só me avisa qualquer coisa. Tá bom, tchau.

Minha mãe encerra a ligação e olha para mim cansada, com um olhar de desculpas.

Meu coração bate forte no peito, e fico preocupada com a possibilidade de ter morrido mais alguém no Eid. Meu pai está morrendo? Foi assim que aconteceu com Timi há dois anos. Recebemos uma ligação informando que alguém viu ele brincando lá fora e ele foi encontrado na beira da rua. Um atropelamento seguido de fuga.

Lembro que minha mãe pegou o telefone e seu rosto assumiu uma expressão feia e distorcida enquanto perguntava para a pessoa: *Cadê ele?*

Me preparo para o pior. Esperando ter de fazer uma cara de corajosa, aceitar a notícia e descobrir como seguir em frente de novo.

– Está tudo bem? – pergunto, mesmo sabendo que há algo de errado. É só uma pergunta fácil de fazer, creio eu.

Ela assente.

– Aham, está tudo bem, Mashallah. É só o seu pai... ele... – Ela para por um instante, como se estivesse tentando descobrir como encaixar as palavras. Sinto meu estômago embrulhar de repente. – Queria que eu te dissesse que ele te ama muito e mal pode esperar pra passar um tempo com você pessoalmente...

– Ele está bem? – pergunto, me sentindo tensa.

Minha mãe faz que sim.

– Está, não precisa se preocupar. É outra coisa.

– O quê?

Ela suspira.

– Ele não vem – diz, por fim.

Meus músculos não relaxam com a notícia. Obviamente, é melhor do que ele ou alguém mais morrendo, mas ainda sinto minha postura enrijecer e o nó na minha garganta aumentar.

– Como assim? – pergunto, embora saiba exatamente o que ela quer dizer.

Ele não vem para Vermont. Não vem para o Eid.

– Ele não vai poder pegar o voo. Faiza não está bem, e ele prometeu que ficaria lá com ela. Ele ia te contar, mas não queria te decepcionar.

Sinto uma queimação, meus olhos ficam pesados e marejados. Nunca tive problemas com a namorada nova do meu pai – ou *companheira*, como ele gosta de dizer para fazer com que pareça mais legítimo, já que não são casados ainda. Faiza é legal comigo, nunca atrapalha. Mas recentemente ela tem sido a desculpa para meu pai não poder ligar ou ver filmes comigo.

E agora é o motivo de ele não vir passar o Eid em Vermont.

Não percebo que apertei o tubo de henna até sentir o frio da pasta e o cheiro pungente de terra.

Olho para baixo, e bem em cima do padrão que passei horas tentando fazer, agora há um monte de pasta de henna.

– Ai, merda – digo. Tudo isso é realmente um desastre.

– Olha a boca – diz minha mãe.

– Desculpa – murmuro.

Não olho para ela, pois tenho medo de que, se o fizer, tudo o que ela verá vai ser minha raiva, e vai achar que está direcionada a ela.

– Você está bem, Tiwa? – pergunta minha mãe, depois de um instante de nervosismo.

O Eid sempre foi o que uniu minha família, nos lembrava de que tínhamos um ao outro para todo o sempre. E agora já era. É claro que não estou bem. Talvez fosse ingenuidade minha achar que as coisas sempre seriam assim. Quando Timi se foi, eu deveria ter percebido que nada bom dura para sempre.

– Acho que vou secar a mão no meu quarto e consertar essa bagunça antes que as coisas piorem – digo, ainda desviando o olhar e me levantando do sofá sem jeito.

Realmente, não foi muito esperto de minha parte desenhar a henna na minha mão dominante.

– Tudo bem... só toma cuidado com o sofá – diz minha mãe. Praticamente consigo sentir seus olhos na pasta marrom e no tecido cinza-claro do sofá. Quando finalmente me levanto, ela acrescenta: – E com as paredes!

Evito estragar o precioso sofá da minha mãe assim como as paredes cinza e bege da sala de estar no caminho para meu quarto. Agora, longe de minha mãe e de seu olhar curioso e preocupado, tento me acalmar.

Eu já deveria saber que ele não viria. É como se o incêndio do centro islâmico fosse um presságio de que este ano o Eid seria uma droga.

No quarto, em cima dos lençóis, vejo o presente de Eid que embrulhei para o meu pai mais cedo. Também vejo a caixa que sempre trago quando ele está aqui. Nela há todos os nossos filmes favoritos, nossos jogos de tabuleiro favoritos... memórias aleatórias.

Geralmente, passamos horas revendo a caixa e contando histórias antigas e vergonhosas, como a vez em que fomos jogar boliche em família e acabei escorregando e batendo a cabeça com tudo nos pinos.

Em vez de me ajudar, meu pai tirou uma foto minha dentro do buraco.

Ele achou hilário e chamou o evento e a foto de *a primeira vez em que se viu a bruxa má da pista de boliche*, já que meu sapato enorme de boliche também era vermelho.

Muita coisa mudou desde então. Posso aceitar que as memórias são exatamente isso: memórias. Não são mais a realidade. São uma outra versão de nós que já morreu. Talvez eu precise deixar para lá, aceitar que minha família já se foi há muito tempo.

Pego o presente e o enfio na caixa antes de tentar colocá-la na prateleira de cima do meu guarda-roupa.

Não demoro para perceber que deveria ter pegado meu banquinho para tornar minha vida mais fácil. Me movo rapidamente para empurrar tudo, mas como deu para ver pelo trabalho malfeito com a henna, eu claramente não gosto muito de mim mesma.

Depois de muitos empurrões e batidas de armário, finalmente consigo enfiar a caixa lá dentro, esperando o Eid do ano que vem, quando meu pai pode ou não vir para cá. Talvez esse seja meu novo normal. Talvez eu nunca mais o veja.

Um pouco dramático, talvez, mas neste momento, vai saber?!

Sempre tive certeza de que meu pai apareceria por minha causa, mas agora não tenho certeza de mais nada. Nada mesmo.

Meu celular vibra, me tirando do meu poço de lamentação.

É uma mensagem de Said.

Said: Ei, você está livre agora? Preciso te mostrar uma coisa.

Me lembro de que precisava responder Safiyah, mas vou ligar para ela depois.

Ao longe, ouço minha mãe andando pelo apartamento, e isso me faz pensar em como quero escapar deste cubículo que me lembra tantas coisas dolorosas. Então, com a mão boa, respondo:

Claro, onde a gente se encontra?

Encontro Said no centro islâmico, ou melhor, do lado de fora, do outro lado da rua.

Ele está usando uma camiseta que provavelmente é alguns números menor e o que parece ser uma calça de moletom velha, as duas completamente coberta de tintas brilhantes.

– Oi… – digo, me aproximando dele devagar.

Ele se vira para mim, e vejo que a explosão de tinta não para em suas roupas.

Há tinta rosa e azul em seu cabelo – que está puxado para trás por uma faixa preta –, e manchas nas bochechas, nas têmporas e no queixo.

Said abre um sorriso resplandecente e acena para mim.

Hesito por uns instantes antes de caminhar até ele. Percebo que é a primeira vez que o vejo desde aquele momento esquisito do *encontro sem ser encontro no lámen*. É estranho vê-lo agora que houve essa mudança tácita em nossa amizade – se é que podemos chamar assim.

– E aí? – diz ele.

Agora, diante dele, observo sua aparência novamente, em todo o seu esplendor nas cores do arco-íris.

– Um unicórnio mijou em você ou aconteceu uma coisa pior? – questiono.

Ele olha para as roupas como se não tivesse percebido as cores espalhadas antes.

– Uma coisa pior – responde em um tom baixo e comedido. – Isso é obra de uma alegria pura e imaculada, Tiwa.

Sorrio para o quanto isso é ridículo.

– Eca, isso é bem pior.

Ele dá de ombros.

– Eu te disse. Mas enfim, não te chamei pra você ficar me olhando. Queria te mostrar isso pessoalmente. Sinto que as fotos não fariam justiça – diz Said, apontando para o centro islâmico do outro lado da rua.

Arfo quando vejo. Não sei como não percebi enquanto caminhava até ele segundos atrás. É capaz de dar para ver lá do espaço.

À nossa frente está o centro islâmico, só que agora há um mural enorme com um céu azul e o mar indo desde o chão até o topo da parede.

Observo os detalhes em estado de choque.

Reconheço as inspirações quase imediatamente: *A Noite Estrelada*, de Van Gogh, e elementos da arte folk bengali que ele tinha me mostrado. Onde há o cipreste na pintura de Van Gogh, Said desenhou uma acácia alta com aranhas penduradas nos galhos e teias enroladas no tronco da árvore. No fundo, as montanhas estão cheias de pessoas. As casas são coloridas, como os edifícios de Nova Crosshaven, e o céu rodopiante está repleto de pássaros.

Todos esses elementos se unem para formar algo verdadeiramente mágico.

– Quando você fez isso? – pergunto.

– A maior parte ontem, e o resto hoje de manhã – diz Said, ainda sorrindo, mas de maneira tímida. Ele parece nervoso, como se minha opinião importasse quando, na verdade, não deveria.

– Ficou lindo – digo, olhando para ele. – De verdade.

O rosto de Said está levemente corado, e não sei dizer se é por causa da tinta ou do sol.

– Nada mau para um cara coberto de urina de unicórnio. Talvez mijo de unicórnio traga boa sorte – diz Said, desviando os olhos de mim e se voltando para o mural.

Ergo uma sobrancelha para ele.

– Achei que você tivesse dito que era alegria pura e imaculada.

Ele assente.

– Isso também.

Há um momento de silêncio, e apenas vejo como o centro islâmico parece majestoso agora, embora as marcas do incêndio ainda estejam à mostra.

– É o homem na lua? – pergunto, apontando para a lua crescente e o garoto sentado na curva, segurando uma estrela.

– Aham, em toda a sua glória lá em cima. Acho que é minha parte favorita do mural – diz Said, os olhos se direcionando às minhas mãos e à "arte" feita nelas. – Era pra isso ser henna?

– Era – respondo e olho para ele.

Seu rosto se contorce.

– Ah... é, hã, alguma coisa, com certeza – comenta, ignorando o olhar que lanço para ele. – Era pra Safiyah praticar em mim antes do Eid, mas a gente não está se falando.

Paro de olhar e, em vez disso, meu rosto fica surpreso.

– Ah, eu não sabia disso… O que você fez? – pergunto, cruzando os braços, em parte para tirar o foco da minha henna feia, mas também para me preparar para julgá-lo.

Ele desvia o olhar de mim outra vez, parecendo hesitante.

– Foi ruim assim? – pergunto, sentindo que algo de estranho aconteceu.

Ele pigarreia, por fim, mas desvia completamente o olhar de mim, de modo que não consigo ver seu rosto.

– Antes, anos atrás, eu acho… a gente concordou em mandar cartas um para o outro. Eu escrevia pra você o tempo todo, e sempre me perguntei por que você nunca respondia… – ele começa a dizer, e agora fico confusa.

Eu *respondi*. Quer dizer, até as cartas dele pararem de chegar. Do que ele está falando? Quase protesto, mas ele continua.

– Bom, acontece que Safiyah deu um jeito de interceptar elas. Encontrei um monte de cartas no quarto dela ontem. A gente teve uma puta briga, aí vim aqui e resolvi fazer o mural enquanto eu me acalmava. Ainda não consigo acreditar, pra ser sincero. Não sei por que ela faria isso.

Assimilo suas palavras, todas elas zumbindo em minha mente a um milhão de quilômetros por hora.

Safiyah pegou as cartas? Said estava escrevendo para mim? Por que Safiyah fez isso? Por que ela não me falou?

Talvez seja por isso que ela mandou mensagem antes. Ela queria colocar tudo em pratos limpos.

Estou sentindo tantas coisas agora. Mágoa, uma confusão enorme e uma dor estranha no peito pelo que tudo isso significa.

Fiquei brava com Said por todos esses anos porque pensei que ele tinha simplesmente rompido contato comigo. Não ajudava o fato de ele agir de forma tão estranha sempre que voltava para os recessos de inverno, primavera e verão. Achei que fosse porque tinha feito novos amigos ricos no internato e não precisava mais de mim. Mas era porque ele achava que eu tinha feito a mesma coisa.

Said finalmente me olha, e consigo ver um redemoinho de mágoa, raiva e frustração em seus olhos. A tinta verde em sua testa também faz com que pareça um pouco enjoado.

– Tem horas que ela é inacreditável. Vive se metendo nas coisas. Se não tivesse pegado aquelas cartas, quem sabe a gente podia... sei lá... eu sei que ela é sua melhor amiga e tudo o mais. Mas não consigo acreditar nisso.

Ela não é minha melhor amiga, penso comigo mesma. Ela é mais do que isso.

É como minha irmã, a única constante em minha vida em todos os momentos. E é por isso que, de todas as coisas que estou sentindo agora, raiva não é uma delas.

Safiyah não é maldosa. Tem mais coisa nessa história.

Me pergunto o que havia nessas cartas. Todas as coisas que ele escreveu e eu nunca pude ler.

– O que você escrevia? – pergunto depois de um momento de silêncio.

– Quê? – diz Said, olhando para mim outra vez.

– Suas cartas... tinha algo de interessante nelas?

Ele parece pensativo por um momento, e depois balança a cabeça, o rosa em seu rosto ficando mais forte.

– Acho que só dizia que sentia saudades ou alguma coisa estranha desse tipo... E as suas?

Ele sentia saudade?

Quase não consigo impedir que um sorriso se abra no meu rosto. Mas felizmente sou capaz de lutar contra isso.

– Eu escrevia para você sobre coisas realmente constrangedoras. Fico quase feliz por você nunca ter lido.

– Constrangedoras tipo o quê? – diz Said, interessado.

– Não vou te contar – falo, porque não quero contar as menções embaraçosas sobre ter chamado minha professora de inglês de "mãe" sem querer. Não tenho certeza de que ele me deixaria esquecer disso. Nem tenho certeza de por que contei para ele. Provavelmente foi o resultado daquele artigo inútil que dizia que, para fazer a pessoa de quem você gosta também gostar de você, era preciso revelar para ela coisas embaraçosas da sua vida. Desse jeito, ela se sentiria mal por você e te veria como alguém que precisa ser protegida deste *mundo grande e malvado*. Bem feminista.

Sinto meu pescoço esquentar, me lembrando de que era apaixonada por Said. Antes de toda a raiva e o ódio preencherem os buracos que sua suposta traição havia deixado.

Olho para ele novamente e sinto meu estômago revirar outra vez. *Será que a gente deixa mesmo de gostar de alguém?*, penso.

Além disso, Said é de fato muito atraente; cientificamente, faz sentido eu gostar dele. Não significa que eu queira *namorar* ele. Essa seria a pior ideia de todas, creio eu. Provavelmente. Talvez.

— Posso te garantir que não eram piores do que as minhas — diz Said baixinho, me cutucando.

— Eu duvido. Pra uma pessoa azarada como eu, acho que foi uma sorte essas cartas não terem sido vistas naquela época.

Sinto meu corpo ainda mais quente e evito o olhar dele.

Pelo canto do olho, vejo Said se abaixar para pegar alguma coisa.

— Acabei de ter uma ideia — diz Said.

— O quê?

— Você disse que é azarada, então achei que a gente deveria combinar, já que mijo de unicórnio dá sorte.

Finalmente me viro para Said, alarmada, e o vejo mergulhar os dedos em um pote de tinta e começar a aproximá-los de mim.

— Não se atreva, Said. Eu te mato em plena luz do dia, nem ligo — digo, dando passos para trás.

Ele abre um sorrisinho diabólico.

— Brincadeira, eu jamais faria isso.

Reviro os olhos.

— Aham, como se eu fosse acreditar em você. Vou pedir uma medida protetiva.

— É sério! Preciso dar os toques finais no mural ainda. Não posso ficar gastando tinta.

– Não acredito que você ainda não terminou – digo. – Você sabe que, se as tias e os tios vissem isso, iam achar o máximo. E não só eles, acho que muita gente iria amar.

– Pena que não vão conseguir ver.

– Todo mundo vai vir para o Eid no Walker amanhã; aí vão poder ver. Talvez até influencie mais pessoas na comunidade a se manifestarem – digo, embora compreenda o receio.

Mas ver o mural me deixa com mais raiva ainda; nem ferrando podem se livrar dele.

– Você ouviu o prefeito Willy. Não tem muçulmanos o bastante pra fazer a diferença na cidade. Se tivéssemos cinco Nova Crosshavens, seria mais do que o suficiente, mas não temos. Estamos em menor número, e o centro islâmico vai ser demolido em dois dias, um dia depois do Eid. Acho que estou feliz por pelo menos poder mostrar o mural pra você. Provavelmente, você é a única pessoa que queria ver mesmo – diz ele.

Meu coração dispara novamente, e tento ignorar seu rosto. Em vez disso, me concentro nas palavras.

Se tivéssemos cinco Nova Crosshavens...

– E se a gente tivesse mais de uma Nova Crosshaven?

As sobrancelhas de Said se franzem.

– Como assim?

– Acho que tenho uma ideia pra salvar o centro islâmico.

24

COOKIES AÇUCARADOS NA ABIGAIL
SAID

Uma bicicleta passa voando por nós enquanto Tiwa vira o carro para entrar no bairro do imã Abdullah. Ela está segurando o volante com tanta força que qualquer um pensaria que a vida dela depende disso.

– Você viu aquilo? Uma criança de bicicleta acabou de ultrapassar a gente – digo, apontando para a bicicleta ao longe.

Tiwa mal olha, ocupada demais olhando para a frente ou verificando os retrovisores.

– Aquela bicicleta estava indo rápido demais. É perigoso... andar de bicicleta – responde, na defensiva.

– Parecia estar numa velocidade normal – comento na esperança de isso fazer Tiwa andar mais rápido do que 25 quilômetros por hora.

– Olha, a gente está em uma área residencial. Um gato ou alguma coisa pode correr na nossa direção a qualquer momento!

Olho ao redor, procurando esses supostos gatos esperando para correr na frente do carro, mas já está anoitecendo, então está escuro e a rua está praticamente deserta.

– Acho que você tem que virar à direita – digo, analisando as casas pelas quais passamos.

Todas parecem mais ou menos iguais, mas lembro que o gramado da frente do imã Abdullah tinha uma fileira de roseiras cor-de-rosa.

– Você tem certeza ou só está chutando?

– Tenho certeza. – Mas não tenho certeza nenhuma.

Tiwa vira à direita e finalmente avisto a casa familiar no fim da rua.

– Ali, é aquela com as roseiras. – Aponto.

Tiwa estaciona o carro atrás do Mitsubishi prata na garagem, e nós descemos. Ao contrário da última vez em que estive aqui, tudo parece calmo.

Bato na porta da frente duas vezes, o som reverberando um pouco alto demais no silêncio.

– E se ele não estiver? – pergunta Tiwa, com uma voz gentil.

A pergunta é respondida pelo barulho dos passos do outro lado da porta. Eles se aproximam até ela finalmente se abrir.

O imã Abdullah para na porta, vestindo uma camiseta branca, um lungi xadrez e uma máscara verde de argila que faz ele parecer mais um alienígena do que o imã de nossa cidade.

– Desculpe, estamos interrompendo algo? – pergunta Tiwa.

– Não… – O imã Abdullah olha para baixo, como se tivesse esquecido o que estava vestindo. – Eu só estava… me cuidando antes de dormir. É importante ter uma rotina de autocuidado, sabe.

Tiwa e eu assentimos em concordância, embora seja difícil reprimir uma risada. Só tinha visto o imã Abdullah usar sua toga de sempre ou os panjabis e sherwanis que usa de vez em quando em ocasiões especiais, como o Eid. Ele está sempre no auge da compostura, e mesmo agora, enquanto interrompemos sua rotina de autocuidado, consegue manter bem a seriedade.

– Aconteceu alguma coisa? Por que vocês dois estão aqui? A oração maghrib acabou há um tempinho – diz o imã Abdullah.

– Bom… é sobre o centro islâmico – começo a dizer, trocando um olhar com Tiwa.

Provavelmente, deveríamos ter passado menos tempo no trajeto de carro discutindo sobre a velocidade em que Tiwa estava dirigindo e mais tempo decidindo como exatamente explicaríamos o plano para o imã Abdullah a fim de fazê-lo entrar na jogada.

– Eu estava na reunião da prefeitura – diz o imã Abdullah com a voz grave. – É difícil acreditar que vamos perder mais uma mesquita na área.

– Mas então, a gente não precisa perder o centro islâmico – fala Tiwa. – Said e eu montamos um plano pra salvá-lo. Lembramos que o senhor mencionou todos os fechamentos de mesquitas em Vermont, e acho que, se conseguíssemos trazer todos os muçulmanos das cidades vizinhas pra cá, poderíamos mostrar ao prefeito que há a necessidade de ter um centro islâmico. Ele vive dizendo que o espaço não serve a comunidade porque apenas alguns de nós vão até ele com as nossas preocupações. Somos poucos em Nova Crosshaven. Mas a comunidade muçulmana de Vermont não é pequena, e merecemos um lugar próprio onde possamos construir nossa comunidade. Nós só temos que mostrar isso a ele!

Tiwa parece um pouco sem fôlego ao terminar o discurso.

– O senhor conhece a comunidade muçulmana de Vermont – acrescento. – Pensamos que, se o senhor contatasse algumas dessas pessoas, talvez elas viessem.

O imã Abdullah apenas pestaneja devagar por um instante, como se estivesse tentando entender tudo. Mas então solta um suspiro.

– Tudo bem. Vou fazer umas ligações.

A padaria de Abigail está quase totalmente deserta quando entramos pelas portas da frente meia hora depois, o que não é surpresa, já que está quase na hora de fechar. A mulher do caixa me lança um olhar estranho quando desabo em um dos assentos ao lado da janela. Tiwa se senta na cadeira em frente à minha e franze o cenho.

– Você deveria ter trocado de roupa – comenta.

Lanço um olhar para minha camiseta ainda coberta de tinta. Quase me esqueci de que ainda estava com essa roupa e que não é um traje muito apropriado.

– Que horas eu iria me trocar? Deveria ter pegado emprestado o lungi do imã Abdullah? – questiono.

– Ei, eu sempre achei lungis muito fashionistas – diz Tiwa. – Quer dizer, seu pai sempre faz parecer muito chique.

– Casual chique de Bangladesh.

– Exatamente. – Tiwa sorri.

Analiso o cardápio, embora saiba exatamente o que quero. Quando volto a olhar para Tiwa, ela desvia o olhar rapidamente, como se tivesse ficado me olhando. Tento ignorar o frio na barriga e me inclino para a frente.

– Então, o que você quer?

Tiwa dá de ombros, sem olhar nos meus olhos.

– Eu estava pensando em… cookies – digo.

Tiwa se vira para mim desta vez, o olhar fixo no meu por um instante.

– Aqueles em formato de abacaxi?

– Esses mesmo – digo, dando um sorrisinho. – Não me lembro da última vez em que comi eles.

– Um dia antes de você ir embora – diz Tiwa, devagar. – Lembra? A sra. Barnes te deu cinquenta dólares de presente de despedida, e você decidiu que o melhor jeito de gastar seria comprar o maior número de cookies açucarados que conseguisse.

– E a gente comeu tantos que quase vomitou depois. Eu me lembro. Você… não comeu mais depois disso?

Tiwa balança a cabeça, e o frio na barriga parece aumentar. É claro, também não comi os cookies em formato de abacaxi desde aquele dia. Como eu poderia, sendo que era um lance meu e de Tiwa sempre que vínhamos até a Abigail? Só não fazia ideia de que Tiwa tinha se sentido da mesma forma.

– Porque eu não queria passar mal com eles de novo, é claro – diz Tiwa, fazendo uma careta. – A dor de estômago que eu senti naquele dia deve ter sido a pior de toda a minha vida.

– Aham, parecia que eu estava morrendo no caminho todo até Virgínia – digo, dando uma risadinha. – Então vão ser nossos primeiros cookies açucarados em formato de abacaxi em quatro anos. Vou lá pedir.

Me levanto e vou até a mulher do caixa, que ainda olha minha camiseta com desdém.

– Queremos um prato dos seus melhores cookies açucarados – peço.

Ela faz o pedido na máquina e eu lhe passo cinco dólares. Ela arruma uma fornada de biscoitos em um prato que tem o logotipo da padaria. Levo o prato para a nossa mesa, pensando em como todos os nossos verões dos últimos três anos poderiam ter sido assim se Safiyah não tivesse estragado tudo.

Mas não quero falar sobre Safiyah e acabar com o clima.

Coloco os cookies na mesa, entre nós dois. Tiwa estende a mão para pegar um ao mesmo tempo que eu, nossos dedos se encontrando. Uma faísca de eletricidade parece pulsar entre nós, passando das pontas dos dedos dela para as pontas dos meus.

Nós dois tiramos as mãos, e o calor sobe às minhas faces.

– Desculpa, pode pegar – murmuro.

– Valeu – diz Tiwa, estendendo a mão novamente e pegando um dos cookies.

Pego outro e dou uma mordida. É a quantidade certa de doce e crocância, e ele derrete na minha boca.

– Tenho certeza de que esse é o melhor cookie do mundo – declaro.

– E a gente ficou sem eles por três anos – diz Tiwa, concordando com a cabeça.

– A gente poderia encomendar uma caixa pra festa do Eid – sugiro.

Com isso, o rosto de Tiwa murcha. Ela tenta mudar a expressão para algo parecido com um sorriso outra vez, mas fica claro que há algo de errado.

– Eu sei que a festa do Eid não vai ser a mesma por não ser no centro islâmico, mas… ainda vai ser legal. E se nosso plano der certo, talvez no ano que vem a gente consiga fazer no centro islâmico de novo.

– Não é essa a questão… – diz Tiwa. Ela quebra um pedaço de cookie nas mãos, a coroa do abacaxi. – Meu pai falou pra gente hoje que não vai vir para o Eid este ano.

– Ah…

Sei que deveria dizer mais alguma coisa, mas não sei o que dizer para tornar as coisas melhores.

– É que não vai parecer que é o Eid sem ele aqui – diz Tiwa, com um suspiro.

– Sinto muito. – Isso é tudo o que posso dizer.

– Tudo bem. – Ela suspira outra vez. – Esses cookies ajudam.

Tiwa mordisca a ponta do cookie que tem em mãos.

Pego outro no prato, que está esvaziando rapidamente. Só que esse cookie na minha mão mal parece um abacaxi. Olho para Tiwa para ver se ela percebeu, mas está encarando a mesa com um olhar desamparado em vez de olhar para mim.

– Achei um abacaxi careca.

Isso chama a sua atenção. Ela olha de mim para o cookie em minha mão. Sem a coroa no topo, parece mais um ovo do que qualquer coisa, mas a primeira vez que Tiwa e eu encontramos um desses na nossa caixa de cookies, apelidamos de abacaxi careca. E pegou.

– Toma.

Entrego o abacaxi para ela, e Tiwa o aceita com hesitação, me olhando como se eu tivesse algum tipo de plano nefasto na manga.

– Por que você está me dando esse? Achei que a gente tivesse que lutar até a morte pra ficar com ele – diz Tiwa.

– Não, nada de lutas até a morte desta vez. Você precisa de sorte mais do que eu. Além disso, não é como se a sua sorte não fosse passar pra mim. Se o abacaxi careca fizer nosso plano do centro islâmico funcionar, nós dois colheremos os frutos.

Tiwa sorri.

– Você pensou em tudo mesmo.

– Quer dizer, não é todo dia que se encontra um abacaxi careca.

– E não é todo dia que a gente come cookies açucarados na Abigail – acrescenta Tiwa.

Assinto devagar, como se fosse uma sabedoria valiosa. Mas, na verdade, estou pensando que talvez, se tudo der certo, este *poderia* ser nosso dia a dia.

ATO IV

UMA NOITE ESCURA E ESTRELADA

25

UM EID DA FAMÍLIA HOSSAIN

SAID

MANHÃ DO EID

Acordo com o cheiro do pão porota e do korma de ammu – o aroma de uma manhã de Eid da família Hossain. Escorrego do sofá do escritório, onde tenho dormido nos dois últimos dias em uma tentativa de evitar Safiyah, e me alongo. Eu mal caibo no sofá, e ontem vi ammu lançando um olhar cético para o quarto, enquanto eu me rastejava para cima dele.

Mas nenhum de nós conversou de verdade desde o que aconteceu no dawat. Estou com medo do que pode acontecer no café da manhã quando desço a escada. Todo mundo já está lá, pegando a comida em meio a uma neblina sonolenta: ammu, abbu, Safiyah, e até chacha e chachi.

– Said, você acordou – diz ammu.

Ela está sorrindo, mas há um cansaço em seu rosto que não parece se dever ao fato de ela ter acordado mais cedo do que todo mundo para fazer o café da manhã.

Me sento no meu lugar de sempre à mesa, pego um porota e coloco korma de frango no prato. Ficamos quase em silêncio enquanto comemos, com abbu ocasionalmente batendo papo com chacha e chachi, mas até eles parecem exaustos.

– Que horas é a oração do Eid mesmo? – pergunta chacha.

Abbu lança um olhar para o relógio do celular.

– Daqui a uma hora, precisamos começar a nos arrumar. Não queremos nos atrasar e perder o Eid khutbah.

Tomo banho no banheiro de hóspedes e visto as roupas novas que ammu comprou para mim antes de eu voltar para passar as férias em casa: um panjabi azul-claro com detalhes dourados. Mas o escritório não tem espelhos, então tenho de ir até lá embaixo, no espelho de corpo inteiro junto da sala, para ver se o panjabi ficou mesmo bom.

Ajusto a gola e dou uns tapinhas no cabelo, tentando deixá-lo mais arrumado – mas não arrumado demais, já que meu cabelo tem vida própria. Não consigo deixar do jeito que quero.

– Você está bonitão! – diz Safiyah, de longe.

Eu me viro e vejo que ela está descendo a escada com aquele sorriso de desculpas no rosto, e isso é o bastante para fazer com que um pouco daquela raiva latente volte. Não respondo; em vez disso, saio de perto do espelho e vou até a cozinha, torcendo para que Safiyah não me siga até lá.

– Said, quer um lanchinho antes de a gente sair? Você mal comeu no café – diz ammu. Ela abre a geladeira, mal olhando para mim, e tira uma caixa de mishtis que uma das tias trouxe para o dawat. – Rasgulla? – oferece.

– Não, valeu.

– Tem razão, não é muito saudável, ainda mais depois de comer porota e korma. E se eu cortar uma maçã pra você?

– Não estou com fome, ammu. Vamos sair, daqui a pouco a gente se atrasa.

– Está bem, vou chamar seu abbu – concorda ammu, embora sua voz pareça desanimada.

Tem sido assim desde o dawat: ammu tentando me alimentar sempre que pode, Safiyah tentando me encurralar por meio de elogios para eu conversar com ela, abbu me evitando na maior parte do tempo. Pelo menos tinha o mural para afastar tudo da minha mente e me manter ocupado antes. Mas, agora, a ideia de que todo mundo vai ver meu mural me deixa um pouco enjoado.

Vou lá para fora a fim de esperar abbu perto do carro enquanto todos terminam de se arrumar devagar, andando pela casa. Fecham a porta atrás deles, e chacha e chachi entram no próprio carro, prometendo nos encontrar na frente do centro Walker. Nós quatro entramos no carro, ammu e abbu na frente, Safiyah e eu atrás.

– Você viu que o filho de Anaan vai se casar no fim do ano? – pergunta ammu assim que abbu sai da garagem. – O noivado é no mês que vem; convidaram todos nós. Você ainda vai estar de férias em casa, né, Said?

– Talvez – digo, olhando pela janela, evitando olhar para qualquer um no carro.

Sei que ammu está tentando aliviar um pouco da tensão, mas a única pessoa que parece interessada no noivado do filho da tia Anaan é abbu.

– Ele não é novo demais pra casar? Nem se formou na faculdade ainda. Como vai sustentar uma família? – pergunta abbu, parecendo meio estressado.

– Tenho certeza de que pensaram em tudo, talvez Anaan e o marido sustentem ele – diz ammu.

– Isso não é jeito de começar uma família – diz abbu, com severidade.

– Às vezes as pessoas precisam de ajuda – Safiyah se intromete do nada. – Quer dizer, o que tem de errado com os pais ajudarem ele a se estabelecer na vida? Só querem o melhor para o filho.

Abbu troca um olhar rápido com ammu, e eu olho para as árvores passando pela janela.

– Eu não sabia que você estava tão envolvida com a vida deles – diz abbu.

A conversa para quando viramos na rua do centro Walker. Em vez da rua normalmente deserta, há carros estacionados dos dois lados, ao que tudo indica, na rua inteira.

– Por que já tem tantos carros aqui? – pergunta ammu, com a testa franzida. – A gente chegou na hora certa!

– Vê se você consegue encontrar uma vaga – diz abbu, olhando atentamente ao redor, dos dois lados da rua.

Olho também, mas quase todos os lugares ao longo do meio-fio estão ocupados.

– Ali! – grita Safiyah quando ainda estamos a alguns minutos do Walker.

Ela aponta para um espacinho entre dois carros, e abbu para nele, conseguindo de alguma forma espremer o carro na vaga.

A primeira coisa que vejo ao descer é uma escavadeira amarela à distância. Há trabalhadores com capacetes e uniformes guiando a escavadeira para algum lugar. Só que, antes que tenha a chance de pensar muito no assunto, uma silhueta familiar aparece à distância. Tiwa está correndo do Walker em nossa direção.

– Tiwa, que bom… – ammu começa a dizer conforme Tiwa se aproxima.

– Oi, tia, bom te ver. Só preciso falar com Said rapidinho – diz ela.

– Sim, claro – diz ammu, parecendo um pouco confusa.

Safiyah lança um olhar de soslaio para mim e para Tiwa enquanto Tiwa me puxa para longe.

– Liguei pra você e mandei mensagem – diz ela.

Há uma estranheza em sua voz, mas não identifico o que é.

– Que foi? O que aconteceu?

A respiração de Tiwa é trêmula.

– É… o centro islâmico. Mudaram os planos de demolição para hoje. Chegamos tarde demais.

26

O SHAITAN ENCARNADO

Tiwa

Said pisca para mim, com uma expressão confusa no rosto.

– Como assim chegamos tarde demais?

Ainda estou tentando recuperar o fôlego. Eu não deveria ter corrido até aqui, mas o tempo é curto.

– Cheguei uma hora antes da oração do Eid pra ajudar o imã Abdullah a arrumar as salas de oração e começar a receber os convidados de cidades vizinhas, aí vi o prefeito Williams conversando com os pedreiros. No começo, não pensei muito no caso, mas depois vi um dos pedreiros levando um caminhão enorme até o terreno do centro islâmico e o prefeito Williams falando de *começar o processo*, o que obviamente foi muito estranho. Então fui confrontá-lo e ele me disse que adiantaram os planos. Vão começar hoje – digo, sem parar nem uma vez para engolir ou respirar.

Os olhos de Said se arregalam, e ele olha para a frente, para o caminhão do outro lado da rua, à distância, e para Williams, que está de terno cinza ao lado dele, rindo de algo com os pedreiros como o vilão de uma história em quadrinhos.

– Não dá pra acreditar. Ele achou que o *Eid* seria uma data legal pra fazer isso? Juro, esse cara é o shaitan encarnado – comenta Said, olhando para ele.

Vejo a cabeça da mãe de Said se virar com a menção ao *diabo*. A tia deve achar que estamos conjurando algo secretamente. Força um sorriso para tranquilizá-la, como se nada de estranho estivesse acontecendo, mas ela ainda parece preocupada.

– O que a gente vai fazer? Está todo mundo aqui. Reunimos as pessoas pra mostrar o mural e como o centro islâmico poderia ser no futuro, mas Williams está destruindo esse futuro na nossa cara – diz Said.

Concordo com a cabeça. É como se Williams tivesse algum tipo de paixão estranha e sádica não apenas por destruir edifícios, mas também sonhos. Como é que pode ser seguro começar a demolição quando há tantos carros e ainda mais pessoas? Tá, todos deveriam estar no centro comunitário, mas ainda assim...

– Espera – intervenho, olhando para os grupos de pessoas que entram aos poucos no centro Walker para a oração do Eid.

– Que foi? – diz Said, se voltando para trás junto comigo.

– Acho que sei como podemos parar a demolição por ora, mas preciso de ajuda, sua e de Safiyah.

Said faz uma careta ao ouvir o nome da irmã.

– A gente precisa de público. Se conseguirmos reunir lá fora todo mundo que já entrou no Walker pra oração do Eid, acho que podemos chamar a atenção do prefeito.

Encontro Safiyah e conto o plano para ela, e nós três começamos a executá-lo.

Reunimos todos os convidados para a oração do Eid do lado de fora, na rua. Em pouco tempo, toda a calçada e a rua ficam repletas de pessoas confusas. Parece que somos milhares, embora provavelmente haja apenas um quarto disso.

Vejo o prefeito Williams tentando levar as pessoas de volta para dentro, mas de acordo com as minhas instruções, junto com as de Safiyah e Said, elas foram orientadas a ficar onde estão e ignorar o homem branco de terno. Fico surpresa por terem nos escutado.

– É para a própria segurança de vocês. Vamos começar uma demolição muito importante, e preciso que todos evacuem a área para podermos interditar o prédio e proteger todo mundo. – Ouço Williams explicar para a multidão de tios pelo megafone irritantemente alto e desnecessário. Os tios o ignoram e continuam parados.

Safiyah corre até mim.

– Tudo feito. Tive que subornar algumas crianças com mishtis, mas todo mundo saiu.

– Obrigada, Saf – digo, ainda me sentindo esquisita por tudo.

Não estou tão brava com ela quanto Said, mas ainda não tivemos tempo para conversar sobre isso, e não sei em que pé está nossa amizade.

– Sempre que precisar – diz ela com um sorriso que não retribuo, e então se posiciona para ficar ao meu lado.

Observamos o caos se desenrolar. Os pedreiros confusos, os convidados igualmente desnorteados, e o prefeito frustrado correndo de um lado para o outro. As vozes aumentam, formando um zumbido alto.

De um jeito estranho, é até legal, todos nós aqui juntos. É disso que o Eid se trata, afinal: da comunidade.

– E agora? – pergunta Saf baixinho.

– Não sei bem. Não pensei em nada depois disso. Espero que isso faça com que eu ganhe um tempo pra pensar em alguma coisa. Só tinha que impedir o prefeito Williams antes.

– Bom, acho melhor você se apressar. Parece que meu irmão está indo brigar com Williams, e isso não vai dar certo – diz Safiyah, acenando para a frente da multidão com a cabeça, onde Said, com cara de quem está puto da vida, caminha na direção de Williams, que está no terreno do centro islâmico com um grupo de pedreiros receosos.

Observo, chocada, enquanto Said pega o megafone do prefeito Williams, que parece igualmente surpreso, e avança para o meio do terreno, ao lado da lona enorme que está cobrindo o mural.

– Sua atenção, por favor. Quero falar uma coisa – diz Said, a voz alta imediatamente silenciando a audiência.

Williams marcha até Said às pressas.

– Escuta aqui, garoto, você precisa se afastar dessa área, tem uma máquina bem atrás de você. Isso é um risco para a sua saúde e segu...

Said ignora Williams e se aproxima da máquina, suspiros reverberando claramente pela multidão.

O que ele está fazendo?

– Eu vou ser breve, e aí você pode pegar seu alto-falante gigante de volta – diz Said para Williams.

Então, ele se volta para a multidão de curiosos espectadores.

– Salam, pessoal. – Ele dá um aceno desajeitado. Há uma onda de salam no meio da multidão. – Meu nome é Said, e eu cresci aqui nesta cidade. Mais especificamente entre esses dois lugares. O centro comunitário Walker, onde eu ia pra biblioteca, tipo, todo fim de semana pra ver minha bibliotecária preferida e fugir do mundo, e o centro islâmico, onde eu passei anos indo pra escola árabe, aprendendo a ler o Alcorão, frequentando incontáveis festas do Eid. São muitas memórias... todas aqui – diz Said, e é mais uma vez interrompido por Williams.

– Os pedreiros são contratados por hora. Tenho certeza de que você pode fazer esse *discurso* lá dentro – diz ele, os lábios virados para cima. Parece que ele quer torcer o pescoço de Said. Se não houvesse tantas testemunhas, tenho certeza de que o faria.

– Deixa o menino falar! – grita um dos tios. Outros murmuram em concordância.

Williams faz uma careta e cruza os braços.

– Onde eu estava? Ééé, tá, o centro islâmico significa muito pra mim. Não passo mais tanto tempo aqui, por causa da escola, mas sempre morro de vontade de voltar nas férias. Sendo bem sincero, tenho muita dificuldade em me conectar com a minha religião e tudo o mais quando estou longe, mas quando venho pra cá, sempre encontro meu caminho de volta para ela por causa da comunidade, e não queria ver isso sendo destruído, então fiz essa pintura – diz Said, puxando a lona e finalmente revelando o mural.

Ele aponta para o enorme redemoinho de cores e imagens que ilumina a parede e o chão em volta. O mural parece ter sido melhorado desde a última vez em que o vi, como se Said tivesse voltado para contornar as linhas e dar mais profundidade à arte. E, mais uma vez, ele tira meu fôlego.

As pessoas se aproximam demais para o gosto de Williams, admirando-o. Ele claramente agrada a todos.

Sorrio, olhando nos olhos de Said por um breve momento. Ele parece feliz.

– Mesmo se você não for de Nova Crosshaven, deve ter ouvido falar sobre a importância dos murais para a nossa cidade, e visto isso no caminho até aqui hoje. Nós temos murais em quase todos os prédios públicos, murais nas calçadas, murais pintados nas árvores. É meio que a nossa especialidade.

– Por mais que eu sempre vá amar um mural, inclusive esse... – interrompe o prefeito Williams novamente, com uma careta. – ... eu falei pra você e para os seus amigos inúmeras vezes: esse edifício não pode ficar aqui, e, além disso, vocês não obtiveram permissão pra pintar isso, pra começo de conversa...

Perco o foco, as palavras do prefeito ecoando na minha mente.

Por mais que eu sempre vá amar um mural. Meus olhos se arregalam quando me dou conta. Como é que eu não pensei nisso antes?

Pego meu celular, vou até o site da prefeitura e faço uma busca rapidamente.

– O que você está fazendo? – sussurra Saf, olhando para a tela do meu celular.

Vou até a seção que estou procurando e quase dou um pulo.

– Consegui – digo.

– Conseguiu o quê? – pergunta Safiyah, mas não tenho tempo, já estou andando.

– ESPERA! – berro no meio da multidão e vejo as pessoas se virarem para mim, incluindo Said e o prefeito Williams, que pareciam estar brigando antes da minha interrupção.

As sobrancelhas de Said estão franzidas enquanto passo por entre as pessoas, segurando o celular no alto.

– Você não pode derrubar esse edifício – digo, sem fôlego.

Passar pelas pessoas é mais difícil do que parece.

O prefeito Williams suspira pela enésima vez.

– Parece que eu estou vivendo no filme *Feitiço do tempo*. Quantas vezes eu tenho que dizer que foi decidido... – começa a dizer o prefeito Williams.

– Bom, a decisão não é válida.

O prefeito Williams parece querer rir ou chorar ou os dois.

– É válida, sim. Você estava na assembleia da prefeitura; teve uma chance justa.

– Não de acordo com os regulamentos da cidade. – Mostro o celular para ele e faço minha melhor voz de *futura senadora*. – Bem aqui, no parágrafo D da subseção C: *Qualquer edifício que tiver um mural anexado a ele é protegido na cidade de Nova Crosshaven sob a Lei de Direito ao Mural de 1987*. Portanto, não pode ser demolido – termino de dizer com um sorriso largo e triunfante nos lábios.

Vejo a confusão de Said se dissolver, substituída por uma expressão mais leve.

– É isso aí – reitera Said, avançando para se postar ao meu lado, os braços cruzados.

O rosto do prefeito fica levemente rosado enquanto lê e relê a seção, procurando erros ou equívocos. Não que fosse encontrar algum. Afinal, é o código de conduta *dele*.

Williams finalmente pigarreia e desvia o olhar das evidências, se voltando para a multidão de espectadores.

– Não é um mural oficial, então infelizmente a regra não se aplica.

– Não há nada no estatuto sobre ser um mural oficial, prefeito Williams. Só está escrito mural – digo, encolhendo os ombros.

Williams olha para mim, realmente me *encarando*.

– Prefeito Williams, o senhor quer mesmo decepcionar toda essa gente? Ainda mais gente que pode ter negócios nesta cidade e que talvez queira voltar com frequência pra visitar? – Ouço a voz da minha mãe vir da multidão.

Me viro para ela, e ela está olhando para o prefeito Williams com os braços cruzados, como se o estivesse desafiando.

Williams parece furioso, e por um momento acho que vai brigar com a minha mãe na frente de todo mundo, mas em vez disso ele abre aquele sorriso de plástico que dá arrepios.

– Parece que não posso argumentar contra isso. É um mural maravilhoso, também, queria eu mesmo ter encomendado. Acho que isso só mostra como as pessoas de Nova Crosshaven são incríveis e têm uma ótima intuição. – Ele dá um tapinha nas costas de Said, e o ouço murmurar um *ai*. Então, o prefeito Williams se volta para os pedreiros. – Decidi anular a demolição do centro islâmico. É claro que esse mural lindo vai atrair muitos visitantes, principalmente durante o Festival de Murais em alguns meses, fazendo com que a economia gire tanto quanto um condomínio de apartamentos... o que era meu objetivo, de qualquer forma. Colocar os cidadãos em primeiro lugar.

Não consigo acreditar. Nós de fato o impedimos.

Me viro para a multidão que assiste em silêncio, e então, motivadas pelo aplauso extremamente alto de Safiyah, as pessoas começam a comemorar também, aplaudindo um pouco demais para o gosto do prefeito Williams.

Olho para Said. Ele já está olhando para mim, com o maior sorriso de todos no rosto, e não posso deixar de abraçá-lo. No mesmo instante, ele me envolve em seus braços, e neste momento descubro que senti mais saudade de abraçar Said do que pensava.

Alguns segundos se passam, e percebo que, primeiro, estamos nos abraçando há mais tempo do que é socialmente aceitável para amigos (ou seja lá o que nós formos), e segundo, as pessoas estão nos encarando.

Quase me esqueci da existência de todo mundo. Pareceu, por um momento, que éramos as duas únicas pessoas do mundo.

Me afasto dele, embora pudesse ficar daquele jeito para sempre, se tivesse escolha, e, sem jeito, aceno com a cabeça para ele, como se fosse algum tipo de parceria de negócios. Ele acena de volta para mim, ainda sorrindo.

Desvio o olhar, sentindo minha pele quente, e finjo estar interessada na animação das pessoas. Vejo minha mãe perto dos fundos. Ela está ao celular, virada de costas, provavelmente falando com algumas das minhas tias da Nigéria, desejando um feliz Eid. Nigerianos não têm noção de dia e noite.

– Conseguimos – digo para Said depois que a multidão se dispersa e todos começam a entrar no centro Walker novamente para a oração matinal do Eid com o imã Abdullah.

Ainda não estou olhando direto nos olhos de Said, com medo de que ele enxergue todos os meus pensamentos, sentimentos e desejos através de meus olhos.

Ele me cutuca enquanto seguimos para o centro.

– Não, você conseguiu. Eu só fiquei ali, sendo lindo.

Reviro os olhos, cutucando-o de volta.

– Ah, sim – respondo. – Seu rosto claramente ajudou a salvar o centro islâmico.

– Claramente – repete.

Estou prestes a fazer um comentário embaraçoso sobre sua carreira de modelo em potencial quando sou salva pela minha mãe.

– Tiwa! – grita ela da entrada do Walker, o celular apertado nas mãos e um sorriso resplandecente no rosto. – Vem me ajudar lá dentro. Precisamos colocar a comida na geladeira antes da oração.

– Tá, já vou! – grito de volta para ela e me viro para Said. – Te vejo mais tarde?

Ele assente.

– Até.

Quando me viro, ouço meu nome outra vez.

– Tiwa – chama Said, e volto a olhar para ele.

– Oi?

– Eid Mubarak – ele diz, me olhando de um jeito estranho.

Sinto meu coração acelerar quando nossos olhares se encontram.

– Eid Mubarak, Said.

27

EQUÍVOCO
SAID

INÍCIO DA TARDE DO EID

Algumas horas mais tarde, a festa do Eid está a todo vapor. Estou ao lado da mesa de comes e bebes, enchendo meu prato com diferentes comidas que cada família levou: tudo, desde chotpoti picante até chin chin doce.

A celebração do Eid ao meu redor parece ainda mais animada do que o normal. Há crianças correndo por todos os lados, tias e tios rindo e conversando alto. Há trocas de presentes, abraços e beijos por todo o centro. Em um canto, vejo até Safiyah e Ishra conversando com ammu e abbu – abbu rindo de algo que alguma delas deve ter dito. É como se a promessa da reconstrução do nosso centro islâmico, junto com o Eid, tivesse rejuvenescido toda a comunidade muçulmana, tanto a de Nova Crosshaven como a de fora da cidade.

– Said, Eid Mubarak! – A voz de Munir chacha ressoa atrás de mim.

Então me viro, os olhos arregalados. Definitivamente não estou pronto para ser encurralado pelo chacha hoje. Mas ele está do meu lado antes que eu tenha chance de escapulir. Dá um tapinha nas minhas costas, sua forma habitual de saudação – um tapa tão forte que cambaleio de leve para a frente, e uma das chamuças cuidadosamente aninhadas na borda do meu prato sai voando.

– Ei! – grita uma tia ao longe; a chamuça bateu em seu sári novinho em folha.

Ela olha ao redor em busca de um culpado, então me viro para chacha, tentando parecer envolvido na conversa.

– Eid Mubarak, chacha. Espero que esteja gostando da festa do Eid – digo.

– Isso sim que é uma festa do Eid – diz ele, balançando a cabeça enquanto olha ao redor, o salão repleto de decorações, comida e, o mais importante, pessoas da nossa comunidade. – E podemos ter muito mais festas como essa por causa do que você fez lá fora, Said. Estamos muito orgulhosos de você, espero que saiba.

Com isso, ele me lança um olhar orgulhoso, e me sinto um pouco culpado por querer fugir dele antes.

– Valeu, chacha – murmuro.

– Sei que sua ammu e seu abbu estavam radiantes de orgulho quando viram você lá, fazendo seu discurso – conta chacha, pegando um jalebi do meu prato.

Mostro um sorriso tenso para ele. Depois de tudo o que aconteceu entre nós há alguns dias, duvido muito disso. Chacha claramente não é muito bom em sentir o clima do ambiente, porque no segundo seguinte gesticula para os meus pais se aproximarem de nós.

– Você tem que experimentar esses jalebis, bhaiya, são incríveis – diz chacha. – Os melhores que já comi, mas não conta isso pra Shazia.

Ele começa a encher o próprio prato de jalebis, me deixando a sós com meus pais pela primeira vez desde o dawat.

– Eid Mubarak, Said – diz ammu.

– Eid Mubarak – respondo, olhando para baixo.

– Seu mural no centro islâmico ficou lindo – comenta abbu, inesperadamente.

– E seu discurso também – concorda ammu.

Olho para cima a fim de encarar meus pais e fico surpreso por não parecerem decepcionados, bravos, ou magoados como ficaram na noite do dawat. Se eu não soubesse a verdade, acharia que estão orgulhosos.

– Said, por que você nunca falou pra gente que não queria estudar Medicina? – pergunta abbu.

– Sei lá, acho que… não queria decepcionar vocês. Principalmente depois de terem me mandado pra St. Francis. Eu sei que é uma escola cara e que eu deveria virar médico no fim, mas…

– A gente não te mandou pra St. Francis pra você virar médico – interrompe ammu. Há uma expressão confusa em seu rosto, como se não soubesse de onde tirei isso. – Queremos que você e Safiyah tenham a melhor educação possível. É tudo o que a gente sempre quis. Em Bangladesh, seu abbu e eu não tivemos as oportunidades que vocês têm aqui, Said. Queremos que vocês tenham oportunidades, e a melhor educação abre as portas pra isso.

– E a gente não liga se as oportunidades forem estudando Medicina em Harvard ou… alguma outra coisa – continua a dizer abbu. – Sempre quisemos que você fosse feliz. A gente só achou que estudar Medicina fosse te fazer feliz. Você nunca negou.

Parando para pensar, dá para ver por que ammu e abbu podem ter cometido esse equívoco. Quando fui aceito na St. Francis, gastar todo aquele dinheiro em um internato chique, ficar longe da minha família, de Tiwa… tudo me pareceu assustador. De alguma forma, a solução para os meus problemas parecia ser estudar Medicina, virar médico. Era o campo de estudos que famílias bengali pareciam admirar acima de tudo. Ao ver todos os meus primos seguirem esses caminhos tradicionais de carreira, achei que fosse minha única escolha. É como se, por muitos anos, eu estivesse tentando alcançar expectativas que meus pais nunca colocaram em mim, mas que sentia que precisava alcançar porque era tudo o que eu conseguia ver.

Quando percebi que minha paixão, na verdade, eram as Artes, meus pais já tinham se agarrado ao que eu tinha dito sobre cursar Medicina. Todas as minhas tias e os meus tios bengali, morassem eles em Nova Crosshaven ou em Daca, sabiam disso.

– Eu deveria ter falado. Só que parecia ser tarde demais, como se já tivessem tomado a decisão por mim – admito.

– A decisão sempre foi sua, Said – diz ammu.

– Então, qual é a *sua* decisão? – pergunta abbu, com uma sobrancelha erguida.

Hesito por um instante, mas sei que preciso contar a verdade para eles agora.

– Arte. A Faculdade de Animação de Nova York é minha escolha principal, mas tenho algumas outras secundárias. Eu sei que não é uma carreira pragmática, mas...

– Sua tia Anjana conhece um dos professores de lá – diz ammu, animada, antes mesmo de eu poder terminar a explicação. – Vou ligar pra ela. Depois de todos os mishtis que mandei pra ela, ela tem que ajudar a gente.

– Você precisa de um portfólio, né? – pergunta abbu, a sobrancelha franzida. – Quer que a gente contrate um fotógrafo profissional para o mural lá fora? É uma ótima obra de arte; só porque está na parede do centro islâmico não quer dizer que você não pode usar.

Pisco para conter as lágrimas diante do comportamento familiar dos meus pais. Sempre dando um jeito de me apoiar, antes mesmo de eu pedir qualquer coisa a eles. Talvez Julian estivesse certo a respeito deles esse tempo todo, e eu não tenha dado a eles o crédito que merecem.

– Vocês estão mesmo de boa por eu escolher a faculdade de Artes em vez de Medicina? – quero saber.

– Concordamos com o que você quiser fazer, shona – diz ammu, radiante.

Ela se inclina para a frente e me envolve em um abraço. É a primeira vez que me abraça nessa temporada do Eid inteira, e isso me faz desejar que tivéssemos feito as pazes antes. Geralmente, meu Eid sempre começa com um abraço e um Eid Mubarak de ammu.

– Bhai, bhabi, venham aqui! Vamos tirar uma foto! – grita um dos tios para ammu e abbu, interrompendo nossa conversa.

Levanto o olhar e vejo um grupo enorme de tias e tios de Bangladesh, todos vestidos com as roupas novas e chiques do Eid. Tem uma criança que não deve ter mais de dez anos equilibrando sem jeito vários celulares para tentar tirar a foto.

Ammu me dá um último beijo na bochecha antes de correr até o grupo, abbu em seu encalço, enquanto rapidamente fujo pela porta dos fundos do Walker, preocupado com a possibilidade de me puxarem para tirar a foto quando a criança inevitavelmente falhar na missão.

Inspiro o ar fresco do lado de fora, sentindo como se o peso do mundo tivesse sido tirado dos meus ombros depois daquela conversa com ammu e abbu. E, estranhamente, há apenas uma pessoa com quem quero falar sobre tudo isso: Julian. Ele esteve ao meu lado enquanto eu lutava para descobrir um jeito de contar sobre a faculdade de Artes para ammu e abbu.

Ele é meu melhor amigo há anos, e talvez eu não tenha dado a ele o benefício da dúvida, assim como me enganei a respeito de ammu e abbu.

Pego o celular e digito minha primeira mensagem para Julian depois de dias:

julian, eu sei que a gente tem umas coisas pra resolver, mas a gente conversa sobre isso assim que você chegar pra festa do eid na minha casa.

Não preciso esperar muito até meu celular tocar com a resposta dele.

tem certeza de que ainda quer que eu vá?

Não hesito antes de responder: tenho.

28

LADRÃO DE COMIDA

Tiwa

FIM DA TARDE DO EID

Estava procurando por Safiyah por todos os lados, querendo enfim falar com ela sobre as cartas, mas tudo isso desaparece da minha mente quando o vejo.

A princípio, acho que estou imaginando coisas.

Faria sentido meu cérebro começar a projetar alucinações devido ao cansaço de planejar todo este evento, mas, quando pisco, nada muda.

Ele ainda está ali. No canto, ao lado da minha mãe e de Safiyah, meu pai está acenando para mim.

Ando rapidamente com uma expressão cética no rosto, esperando que as rachaduras apareçam na miragem. Mas quando ele abre os braços e eu corro em sua direção, é sólido.

Meu pai está mesmo aqui. Não é imaginação.

– Você é real – digo em voz alta sem querer, sentindo uma onda de emoções me atingir de uma só vez. Provavelmente pela exaustão.

– Eu sou real – diz meu pai.

Percebo que nossas ligações diárias não são o bastante; vê-lo pessoalmente é melhor do que qualquer coisa.

Me afasto dele, ainda em choque.

– Mas como? Você disse…

– Eu sei, achei mesmo que não iria conseguir vir, mas a gente deu um jeito no último minuto e pensou em fazer uma surpresa pra você. Foram sua mãe e Safiyah que planejaram... principalmente Safiyah, mas sua mãe ama receber o crédito pelas coisas. – Meu pai diz a última parte baixinho, embora ainda alto o bastante para minha mãe ouvir e bater de leve no ombro dele.

– Eu ouvi – diz ela, e meu pai ri.

– Ué, achei que a gente não devesse mentir nas ocasiões sagradas, não?

Minha mãe revira os olhos.

– Não liga pra ele. É cheio de papo furado.

– Eu só sou cheio das bênçãos de Alá – diz meu pai, dando uma piscadinha para mim e se virando um segundo depois. – Ah, são donuts?

Assinto.

– Os rosa em formato de dinossauro são da Abigail, seus favoritos. Achei que, como você não viria, a gente poderia aproveitar por você.

Não foi o único motivo, é claro. Os donuts rosa em formato de dinossauro eram obviamente os favoritos do próprio *connoisseur* de dinossauros: Timi. Ele sempre ganhava de sobremesa no Eid. Não me lembro de meu pai gostar tanto deles antes de Timi morrer. De certa forma, tê-los aqui é como ter a presença de Timi, e acho que o amor de meu pai pelos donuts vem do amor de Timi por eles.

O sorriso de meu pai se alarga.

– Bom, então acho que vou ter que ir até lá e investigar... garantir que os donuts são de primeira linha.

Assinto.

– É claro – digo. – A gente pode conversar mais tarde. Na verdade, eu queria roubar Safiyah rapidinho.

Gesticulo com a cabeça para minha melhor amiga, que está estranhamente quieta, parada sem jeito apenas observando a conversa em vez de participar, como normalmente faria.

– Posso falar com você? – pergunta Safiyah enquanto nos afastamos de meus pais, a preocupação pesando em sua voz.

– É claro – digo, sentindo a ansiedade crescer no meu peito.

Há uma pausa e, então, quando estou prestes a quebrar o gelo e dizer *obrigada por trazer meu pai pra cá*, ela fala:

– Me desculpa, Tiwa. Eu nunca quis magoar nenhum de vocês. – Sei que com *vocês* ela quer dizer Said e eu.

Quero perguntar tantas coisas para ela. Como a razão por trás disso. Por que achou que não haveria problema em arruinar minha amizade com Said daquele jeito. Desde que Said me contou sobre a descoberta, venho quebrando a cabeça atrás de respostas.

– Eu não te culparia se você não quisesse mais falar comigo. Só quero que você saiba que não peguei as cartas pra trair vocês. Tentei consertar isso tantas vezes, mas o estrago já estava feito, e tudo só piorava com o passar do tempo. – Ela continua antes que eu tenha a oportunidade de responder.

Dá para ver como está nervosa. Os dedos estão tremendo, e ela só fica divagando tanto quando está preocupada.

– Eu nunca vou parar de falar com você, Safiyah – digo, por fim. – Você é tipo uma irmã pra mim, e às vezes irmãs cometem erros.

Parece que Saf está prestes a chorar.

– Mas ainda quero entender por que você fez isso. Andei muito confusa.

Safiyah respira fundo antes de voltar a falar.

– Lembra quando eu fui transferida de escola no oitavo ano e não falei com ninguém no primeiro ano inteiro?

Assinto. Me lembro de como Safiyah achou difícil mudar de escola. Viviam enchendo seu saco e ela sempre voltava para casa nos fins de semana. Nunca fez amigo nenhum lá; acho que é um dos motivos para termos nos aproximado tanto ao longo dos anos.

– Então, eu acho… quer dizer, eu *sei* que parte do motivo foi eu não querer me dar bem com ninguém na escola nova. Secretamente, eu queria que meus pais me tirassem de lá e deixassem eu pedir transferência de volta pra Nova Crosshaven, mas não fizeram isso, então passei meus anos de ensino médio me sentindo sozinha e infeliz. Foi o pior sentimento do mundo. Sinceramente, se não fosse por você ou pela minha família, não sei o que eu teria feito. E eu vi Said indo pelo mesmo caminho que eu. Se isolando de tudo e de todos. Achei que, se eu acabasse com a obsessão dele por Nova Crosshaven, que era igual à minha, ele conseguiria aproveitar o ensino médio de verdade, e não jogar fora como eu.

Sabia que Safiyah não havia tido a melhor das experiências no internato, mas não tinha percebido o quanto fora ruim. Tudo está fazendo sentindo para mim agora.

– Sinto muito por você ter passado por tudo isso, Safiyah. Queria que você tivesse falado disso comigo antes. Eu teria entendido. Poderia até ter ajudado Said.

Safiyah assente.

– Agora eu sei. Se pudesse mudar as coisas, com certeza faria tudo diferente.

– Eu sei, Saf – digo, apertando a mão dela. – Acho que você deveria dizer isso para Said. Ele entenderia também. Na verdade, ele é provavelmente a única pessoa que entenderia o que você passou e o motivo de ter feito isso.

– Eu vou, mas só pra garantir, está tudo bem entre a gente? – pergunta Safiyah.

Sorrio para ela.

– É claro que sim. Você não vai se livrar de mim; a gente fez uma promessa, lembra? Parceiras de cookies & crime pra sempre.

O rosto de Safiyah se abre em um sorrisinho ao se lembrar disso.

– Você tem razão... Além disso, em algum momento vou precisar de você pra enterrar um corpo.

– Exatamente. No espírito do Eid, você está perdoada. Pode parar de se culpar agora?

Safiyah dá de ombros, olhando para longe.

– Vou pensar no caso. Provavelmente vou ter que falar com Said antes.

Sigo o olhar dela até o fundo do salão da festa do Eid, onde Said está parado, colocando guloseimas da mesa de comidas nas mãos e parecendo ardiloso, como se fosse um ladrão de comidas e a polícia da comida estivesse atrás dele.

É meio fofo.

– Que zé-mané – murmura Safiyah.

Assinto, sentindo meu coração apertar no peito.

– É, total – concordo, a voz gentil.

De repente, me lembro do presente de Eid que comprei para Said e do fato de que o deixei no carro da minha mãe. Faremos a troca de presentes em alguns minutos, e como não tirei Said no paaro secreto, de qualquer forma, vou entregar para ele na festa pós-Eid da mãe dele em algumas horas. Vai ser melhor se puder ficar com ele a sós também. Estou achando meio vergonhosa a ideia de dar um presente para ele na frente de todo mundo.

Não quero que minha mãe ou meu pai vejam e façam perguntas.

– Espera aí, preciso fazer uma coisa – digo para Safiyah, que de algum jeito conseguiu uma chamuça enquanto eu estava olhando para Said ao longe.

– Tá, vou ficar te esperando – ela diz, a voz abafada.

Atravesso a multidão de rostos estranhos e familiares – mas mesmo assim da mesma comunidade – e vou até Said, que se sobressalta quando dou um tapinha no ombro dele.

– Porra, que susto – diz ele, deixando cair um dos bens roubados.

Dou risada.

– Said, você estava escondendo tortas de carne inocentes? – pergunto, olhando para as comidas aninhadas em suas mãos.

Ele sorri.

– Se eu estivesse, e daí? A cidade é livre.

– Verdade – concordo, engolindo em seco de maneira nervosa. – Enfim, não vim aqui pra te prender. Vim perguntar se você vai estar por aí mais tarde… porque eu queria, ééé, te mostrar uma coisa.

Said ergue uma sobrancelha para mim, interessado.

– Tenho que ajudar meu amigo Julian a se acomodar, mas depois de umas sete e pouco eu vou estar livre.

– Sete é perfeito – digo, apressada, o rosto vermelho.

– Onde a gente se encontra? – pergunta ele.

Nem preciso pensar. A resposta, como se tivesse sido plantada na minha cabeça por um poder superior, vem de imediato.

– A velha casa na árvore.

29

VENDIDO POR MUFFINS

SAID

NOITE DO EID

Ammu está gritando ordens para nós antes mesmo de passarmos pela porta da frente de casa.

– Safiyah, me ajuda a colocar toda a comida nas mesas. Said, vê se todos os cômodos estão limpos – diz, destrancando a porta.

Ela tira o sapato de prontidão e sai em disparada para a cozinha, enquanto Safiyah e eu ficamos parados na porta, atrás dela, piscando. Nada deixa ammu mais maluca do que receber convidados, mas por algum motivo ela adora.

Quase olho para Safiyah e reviro os olhos ante as peripécias da nossa ammu, mas reprimo a vontade, tiro o sapato e corro para a sala, para garantir que está tudo limpo e arrumado. Passamos a maior parte do dia fora, então não tem muito o que ajeitar além de afofar as almofadas e guardar alguns pratos e talheres. Quando meu celular toca com uma mensagem de Julian alguns minutos depois, dizendo que está lá fora, todos os cômodos já estão prontos para os convidados da noite.

Abro a porta e encontro Julian parado a poucos metros de distância, uma mochila meio fechada no ombro e uma mala velha e surrada em mãos.

– E aí? – diz ele, acenando desajeitadamente em minha direção.

– Oi – digo, sem saber o que mais dizer. – A viagem foi de boa?

– Foi tranquila. Tirando a parte em que eu quase atropelei um cervo. Ele saiu correndo na minha frente, como se a estrada fosse a casa dele ou algo assim – diz Julian. – Não sabia que vocês tinham animais selvagens correndo por aí. Eu teria trazido um equipamento de proteção se tivesse me avisado antes.

Bufo, zombando.

– A gente não tem animais selvagens correndo por aí. Aposto que até em Nova York tem cervos.

– Nunca vi um cervo em Nova York – declara Julian.

– Quer ajuda com as malas? – pergunto, antes de ele começar um discurso sobre a falta de cervos em Nova York.

– Por favor – diz ele, empurrando a mala para frente. – Mas espera aí, tenho uma coisa pra você, quase esqueci. – Ele vasculha os bolsos do jeans, com a testa franzida, antes de apalpar os bolsos da camisa. – Eu juro que está aqui em algum lugar. Não posso ter esquecido. Quando eu estava saindo, enfiei no bolso porque sabia que eu queria entregar assim que... ahá!

Ele tira um cartão do bolso, junto com um pacote embrulhado que tem o formato visível do Gengar, e entrega os dois para mim.

– O que será que é isso? – digo, olhando para o presente enquanto Julian sorri para mim.

Rasgo a embalagem e encontro uma pelúcia do Gengar do tamanho da minha mão, com uma Pokébola presa nele. O cartão tem uma ilustração do Pikachu na frente, e, em um grande balão de fala em cima dele, Julian escreveu *Eid Mubarak!*

– Gostou? – pergunta Julian.

– Vou colocar na minha coleção assim que eu for liberado para o meu quarto.

Julian me deu tantas pelúcias de Pokémon ao longo dos anos – muitas delas do Gengar – que meu quarto já está lotado.

– Não fala pra tia que eu te dei isso – diz Julian, sabendo muito bem que ammu não gosta que eu tenha tantas pelúcias no quarto.

Pego a mala dele e a coloco para dentro, Julian me seguindo. Ele observa a casa com os olhos arregalados. Já faz um tempo desde que veio pela última vez.

– Nunca tinha visto sua casa assim. Você decorou?

Dou de ombros.

– Todos nós. A gente leva a decoração do Eid muito a sério.

Conduzo Julian pelo corredor até a cozinha, onde ammu e abbu estão carregando o bolo enorme do Eid para o centro da mesa. Colocam no lugar e recuam para admirar o trabalho antes de finalmente perceberem Julian e eu parados na soleira da porta.

– Julian, bem-vindo! – diz ammu.

Ela corre e o puxa para um abraço.

– Oi, sr. e sra. Hossain. Eid Mubarak – diz Julian. Ele começa a vasculhar a mochila e rapidamente encontra uma Tupperware azul. – Meus pais queriam mandar isso pra festa. É arroz com feijão, uma especialidade porto-riquenha.

Ammu aceita o pote com um sorriso.

– Nunca comi arroz e feijão de Porto Rico antes!

– Vamos colocar as malas no escritório – digo.

– Está bem, mas vão logo. Os convidados já vão começar a chegar – diz abbu.

Me viro em direção à escada, carregando a mala de Julian na minha frente. Felizmente, não encontramos Safiyah no caminho para o escritório. Encosto a mala dele na parede, e ele coloca a mochila no sofá.

– Você tem dormido aqui? – pergunta Julian.

– Aham, mas eu gosto. É mais confortável do que você imagina.

Julian me olha como se não acreditasse em mim.

– Quer beber alguma coisa? Água? – pergunto.

Ele assente.

– Aham, te juro, a umidade nessa cidade é dez vezes maior do que em Nova York. Preciso de água.

Deixo Julian no sofá e desço para pegar um copo de água, analisando a pelúcia do Gengar e o cartão do Eid no caminho. Me pergunto se Julian já tinha feito isso ou se fez correndo quando falei que ele ainda deveria vir para a festa do Eid hoje à noite. Apesar do que Julian confessou alguns dias atrás, sinto saudade do meu melhor amigo.

E percebo que sinto saudade de Safiyah também. Nunca houve um único Eid em que Safiyah e eu ficamos sem nos falar, e não sei se estou pronto para que este Eid termine sem eu sequer ouvi-la.

Quando volto para o escritório com o copo de água de Julian, encontro Safiyah lá dentro. Os dois estão sentados juntos, no meio de uma conversa.

– Conspirando de novo? – pergunto, colocando o copo no parapeito da janela.

Safiyah e Julian olham para cima, os olhos arregalados.

– Não, a gente não estava...

– Tô zoando – interrompo.

Caímos num silêncio desconfortável, e não faço ideia do que dizer para quebrar a tensão entre nós.

Finalmente, Safiyah pigarreia.

– Só queria dizer que nada disso é culpa de Julian. Fui eu que bolei o plano de pegar as cartas. Julian não tinha nada a ver com isso. Eu só... vi que você estava tendo dificuldade em fazer amigos na escola, do mesmo jeito que eu tive, e pensei que, se você não estivesse mais tão preso a Nova Crosshaven, acharia mais fácil se adaptar. As coisas saíram de controle, e, quando tentei consertar meu erro, já era tarde demais. Eu nunca deveria ter me metido. Só vi como a mudança tinha sido difícil pra você e quis deixar mais fácil. Me desculpa, Said.

– A culpa foi minha também – acrescenta Julian assim que Safiyah termina de falar. – Safiyah pediu pra eu pegar as cartas. Eu não percebi que ela tinha dito que era temporário... Deveria ter perguntado mais pra saber o motivo. Só achei que eu estava te protegendo, mas eu estava errado. Me desculpa também.

Observo minha irmã e meu melhor amigo sentados lado a lado, a cabeça baixa depois de pedirem desculpa. Julian parece um cachorrinho que caiu do caminhão de mudança, enquanto Safiyah parece meio constipada depois de um dia longo lidando com o meu silêncio.

– Vocês são dois bocós – digo.

É a única resposta que parece apropriada.

Safiyah olha para cima, a esperança brilhando em seus olhos.

– Mais cedo, eu comprei um muffin da Abigail pra você – diz ela, tirando um muffin de gotas de chocolate embrulhado em plástico filme e entregando para mim.

Estendo a mão e pego dela, então mordo um pedaço de cima. Como tudo da Abigail, o gosto faz parecer que estou no paraíso.

– Eid Mubarak, Safiyah – digo, a boca cheia de muffin.

Não demora muito para nossa casa ficar cheia de convidados de toda Nova Crosshaven. Eles comem a comida de ammu como se fosse a melhor coisa que já comeram na vida, e o prato dos pais de Julian também é um sucesso.

Estou no meio de uma discussão com Julian sobre quem venceria uma luta, Arbok ou Weezing, quando meu celular vibra com uma mensagem.

Tiwa: Estou no seu quintal. Te encontro em 5 min?

Tento reprimir um sorriso enquanto respondo rapidamente: beleza.

– Por que você está sorrindo? – pergunta Julian, me olhando de perto. – Uma batalha Pokémon é um assunto muito sério, Said.

– Eu sei, Julian. Mas... tenho que ir. Você vai ficar bem, aqui sozinho?

Ele assente e gesticula com a mão.

– Não vou ficar sozinho, o Pokémon sempre vai estar aqui – responde ele, de um jeito estranhamente profético.

Digo que vou voltar logo antes de me virar em direção à cozinha.

Entro na cozinha e observo a multidão reunida em torno da mesa de jantar. A quantidade de pessoas aglomeradas está diminuindo, já que minha mãe chamou todo mundo para comer há cerca de uma hora, mas algumas pessoas ainda a estão rondando.

Felizmente, ammu e abbu não estão por perto. Caminho casualmente até a mesa e pego um prato de papelão. Dando uma olhadinha ao redor, percebo que ninguém está prestando atenção em mim. Antes que alguém possa me repreender, corto duas fatias enormes do bolo meio comido e coloco-as no prato.

Em seguida, com o máximo de cuidado que posso no meio da pressa, saio pela porta dos fundos e vou para o quintal. A noite está fria para o verão, mas há algo de refrescante em estar aqui, longe da multidão.

Equilibrando o prato em uma das mãos, subo a escada até nossa casa na árvore. Tiwa já está lá dentro quando abro a porta. Ela está segurando duas caixinhas de suco de maçã.

Ela olha para o prato de papelão cheio de bolo que estou equilibrando.

– Como conseguiu subir com isso?

– Eu tenho meus truques. – Sorrio, colocando-o sobre a mesinha de madeira que construí durante meu trabalho de carpintaria da quinta série.

Tiwa também coloca os sucos de maçã na mesa, deslizando perigosamente para perto de mim no processo. Meu batimento cardíaco volta a acelerar.

Já faz muito tempo que nós dois não ficamos juntos nesta casa na árvore, mas quase parece que não passou tempo nenhum.

– Tenho uma coisa pra você – diz Tiwa.

Ela vai até um canto da casinha coberto pela sombra e volta com um pacote de presente, como se tivesse feito ele surgir do nada.

– Já ganhei meu presente de paaro secreto – digo.

– Eu sei. Eu vi isso e... me lembrei de você – explica Tiwa, sem olhar nos meus olhos, e o entrega para mim.

Nossos dedos roçam um no outro por um segundo antes de afastarmos as mãos. Tento ignorar o frio na barriga e foco o presente.

– O que é isso? – pergunto, correndo os dedos pelas linhas suaves do papel de embrulho. – E quem embrulhou? Você que não foi.

Tiwa solta um suspiro irritado.

– Minha mãe me ajudou, mas eu fiz a maior parte do trabalho. Abre logo.

Com cuidado, rasgo o papel de embrulho e encontro um emaranhado de lã enrolado em uma linda caixa de madeira. Primeiro, levanto o que parece ser uma meia solitária e assimétrica.

Minhas sobrancelhas se juntam. Tiwa me observa, ansiosa.

– É... hã... bem legal. Obrigado – digo.

– Eu que fiz, de crochê – responde, orgulhosa, e isso por si só me faz querer guardar para sempre.

Assinto.

– Dá pra ver. Vou usar todo dia.

O rosto dela se contrai de leve.

– Não faz isso... você vai pegar pé de atleta. Eu já estou fazendo outra meia. Com sorte, vai estar pronta até o próximo Eid.

Com sorte, essa vai ficar com formato de pé, quero dizer, mas em vez disso abro o outro presente.

A caixa está cheia de pincéis. Eles têm tamanhos e formas diferentes, e os cabos são pintados dos tons mais vibrantes de roxo e azul-petróleo.

– Eu não sabia de que tipo de pincel você gostava, mas pensei, pincéis nunca são demais para um artista, né? Então, quando vi eles, eu só...

– São perfeitos – interrompo. – Obrigado.

– Você poderia ter usado antes do Eid, pra pintar o mural – diz Tiwa. – Mas como fez isso pelas minhas costas, não tinha como eu saber.

– Acho que vou encontrar um bom uso pra eles, ainda mais se eu entrar na Faculdade de Animação de Nova York.

– Você vai entrar – diz Tiwa. Sua voz demonstra muito mais confiança do que sinto em mim mesmo. – Seu mural é incrível. Quer dizer, ele literalmente ajudou a convencer o prefeito a reconstruir o centro islâmico. Eles têm que te dar o crédito por isso.

– Não acho que as inscrições para as faculdades de Artes levem em consideração a mudança de opinião dos prefeitos.

– Bom, mas deveriam! – diz ela. – Você falou com Safiyah?

– Aham, tá tudo certo. Ela me deu um muffin de gotas de chocolate. Tiwa revira os olhos.

– Você se vende por muffins.

– Tenho orgulho de ser um vendido por muffins – declaro.

– Pra sua sorte, eu gosto de ser amiga de gente que se vende por muffins – diz Tiwa.

Sorrio, e nós dois finalmente olhamos direito um para o outro.

– Senti saudade disso – digo.

– De contar segredos e tomar suco de maçã?

– Claro. Mas também de ser seu amigo. Mas eu não sabia que você estava guardando tantos segredos. Como ditam as regras da casa, você tem que contar um.

Tiwa pensa por um instante antes de responder.

– O ingrediente secreto é maionese.

Olho para ela, confuso.

– O quê?

– O que deixa os bolos da sra. Barnes tão gostosos: maionese. Um montão.

Isso é... inesperado.

Ergo uma sobrancelha para ela.

– Agora você vai me matar?

– Acho que a sra. Barnes iria gostar que você finalmente soubesse o segredo – responde ela, se esquivando habilmente da minha pergunta sobre meu possível assassinato. Tiwa me cutuca. – E você? Qual é o seu segredo?

Há um milhão de coisas que poderia contar a ela. Ficamos distantes por tanto tempo que não há fim para as coisas que quero dizer. Mas tem um segredo que guardo há anos e que quero contar antes que seja tarde demais.

– Bom, a verdade é que, eu acho que... estou apaixonado por você desde aquele dia na casa na árvore, quando você prometeu não falar pra ninguém sobre o suco de maçã roubado – confesso.

Tiwa pisca para mim devagar, e sinto uma onda de pânico. De repente, corro para dizer mais coisas antes que Tiwa consiga responder.

– Não que o motivo tenha sido você concordar em ser minha cúmplice, é só que, ééé, acho que você é a pessoa mais inteligente e mais incrível que eu já conheci. Acho que, durante todos esses anos, eu nunca te odiei de verdade. Eu só...

– Eu também te amo – diz Tiwa, interrompendo minhas divagações. Ela se inclina e diz, baixinho: – Acho que estou apaixonada por você desde antes disso.

Sorrio.

– Sempre tentando me superar.

Tiwa encolhe os ombros, sorrindo para mim.

– Foi namorar, perdeu o lugar.

De repente, estou consciente demais sobre o quão próximos estamos. Meu coração está batendo tão alto que fico feliz por ela não conseguir ouvi-lo.

– Acho que não perdi nada, não – digo, e então diminuo a distância entre nós, juntando meus lábios aos dela.

30

MARX TINHA RAZÃO
Tiwa

UM ANO E MEIO DEPOIS

Já estive neste mesmo prédio mais de uma dúzia de vezes, e, ainda assim, sempre consigo achar um jeito de me perder.

O dormitório de Said é um labirinto confuso. Tenho quase certeza de que já passei umas dez vezes pelo mesmo mural de Jean-Michel Basquiat.

Suspiro, pegando meu celular, pronta para admitir a derrota quando ele vibra com uma notificação.

Nova mensagem de *a melhor pessoa do universo*

Você se perdeu?

Às vezes, fico convencida de que Said consegue ler minha mente ou tem algum tipo de superpoder que faz com que ele saiba de coisas que não deveria, como a vez em que ficou me dizendo que estava sentindo cheiro de torrada queimada durante trinta minutos *antes* de eu colocar o pão na torradeira.

Talvez, respondo, e então acrescento: Tem vários murais de Basquiat no campus?

Olho para os prédios ao meu redor, rezando para que a resposta caia no meu colo de alguma forma. Por que a Faculdade de Animação de Nova York foi construída como um labirinto? Estão tentando prender os alunos aqui ou algo do tipo?

Meu celular vibra mais uma vez com outra notificação.

Nova mensagem de *a melhor pessoa do universo*

Não, só um :-)

Dá para imaginar o sorriso malicioso dele. O mesmo sorriso malicioso que me mostrou depois de mudar seu nome no meu celular sem eu perceber na hora.

Não mudei de volta porque, bom, não é bem uma mentira.

Ele é uma das melhores pessoas do universo.

Precisa de uma pista?, ele pergunta.

Quase desisto, *quase*, quando a resposta me vem em forma de peixe.

Mais especificamente, um peixe pintado na janela de um dos dormitórios.

Xeque-mate.

Corro na direção do dormitório familiar, subo a escada e vou até a porta, batendo, triunfante.

Não demora muito para ouvir os passos e o som da porta se abrindo, o rosto de Said aparecendo com um sorriso que contrasta com suas roupas escuras.

– Entra logo, você está atrasada para o funeral – diz ele, sério.

– Me desculpa – digo, entrando no quarto. – Seu campus é *gigante*. Bem maior que o da Columbia... E eu me perdi na lojinha procurando um cartão. Você sabia que sua escola tem uma lojinha em cada esquina?

– Sabia, é assim que fazem a gente gastar todas as nossas mesadas. A gente não tem escolha quando encontra tintas e pincéis estilosos. Vou falir até o fim do ano, mas pelo menos meus materiais de arte vão ser esteticamente agradáveis – diz Said, me puxando mais para dentro do quarto e me abraçando, seus braços me prendendo.

– Bem-vindo ao capitalismo – murmuro, descansando a cabeça em seu peito e passando meus braços em volta de sua cintura.

– É uma merda. Marx tinha razão – murmura ele de volta, aninhando a cabeça em meu ombro.

Até então, não tinha percebido o quanto estava com saudade dele – senti saudade, mas só se passaram alguns dias desde que o vi da última vez, já que Columbia não fica tão longe da Escola de Animação de Nova York. Estou definitivamente carente de seus abraços. Se pudesse, ficaria assim para sempre. Mas, para minha tristeza, essa não é uma opção.

Por fim, acabamos meio que nos separando (os braços ainda entrelaçados, o que Safiyah diz que temos o hábito de fazer).

Said beija minha testa, e eu sorrio para ele.

– Como você está? – pergunto.

Ele dá de ombros.

– Não achei que eu iria pra outro funeral tão cedo. A vida é brutal, né.

Assinto, simpática.

– Cadê ele? – pergunto, olhando para o aquário em cima dos livros de Arte de Said em sua mesa.

– No banheiro.

– Vamos começar? Ainda precisamos voltar pra Nova Crosshaven pra festa do Eid… você sabe como minha mãe fica quando eu me atraso.

– Tem razão, minha mãe provavelmente me daria uns gritos também. Vamos começar o funeral – diz ele, em um tom muito mais animado do que seria de se esperar em uma ocasião como esta.

Segundos depois, estamos no banheiro velho e apertado de seu dormitório, que felizmente ele só divide com o colega de quarto, Roberto.

O cadáver do último peixinho dourado de Said ainda está em uma caneca grande de chá que ele deixou em cima da pia.

– Quero fazer um breve discurso – diz ele, fungando.

Concordo com a cabeça, esfregando o braço dele.

– Vai em frente.

Ele pega a xícara de chá e a segura sobre o vaso sanitário, olhando para o peixe morto.

– Eu não te conhecia há muito tempo, mas ainda assim você era um bom companheiro, e vou sentir sua falta. Obrigado por seu meu peixinho dourado – diz Said antes de virar a caneca e derramar seu conteúdo no vaso sanitário.

Este é o segundo peixinho dourado de Said que estamos enviando para o céu dos peixes, ou seja lá qual for o nome.

Assisto ao peixe, antes conhecido como Howl Segundo, nomeado em homenagem a Howl Primeiro (o primeiro peixinho dourado de Said, que Safiyah deu para ele no começo da faculdade de Animação), que por sua vez recebeu o nome em homenagem a Howl, personagem do filme favorito de Said do Studio Ghibli.

Said estende a mão para a descarga de metal e empurra para baixo, o peixe rodopiando na mesma hora com a água turbulenta.

Observamos por alguns segundos antes de eu finalmente quebrar o silêncio.

– Isso me lembra do nosso último enterro – digo. Ele olha confuso para mim, e esclareço: – As cartas, sabe?

Seus olhos brilham ao entender.

– Ah, sim, quando a gente enterrou elas no meu quintal, no último Eid. Nem pensei nelas desde aquela noite.

– Nem eu – digo.

É engraçado como algo que antes era uma questão decisiva para a gente agora é insignificante o bastante para esquecermos.

– Quer ir? – pergunta Said.

Assinto.

– Quero, mas antes queria mostrar uma coisa que eu comprei pra você. É um presente de Eid.

– Engraçado você mencionar isso. Eu também comprei um presente de Eid pra você – diz ele. – Mas o meu está lá em casa. Sem querer, eu mandei entregar na casa dos meus pais.

Sorrio.

– O meu está bem aqui – digo, segurando um saquinho de presente, e o entrego para ele. – Eid Mubarak, Said.

Ele pega o saquinho, erguendo as sobrancelhas ao ver o que é. Enfia a mão nele e tira de lá um saquinho transparente com água e um peixe com listras azuis e brancas lá dentro.

– É um peixe-zebra – explico. – Bem fácil de cuidar.

Não é tão fácil de matar, penso, mas não digo isso em voz alta.

Com a quantidade de peixes que Said já teve, às vezes me preocupo que ele os esteja matando secretamente de propósito, mas não digo isso porque acho que acusá-lo de homicídio doloso de peixes durante um funeral não seria muito sensível.

– Te amo, Tiwa – diz Said, se inclinando para me beijar.

– Também me amo – digo quando nos separamos e saímos do banheiro. – E você também, eu acho… às vezes… na maior parte do tempo… sempre.

Sinto meu celular vibrar de maneira raivosa no meu bolso e já sei quem está mandando mensagem antes mesmo de pegá-lo.

– Temos que ir – digo, lendo o pedido de notícias da minha mãe, querendo saber onde estou.

– Só estava colocando Howl Terceiro no aquário antigo – diz Said antes de se juntar a mim.

Ergo uma sobrancelha para ele.

– Que foi? Eu limpei a água ontem – diz ele, pegando a bagagem na porta, e então saímos do dormitório de mãos dadas.

– Não é isso… Já parou pra pensar que Howl pode ser um nome amaldiçoado?

Ele olha para cima rapidamente, como se estivesse reconsiderando.

– E que tal Laddoo Segundo?

– Nosso gato ainda não morreu, Said, astaghfirullah.

– Laddoo não precisa estar morto pra receber uma homenagem – diz Said ao passo que saímos de seu prédio e passamos pelo mural de Basquiat.

– Acho que esse peixe-zebra deveria ter o próprio legado – comento.

– Verdade. Ele precisa de um nome tão bom quanto Howl e Laddoo… Vou pensar direito – diz Said no caminho até seu carro no estacionamento.

Ele coloca suas coisas no porta-malas e entramos.

– Boa ideia – digo, me acomodando em meu lugar.

Said começa a sair do estacionamento e, por um momento, acho que o jogo do nome acabou, mas de repente ele freia com força, quase me fazendo pular do banco.

– Espera, já sei! – ele diz, com a mão no volante e os olhos arregalados.

– O quê?! – digo, meu coração acelerado, me recuperando do susto devagar.

– Vou chamar de Abigail, como a padaria, porque ele parece um docinho.

Lanço um olhar sério para Said, procurando em sua expressão sinais de brincadeira, mas, como esperado, não há nenhum.

– Só dirige, seu zé-mané.

O PRIMEIRO EID DE SAID E TIWA *JUNTOS*

ESTE ANO

– Muita coisa pode mudar ao longo de quatro Eids. Estranhos se tornam amigos, amigos se tornam inimigos, e inimigos se tornam casais tão fofos que chegam a dar enjoo...

As sobrancelhas de Said se franzem quando olha para a irmã, que está sentada em um banquinho no quintal do recém-construído centro islâmico, conversando com um grupo de crianças enquanto os outros adultos lá dentro arrumam tudo para a festa do Eid.

– Safiyah... está fofocando sobre a gente? – pergunta ele para Tiwa, que está com uma expressão igualmente intrigada.

– ... Acho que sim... – responde ela. – Mas talvez ela só esteja...

– Licença – diz Safiyah, olhando para Said e Tiwa, parados atrás do grupinho. Todos acompanham Safiyah e se viram para eles. – Se quiserem ouvir a história, vão ter que se sentar e ficar quietos, como todo mundo.

– Ela está falando sério? – murmura Said, o que não agrada uma das crianças da vizinhança, que balança a cabeça e faz *shhh* para ele.

Said e Tiwa obedecem, se apressando para sentar na grama.

– Onde eu estava? Ah, sim, no fim. No fim, depois que o prédio pegou fogo, depois dos muitos funerais *e* do incidente infeliz com o bolo, todo mundo da cidade de Nova Crosshaven finalmente se uniu, e é por isso que temos este lindo centro islâmico novinho pra comemorar o Eid todos os anos!

Há uma salva de palmas para Safiyah, que inclina a cabeça enquanto acaricia o gato laranja traidor aninhado em seu colo.

– Agora, fico feliz em abrir espaço pra perguntas – diz Safiyah, com um sorriso resplandecente, segurando o celular na mão como se fosse um microfone, e dezenas de bracinhos se erguem no ar.

– Ela acha que isso é um TED Talk ou algo do tipo? – murmura Said.

– Conhecendo Saf, provavelmente – responde Tiwa.

– Tudo bem, primeiro Saira e depois Mohammed – diz Safiyah, passando o "microfone" para uma garotinha de pele marrom-clara e sem os dentes da frente.

– Said e Tiwa ainda estão juntos? – pergunta Saira.

– Da última vez que perguntei pra eles, *estavam*. – Safiyah lança um olhar para os dois na multidão. – Inshallah eles continuem assim e não tornem os jantares de família constrangedores por terem terminado. Mohammed? – chama Safiyah, passando o celular desta vez para um garoto de macacão verde.

– Você já descobriu como o centro islâmico pegou fogo? Foi o prefeito malvado que fez isso? – pergunta ele, parecendo animado com a ideia de um crime hediondo sendo cometido.

Safiyah ri.

– Não, é claro que o prefeito não colocou fogo no centro islâmico. Na verdade, no fim das contas, o que causou o incêndio foram os laddoos.

Isso faz com que todos arfem e se voltem para o gato laranja dormindo no colo de Safiyah.

– O gato botou fogo no centro islâmico? – pergunta outra garotinha na plateia, parecendo horrorizada.

Safiyah parece confusa por um segundo, encarando o felino e depois o rosto chocado dos ouvintes.

– Ah, desculpa, eu deveria ter sido mais específica. Eu quis dizer os doces. Acontece que a tia Nadia estava fazendo laddoos na cozinha do centro islâmico e esqueceu o gás ligado. Uma tragédia, na verdade, tanto porque os laddoos queimaram como porque a gente quase perdeu o centro.

Mais mãos se erguem, incluindo a de Said, que tem muitas perguntas para a irmã.

– Safiyah – chama uma voz da porta dos fundos. Safiyah olha para a tia que a chamou. – Fiquei te procurando por todo lado. Você tem que entrar e ajudar sua mãe. – Então, seus olhos se voltam para Said, sentado na grama. – Você também.

Safiyah suspira.

– Acho que por hoje é só, crianças, desculpem – diz ela, colocando Laddoo no chão.

Há grunhidos conforme as crianças começam a se levantar e a se dispersar, voltando a fazer fosse lá o que estivessem fazendo antes da história de Safiyah começar.

Said e Tiwa ficam para trás. Os braços de Said estão cruzados, e a sobrancelha de Tiwa, levantada.

Safiyah se levanta e se assusta de leve, fingindo ter acabado de perceber que estavam ali.

– Ah, oi, gente. Eid Mubarak! – diz ela casualmente. – Quando foi que vocês chegaram aqui? Como foi a viagem? Ouvi dizer que a rodovia estava super movimentada hoje de manhã.

Said não responde nenhuma das perguntas; em vez disso, faz a única pergunta que importa:

– Você faz isso sempre?

– O quê? – pergunta Safiyah.

– Conta histórias sobre a gente? –ele esclarece.

Ela solta um *ah* e balança a cabeça.

– Não seja bobo. Eu só precisava distrair as crianças enquanto todo mundo estava arrumando as coisas.

Tiwa e Said trocam um olhar. De alguma forma, sua resposta fez com que ela parecesse ainda mais suspeita.

Mas há coisas mais importantes em que devem se concentrar,

como finalmente celebrarem o Eid no centro islâmico recém-reconstruído. Então, Said e Tiwa dão os braços e, junto com Safiyah, entram, prontos para mais uma festa do Eid.

E é aqui que tudo termina. Na cidade de Nova Crosshaven, conhecida pelos murais coloridos em cada esquina, pela melhor padaria do mundo todo, pelo centro islâmico recém-construído onde muçulmanos do estado inteiro se reúnem, e agora, é claro, pela famosa história de amor de Said e Tiwa.

FIM

Glossário

Abbu: Em árabe, "pai".

Alhamdulillah: Em árabe, "louvado seja Alá".

Allahu Akbar: Em árabe, "Alá é o maior". Frase muito usada durante as orações.

Ammi ou ammu: Em árabe, "mãe". A primeira forma é considerada mais carinhosa.

Assalam alaikum: Em árabe, saudação muçulmana que significa "que a paz esteja sobre vós".

Assalam alaikum wa rahmatullah: Em árabe, "que Alá lhe conceda proteção, segurança e misericórdia".

As-salamu alaikum: Em árabe, saudação muçulmana que significa "que a paz esteja contigo".

Astaghfirullah: Em árabe, "Alá que me perdoe".

Bahut achchha kaam kar rahe hon. Shabbash!: Em hindi, "Você está fazendo um bom trabalho. Parabéns!".

Beta: Em hindi, "filho".

Bhabi: Em bengali, maneira respeitosa e carinhosa de se referir a amigas de ascendência sul-asiática.

Bhai, ou bhaiya: Em bengali, "irmão". É uma maneira carinhosa de chamar amigos de ascendência sul-asiática.

Bismillah: Em árabe, "em nome de Alá". Recitar a palavra é uma das primeiras etapas do wudu.

Chacha: Em bengali, refere-se ao irmão ou a algum primo do pai.

Chachi: Em bengali, a esposa do chacha.

Dawat: Festa ou evento social.

Dua: Orações islâmicas.

Eid: Em árabe, "festa". Refere-se a celebrações muçulmanas específicas.

Eid Mubarak: Em árabe, expressão usada durante os Eids que significa "festa abençoada".

Fatiha: É a primeira surata do Alcorão, isto é, o primeiro capítulo.

Halal: Aquilo que é permitido pelo Alcorão. Sendo assim, o frango halal seria um frango que atende a todos os requisitos necessários para ser consumido por muçulmanos.

Halam: Em árabe, aquilo que é proibido ou ilícito de acordo com as leis islâmicas.

Imã: Líder religioso islâmico.

Inshallah: Em árabe, "se Alá quiser".

Jamat: Em árabe, no contexto do livro, refere-se a um grupo que se junta para fazer as orações no islamismo.

Jazakallah Khairan: Em árabe, "que Alá te recompense com bondade". É uma maneira educada de agradecimento entre muçulmanos.

Jummah: Oração de sexta-feira, obrigatória para todos os homens adultos que seguem o islamismo.

Khutbah: Sermão dado durante a oração de sexta-feira, antes do jummah.

Kilonshele: Em iorubá, "o que aconteceu?", "qual o problema?".

Mashallah: Expressão árabe para demonstrar admiração; uma forma de elogio. Também é usada para reconhecer as bençãos de Alá.

Mishtis: Doces de Bangladesh.

Mithai: Em hindi, termo usado para se referir a doces ou sobremesas.

Oração dhuhr: Todos os dias, os muçulmanos fazem cinco orações: fajr, a oração da alvorada; dhuhr, a oração do meio-dia; asr, a oração da tarde; maghrib, a oração do pôr do sol; e ishaa, a oração da noite. Os horários mudam de acordo com o nascer e o pôr do sol, e cada uma delas tem diretrizes específicas.

Panjabi: Nesta acepção, termo bengali dado à roupa típica de diversos povos da região do Sul da Ásia, geralmente usada por homens.

Qibla: Direção para a qual os muçulmanos se voltam durante as orações. Essa direção se dá com base no local da Caaba, um edifício sagrado localizado em Meca, na Arábia Saudita, pois é o ponto central da peregrinação muçulmana (chamada de hajj).

Salwar kameez: Vestimenta tradicional usada principalmente por pessoas do Sul da Ásia.

Shaitan: Diabo, ou Satã.

Sherwani: Casaco comprido formal usado por povos da Ásia Meridional.

Shona: Termo carinhoso.

Ummah: Termo árabe dado à comunidade global de muçulmanos unidos pela crença no islã.

Wa alaikum assalam, ou Walaikum salam: Saudação muçulmana que significa "que a paz esteja sobre vós".

Wahala: Palavra de origem nigeriana que significa "problema", ou "dificuldade".

Wudu: Também chamado de abdesto ou ablução, esse é o processo que se faz antes das orações na religião islâmica, em que os fiéis lavam partes do corpo a fim de se purificar.

Bate-papo com as autoras

Faridah Àbíké-Íyímídé e Adiba Jaigirdar perguntam uma para a outra o que todos nós queremos saber

Faridah pergunta para Adiba...

Faridah: Do seu ponto de vista, qual é a história de como acabamos escrevendo um livro juntas?

Adiba: Nos conhecemos no Twitter aleatoriamente quando me deparei com um dos *tweets* de Faridah sobre ser muçulmana e lidar com a cultura do consumo excessivo de álcool nas universidades. Isso foi antes de qualquer uma de nós ter agentes ou contratos de publicação de livros, e acabamos apoiando uma à outra durante essa etapa. No começo de 2020, nós duas já tínhamos agentes e contratos com editoras, e falamos sobre a possibilidade de escrevermos um livro juntas.

F: Por que uma comédia romântica muçulmana?

A: Sou uma grande fã de comédias românticas, e todos os meus livros solo são romances. Quando Faridah e eu estávamos falando sobre escrever juntas, voltamos àquela primeira "conversa" que tivemos no Twitter sobre nos sentirmos isoladas na faculdade, sendo muçulmanas. Percebemos que conversamos muito sobre nossas experiências como tal, mas raramente vemos essas vivências representadas na mídia. Então, achamos que deveríamos escrever um livro que capturasse algumas dessas experiências em um gênero que nós duas amamos: comédia romântica!

F: Você escreveu a personagem de Said. Como ele é e o quanto de você tem nele?

A: Said é muito criativo e inteligente, e também meio sarcástico e mordaz, então foi uma personagem muito divertida de escrever! Na verdade, não tem muito de mim em Said. Ele tem muito talento para a arte, e eu não tenho nem um pouquinho, e ele provavelmente é muito mais engraçado do que eu!

F: Said vem de uma família e de uma comunidade muito unidas... Isso é baseado na sua experiência?

A: Sim, um pouco! Eu cresci em Bangladesh com uma família muito grande e amorosa, o que foi ótimo. Aprendi muito sobre viver em comunidade com essa experiência, principalmente depois de me mudar para a Irlanda com apenas minha família mais próxima. Ao mesmo tempo, na Irlanda também temos uma comunidade de Bangladesh muito legal (mas pequena), que foi muito acolhedora. As pessoas de Bangladesh em geral são muito voltadas para a comunidade, e isso é algo que sempre apreciei bastante na minha cultura.

F: Pães e doces aparecem muito no nosso livro... Quais são os seus doces favoritos?

A: Eu amo barras de chocolate Milka. Sempre que vou para a Holanda, levo para casa uma mala praticamente cheia de Milka.

F: Tiwa e a família dela têm uma tradição do Eid chamada paaro secreto. Quais são algumas das tradições do Eid suas e da sua família?

A: Nós temos a tradição de tomar um café da manhã bem farto logo cedo, antes de ir para as orações do Eid juntos. Geralmente, o café da manhã é pão porota e frango korma!

F: Você pode compartilhar sua receita favorita do Eid?

A: Minha mãe costuma fazer chotpoti durante o Eid, e eu amo. Chotpoti é basicamente uma mistura de grão de bico, batata, cebola, ovo, ovo cozido ralado e muitos e muitos temperos. É uma comida de rua bastante popular em Bangladesh.

F: Qual foi a última comédia romântica que você amou?
A: *Khoobsurat!*

Adiba pergunta para Faridah...
Adiba: Do seu ponto de vista, qual é a história de como acabamos escrevendo um livro juntas?
Faridah: No início de 2020, eu estava morando em Amsterdã durante meu intercâmbio da universidade, e Adiba veio me visitar. Enquanto estávamos passando o tempo, uma de nós finalmente trouxe à tona a ideia de escrevermos juntas, e, sem saber que na semana seguinte o mundo inteiro entraria em um confinamento, decidimos começar a debater ideias. O resto é história.

A: Por que uma comédia romântica muçulmana?
F: Eu AMO comédias românticas. Infelizmente, nas raras vezes em que vemos protagonistas muçulmanos em séries ou filmes, a representação deles costuma ser extremamente ofensiva. *Quatro Eids e um funeral* é uma das minhas histórias favoritas, e embora eu seja muito suspeita para falar por ser coautora, adoraria mesmo que não tivesse escrito.

A: A amizade de Said e Tiwa quando eram crianças é fomentada pelo amor deles pela bibliotecária, a sra. Barnes, e a biblioteca do centro comunitário é muitas vezes o que os une. Qual era a sua biblioteca favorita na infância?
F: Minha biblioteca favorita quando criança era a Biblioteca Balham de Wandsworth, onde passei muitos dias lendo depois da escola. Acho que foi nessa biblioteca que eu descobri o quanto amava romances para jovens. Parecia um lugar seguro. Em um verão, quando eu ainda estava no ensino fundamental, fiz o Desafio de Leitura do Verão que realizaram na biblioteca só para me divertir. Não esperava ganhar, e, por isso, no ano letivo seguinte, quando a bibliotecária compareceu à assembleia da escola e me entregou um presente, me senti como uma espécie de super-heroína literária.

A: Qual seu doce favorito?

F: Eu amo Reese's Cups. Chega a ser até um problema.

A: O quanto de você tem em Tiwa?

F: Acho que eu não sou parecida com Tiwa em nada. Apesar disso, a mãe de Tiwa é muito parecida com a minha em vários aspectos. Roubei alguns dos interesses da minha mãe para dar a ela (como a obsessão por romances de banca). Desculpa por te expor desse jeito, mãe!

A: Tiwa ama cozinhar e junta dinheiro para reconstruir o centro islâmico com uma venda de doces. O que você mais gosta de cozinhar?

F: Durante a quarentena, fiquei muito obcecada em fazer cookies, e agora tenho a receita perfeita de cookies que faço de vez em quando.

A: Quais são algumas das suas tradições do Eid, e também da sua família?

F: Na minha família, usamos roupas novas. Às vezes, vamos à mesquita local, e outras vezes rezamos em casa. E depois saímos para tomar um chá da tarde.

A: Você pode compartilhar sua receita favorita do Eid?

F: No Eid, minha mãe costuma fazer arroz jollof com molho de tomate, basicamente. É a melhor coisa do mundo!

A: Você aprendeu algo de novo sobre si mesma como escritora ao escrever a quatro mãos?

F: Tenho muitas dúvidas quando escrevo meus primeiros rascunhos, então foi ótimo propor uma ideia e ter Adiba (que é muito direta) dizendo, tipo, "Cala a boca, essa ideia é boa".

A: Qual foi a última comédia romântica que você amou?

F: O filme *Rye Lane – Um amor inesperado*!

AGRADECIMENTOS

Quatro Eids e um funeral é o produto de uma viagem caótica para Amsterdã, muitas xícaras de chá no café da manhã, inúmeras conversas pelo Zoom, sete anos de amizade e uma fonte infinita de humor mórbido. É também o resultado de um trabalho feito por uma equipe incrível, formada por pessoas sem as quais este livro não existiria.

Agradecemos aos nossos editores, Foyinsi, Rebecca e Becky. Aos nossos agentes, Uwe, Molly e Zoë. A Jean Feiwel, Dawn Ryan, Samira Iravani e Allene Cassagnol. A Ursula Decay por essa ilustração maravilhosa para a capa!

Faridah: Obrigada, Adiba, por ser uma parceira de escrita e amiga incrível. Esta foi a melhor experiência de trabalho em um livro que já tive, e mal posso esperar para escrever mais livros com você! Agradeço à minha mãe e aos meus irmãos por todo o apoio. E agradeço, como sempre, à minha chaleira Steve por tudo o que ela faz por mim.

Adiba: Obrigada, Faridah, por ser a melhor coautora que alguém poderia pedir, e também por ser uma amiga com quem contar em todos os momentos. Espero que possamos trabalhar em muitos outros livros juntas. Agradeço a todos os meus amigos que me ajudaram a ser a melhor versão de mim mesma como autora e como pessoa: Priyanka, Tammi, Alyssa, Gavin e Gayatri. Agradeço a toda a minha família pelo apoio, principalmente aos meus irmãos e à minha prima, Nazifa Nawal.

Por último, agradecemos a Alá por nos unir e nos guiar pelo caminho da escrita deste livro fabuloso (modéstia à parte).

SUA OPINIÃO É MUITO IMPORTANTE

Mande um e-mail para **opiniao@vreditoras.com.br**
com o título deste livro no campo "Assunto".

1ª edição, mar. 2025

FONTES Whitman 12/16pt
FuturaPT 16/16pt
ChalkBrush 20/16pt
Adlery Pro 26/16pt
PAPEL Polen Bold 70g/m²
IMPRESSÃO Braspor Gráfica
LOTE BRA170125